浙江文叢

沈岸登集校箋

〔清〕沈岸登 撰 胡 愚 校箋

浙江古籍出版社

圖書在版編目(CIP)數據

沈岸登集校箋 / (清) 沈岸登撰; 胡愚校箋. —杭州: 浙江古籍出版社, 2021.5
(浙江文叢)
ISBN 978-7-5540-1805-7

Ⅰ.①沈… Ⅱ.①沈… ②胡… Ⅲ.①中國文學-古典文學-作品綜合集-清代 Ⅳ.①I214.92

中國版本圖書館 CIP 數據覈字(2020)第 191277 號

沈岸登集校箋

(清)沈岸登 撰　胡　愚 校箋

出版發行　浙江古籍出版社
(杭州市體育場路 347 號　郵編:310006)
網　　址　http://zjgj.zjcbcm.com
zjgjcbs.tmall.com(天貓旗艦店)
責任編輯　伍姬穎
封面設計　吴思璐
責任校對　吴穎胤
責任印務　樓浩凱
照　　排　浙江時代出版服務有限公司
印　　刷　浙江新華數碼印務有限公司
開　　本　710mm×1000mm　1/16
印　　張　28
字　　數　284 千
版　　次　2021 年 5 月第 1 版
印　　次　2021 年 5 月第 1 次印刷
書　　號　ISBN 978-7-5540-1805-7
定　　價　168.00 圓

ISBN 978-7-5540-1805-7
9 787554 018057

前言

沈岸登（一六三九—一七〇二），字覃九，又字南渟，晚號惰畊村叟，浙江平湖人，在清初以詞名世，爲浙西詞派六家之一。

清溪沈氏爲平湖世家望族，以詩禮傳繼。沈岸登祖父沈萃楨（一五七八—一六三六），字君聚，號裒中，明萬曆四十一年（一六一三）進士，官至湖廣右布政使。父沈日昆（一六一〇—一六六四），字以白，號丸掌，明崇禎十二年（一六三九）舉人。不過，岸登出生不久，明朝覆亡，沈日昆遂棄去功名，家勢亦漸次衰頹。

沈岸登好友龔翔麟嘗撰《南渟公傳》，曰：『先生少工文，試有司不遇，銷聲割跡，以吟咏自娱。』而據《平湖采芹録》記載，岸登於清順治四年（一六四七）以童生參加歲試，名列前茅，考取生員。推算下來，當時他才虛齡九歲，似不能成立。於岸登本人及其師友，未嘗以『諸生』『生員』『秀才』等稱之，方志、家乘等資料亦無相關記載。《南渟公傳》又曰：『夫以先生之才，而不獲厠足於屬車豹尾之列，以發攄其所藴，宜其有迫於中，而長言咏歎之不能已也。』字詞間似有不能名狀之隱痛。或以其早年曾卷入某個科場弊案，故『有迫於中』，不得不『銷聲割跡』，從此便斷絶了舉業仕進的道路。其一生困阸無聞的基調也多緣於此。

康熙三年（一六六四），沈日昆去世，家計益蕭條。時岸登纔二十六歲，不得不北上京華，開始其近三十年的幕僚生涯。其從姪沈黼熊記曰：『伯父南渟先生蚤歲賦遊，垂四十年。然或一歲，或未及一歲即返，返未久復出。人謂：先生盍淹久於外，數年得三徑資以歸，可無事游矣。先生笑而頷之，然終不改。性不慕榮利，視貴遊蔑如。所與交若長水竹垞朱先生父子、桃鄉李先生、錢塘田居龔先生而外，無幾人也。』

在京城期間，岸登遇鄉前輩朱彝尊，從之遊，學爲倚聲，所作詞奉南宋詞人姜夔清空騷雅之旨，朱彝尊評曰：『可謂學姜氏而得其神明者矣。』其時，朱氏雖以經史文章頗負盛名，却也正爲窮阨所逼，碌碌爲客。《曝書亭集》卷四〇《陳緯雲紅鹽詞序》曰：『而予餬口四方，多與箏人酒徒相狎，情見乎詞。後之覽者，且以爲快意之作，而孰知短衣塵垢，栖栖北風雨雪之間，其羈愁潦倒未有甚于今日者邪。』這兩位世家落魄子弟同入工部郎中周襄緒府中，成爲幕友，又同隨周氏轉客揚州。周氏輕財好客，主客之間，詩酒論文，遊冶唱和，相得甚歡。不久，三藩事起，周氏奉旨入閩招撫耿精忠，被質押軍中，衆幕友無所依傍，睽離星散。

康熙十八年（一六七九），高士奇賞識岸登之才學，延聘至京，課其子高輿。高氏爲康熙帝南書房寵臣，又善弄權術，而岸登『無一私語干士奇，士奇嘗敬憚之』，并常以所蓄書畫屬爲題詠。當時，參加博學鴻儒科試之才士群集京師，岸登得與陳維崧、李良年、陸棻、高層雲、徐釚、孫致彌、沈皞日、宋犖等相過往，琴歌酒坐，應和不乏。是年冬，龔翔麟在江寧彙刻《浙西六家詞》，岸登《黑蝶齋詞》名躋六家，朱彝尊爲之序。

康熙二十一年（一六八二），龔翔麟邀岸登寓江寧瞻園，時李符、朱彝尊、其子朱崑田、畫家王翬亦先後往來賓榻，酒闌棋罷，仍唱和不倦，有《瞻園唱和》一卷存世。此後，數至閩中。繼而遊新安，入曹貞吉幕，并與其子曹霖爲詞友酒伴。康熙三十二年（一六九三），又遠赴山西徐溝，襄助時任徐溝知縣之族弟沈崑。岸登的大半生即是在如此窮薄的幕客生涯中度過的。

晚年，岸登乃閉門埽軌，安居鄉閭，偶賦近遊，仍與族中沈皞日、沈不負、沈之鉅及朱彝尊、朱崑田、高士奇、高輿、鮑駿諸舊識時相過從，以翰墨怡悦性情。康熙四十一年（一七〇二）十月二十二日，病卒於家，享年六十四歲。其『生平著述半在遊屐，詩詞皆雋妙，寫山水蘭石，瀟灑淡遠，無塵俗氣，書宗二王，時稱三絶』。有《黑蝶齋詩鈔》《黑蝶齋詞》行世，另有《黑蝶齋小牘》《韻鈔》《春秋紀異》若干卷，未刊。

沈岸登撰《黑蝶齋詩鈔》四卷，《四庫全書總目》置於存目中，有清康熙六十一年原刊本存世，寫刻精雅，上海圖書館及内蒙古圖書館、吉林省圖書館均有收藏。《四庫全書存目叢書》與《清代詩文集彙編》皆以上海圖書館藏本影印，今據以爲底本。《詩鈔》卷末原有從姪沈黼熊跋，曰：『篋笥所存零星賸稾，得古今體詩若干首。先生手自删定，存什之五。』因知詩集爲其晚年自編，大略按創作時間編次，始於康熙二十二年（一六八三）前後，至卷末諸首已在岸登將去世之頃，而《詩鈔》刻成則在其身後。此外，仍有零落散佚者，今從文獻、書畫中輯得若干首，置於卷末。

岸登以詞名世。康熙十八年（一六七九），龔翔麟刻《浙西六家詞》，其中《黑蝶齋詞》一卷，計七十六闋。其時正值浙西詞派成形張幟之際，岸登以酷肖南宋詞人姜夔的獨特面貌出現，與族叔沈皞日并稱『二沈』。多年後，厲鶚論浙西詞家，贊曰：『檇李，今詞鄉也。自朱竹垞太史導其源，李秋錦、魏水村諸公和之。而柘上二沈同姓著稱，南渟以秀澹勝，融谷以婉縟勝。於時一篇始出，四方傳唱，敏若風雨，雖茶檣酒幟、井眉椒壁間，偉男髫女，皆能道其名字。』《黑蝶齋詞》亦按創作時間編排，起自康熙十年，訖於康熙十八年，皆爲其四十一歲以前之詞作。此本屢經翻印，流布較廣，《全清詞》據之收録，《全清詞》及《補編》又輯得補遺十一闋。

然岸登所作詞不止於此，至晚年嘗偕沈皞日編刻《浙西二沈詞》，皞日序曰：『念此衰年，恐致湮没，撿敝篋中已刻者存十之二三，未刻者得十之六七，分爲二卷。南渟搜遊笈所積，得若干調，彙爲一集，名曰《浙西二沈詞》，就正於世，聊誌其舟車聚散之故及文章得失之由。』其中沈皞日《柘西精舍詩餘》二卷，上海圖書館有藏，并列入《中國古籍善本書目》，而岸登詞卷原以爲已佚失不傳。前年，學友鄭凌峰、浙江古籍出版社路偉在國家圖書館訪得《浙西二沈詞》中《黑蝶齋詩餘》一卷，慨然録示，遂知康熙原刻本幸仍留存。此單行孤帙終得復彰，於此對兩位友朋謹致謝忱。《黑蝶齋詩餘》與《浙西六家詞》本相校，去其重複，可得五十七闋。另從《清溪沈氏六脩家乘》等舊籍中再輯佚詞十三闋。如此，共得岸登今存詞一百四十六闋，其四十歲以後之詞作，也大略可觀。

岸登一生經歷少有波瀾，結交亦不甚廣，却多是有名位之官紳，其才學頗受賞識，『然先生不以阨窮自憫，在都下不投一貴人刺。朝士大夫願交先生者，一拜後，先生往答之，不再過。其不遇也固宜』，『爲人冲夷恬雅，淡於榮利，簞瓢不給，處之晏如』。從存世作品來看，岸登也確是個澹遠之人，詩詞題材多是羈愁別怨，亦有牧笛漁歌；寫村居乃富畫意，述情思并饒風致。與浙西詞派其他五家相比，另五人都多少還有些貪戀功名，唯岸登始終抱持『優遊息偃以樂其年』之隱逸態度，寄深情而屏香澤，發清韻而追簡古，以達守拙懷安之恬適意境。《四庫全書總目》評曰：『其詩瘦削無俗韻，而邊幅微狹，亦緣於是。』

編者於岸登詩詞輯集之餘，詳加校勘，其間所涉人物交遊、山川風物及本事可稽考者，輒稍作箋釋；凡可考知寫作年代者，皆爲繫年，俾便讀者賞評。編者嘗撰《黑蝶齋詞校箋》一書（華東師範大學出版社二〇一七年出版），其中與高士奇唱和篇什，因當時尚未獲見《浙西二沈詞》本《黑蝶齋詩餘》，故未能明確諸詞與高士奇《竹窗詞》之時空關聯，致使前書有關繫年皆屬錯誤，藉是編得以糾正，這是要特别説明的。因學識淺薄，其他疏漏必定不少，更請方家不吝賜教。

胡　愚

目録

黑蝶齋詩鈔卷四

附録

黑蝶齋詞

黑蝶齋詩餘

黑蝶齋詞補遺……（三九四）

沈岸登文存

沈岸登文存

附志傳

黑蝶齋詩鈔

黑蝶齋詩鈔序

嗚呼，此余亡友惰畊村叟之遺詩也。村叟爲人冲夷恬淡，泊于榮利，屢空晏如，不因人熱，其所爲詩、古文、詞及畫亦如之，皆矯矯不羣，翛然自拔於塵壒之表。余少侍先公于白門，往來家鄉山水間，獲交村叟，相與剪鐙擊鉢，聯牀並舫，殆無虛歲。及先公内召，余亦縶官闕下，而邨叟戢影鄉間，或偶賦近游，亦未踰大江以北，十數年之久，索居岑寂，悵焉無徒。每當月落屋梁，雞鳴不已，未嘗不增聚散之慨。迨乙亥冬，村叟始從太原跨蹇驢，冒雪入京師，就余道故。合并未久，復理歸楫。壬午書來，訂再訪之期，始發函而凶問踵至矣。嗚呼。三十年晦明風雨之交，一旦生死異路，風流渺然，雖欲忘情，烏能已已。余未老先衰，髮白齒脱。追憶平生朋舊，半登鬼簿。曹子桓云：『既嘆逝者，行自傷也。』間嘗掇拾遺詩，村叟而外，若長水之李分虎、朱文盎都爲一集，欲付剞劂，以永其傳，而春風陋巷，簞瓢不給，此願忽忽未遂。今文盎已附尊簡討以行，而村叟詩復得賢子姝節衣縮食，勉圖鏤版。余泚筆序之，既喜吾友之後起有人，斯文不朽，且以志余食言之多媿也。村叟沈氏，名岸登，平湖人。田居老農龔翔麟題。

黑蝶齋詩鈔卷一

古今體詩（一〇七首）

農具十三首〔一〕

田　廬

農事及秋穫，高風掃郫墟。枯蓬老瘠竹，結爲田中廬。廬中無所有，寢興亦那居。吾齋足窗几〔二〕，何不設農書〔三〕。

校　記

〔一〕《清溪沈氏六脩家乘》（沈應奎等纂，清光緒十二年追遠堂刻本。以下簡稱《沈氏家乘》）詩題作『農具十三首用梅宛陵題』。

〔二〕『吾齋』：《沈氏家乘》作『吾家』。

〔三〕『何』：《沈氏家乘》作『曷』。

箋

宋梅堯臣《宛陵先生集》卷五一有《和端叟農具十三首》，岸登即用其題賦詠。

案：岸登素有隱逸之志，常以田夫村叟自況，故作此組詩述懷。

田廬：田中搭建的廬舍，以便農作間歇息。宋王安石《和聖俞農具詩十五首·田廬》：『田父結田廬，聊容一身息。』

颺扇

百卉分妍媸，五穀襍良莠。咄咄隴上翁，用舍操畎畝。去麤每在前，取精恒在後。簸揚總天風，翁力究何有。

箋

颺扇：古時揚穀器，揚除糠秕的一種風力機械。

妍媸：同『妍蚩』，美好與醜惡。唐白居易《霓裳羽衣歌》：『妍媸優劣寧相遠，大都只在人擡舉。』

樓種

江南多水田，田家少高屋。草艸八九椽，於上寄儲蓄〔一〕。粒食餘幾何，豆羹雜芋粥。愍彼鼠雀愚，焉得及爾腹。

校記

〔一〕『於上』：《沈氏家乘》作『於此』。

箋

梅堯臣《和端叟農具十三首》中有《耬種》一首，所賦詠者係一種播種用的農具，亦稱耬犁，由牛牽引，中置盛放種粒的耬斗與機關，可同時完成開溝和下種兩項工作。此首與此無涉，所詠乃是盛放種子的高脚倉樓。

樵斧

田家田具多，利用及樵斧。不忘隴畝勤，小暇亦習苦。深春採山去，雞犬守場圃。山空自答響，落日聲可數。

箋

樵斧：柴斧，砍伐柴木之用。

耒耜

揉斵上古器，厥制先百工。有部肇家室，乃竊羲皇功。周衰滕宋間，負者各西東。縱横棄鄉井，王政有旹窮。

箋

耒耜：古時一種翻耕土地的農具，形如木叉，上有曲柄，下有犁頭，用以鬆土。有部：《史記·周本紀》：『周后稷，名弃。其母有邰氏女，曰姜原。』

錢鎛

惟春日既暮，東作始自兹〔一〕。庤爾錢與鎛，土脉動以時。漢詔嘗蠲租，其言頗憫慈。盍不責循吏，與農講周詩。

校記

〔一〕『自兹』：《沈氏家乘》作『在兹』。

箋

錢鎛：古農具，形似鏟。《詩・周頌・臣工》：『命我衆人，庤乃錢鎛。』鄭玄箋：『教我庶民，具女田器。』

耰鋤

用項不妨曲，用齒不妨鈍。要使稗荑除〔一〕，亦驅鼉黽遯。稻葉香薿薿，風過足破悶。一簞庶不空，此外更無願。

校記

〔一〕『稗荑』：《沈氏家乘》作『荑稗』。

箋

耰鋤：古時平整土地的鋤頭，用以磕土、翻土、蓋土。

襏襫

田衫雨中具，市價無百錢。咄嗟未及辦，抵於寒無氈〔一〕。儂有一領蓑〔二〕，挂壁珊珊然。但供老農借，不解染耕烟。

校記

〔一〕『抵』：《沈氏家乘》作『窘』。

〔二〕『儂』：《沈氏家乘》作『農』。

箋

襏襫：蓑衣。《國語·齊語》：『首戴茅蒲，身衣襏襫，霑體塗足，暴其髮膚，盡其四支之敏，以從事於田野。』韋昭註：『茅蒲，簦笠也。襏襫，蓑薜衣也。』

臺笠

五月梅子黄，有雨極歡謔。買笠配青莎，赤脛不用屩。東阡與西陌，點點散圓篛。亦宜行饁婦，曉鬢省梳掠。

箋

臺笠：《詩・小雅・都人士》：『彼都人士，臺笠緇撮。』鄭玄箋曰：『臺，夫須也。都人之士以臺皮爲笠。』陸璣《草木疏》云：『舊説：夫須，莎草也，可以爲蓑笠。』宋梅堯臣《和端叟農具十三首・臺笠》：『力田冒風雨，緝篳爲臺笠。』

水車

機智奪天巧，人力回天陽。翻翻銜尾水，未易斗石量。雙踵不得息，匹如征途長。日盡則亦已，終夜重迴腸。

箋

水車：古時灌溉機械。用人或畜力作爲動力，通過管、筒、水槽等機件將水提升。《宋史・河渠志五》：『地高則用水車汲引，灌溉甚便。』

田漏

垤蝗知陰晴，林烏識昏旦。以此度寸晷，作息無敢玩[一]。先日出以集，後日入以散。𣂏眠夢多魚，屋角晨星攎。

校記

〔一〕『玩』：《沈氏家乘》作『忨』。

箋

田漏：古時農家計時的器具。元王禎《農書》卷二〇：『田漏，田家測景水器也。凡寒暑昏曉，已驗於星。若占候時刻，惟漏可知。古今刻漏有二：曰稱漏，曰浮漏。夫稱漏以權衡作之，殆不如浮漏之簡要，今田漏概取其制，置箭壺内，刻以爲節，既壺水下注，則水起箭浮，時刻漸露。』

耘　鼓

田頭挂田鼓，打鼓作耘課。一行復一行，鼓聲忽入破。雨脚西北來，爛熳得晝卧。今年賽東鄰，殺牛與神賀。

箋

耘鼓：亦稱『耘田鼓』。古代農忙時掛在田頭樹上的鼓，鳴之以統一行動。

牧笛

牧牛求牧地，往往愛陽坡。叢草恣呞嗞，春風吹更多。背上丱角童，雙綰青旋螺。牛閑牧亦閑，横笛吹田歌。

箋

牧笛：牧童與牧民所吹的笛子，可用以引導牧牛。宋陸游《閒遊所至少留得長句》詩：『鷺引釣船經荻浦，牛隨牧笛入柴門。』

自題紅樫田舍用東坡八首韻

三四間破屋，相對惟青蒿。完葺亦無取，且得息我勞。托身墳墓鄉〔一〕，孑然比於逃。惟有舍南樫，鬖鬖含土膏。叢花糝繁枝，碎葉翦氄毛。蔭此茅茨簷，不厭千尺高。

老境厭静坐，意到隨所適。朝嬉暮則還，但苦費楖栗。昨遊愬翠微，黄山寺名。曾向山僧乞。紅藤竝白竹，忽化雙龍逸。李生補一枝，李延是辰山。〔二〕偃蹇在我室。亦有放鴨船〔三〕，鄰翁嘗借出。於此鬱鬱居，生意何可必。

故人宦京洛，隔若面與背。一年寄一書，喜若病得艾。緬想江南春，桃葉共良會。揭來皆逆旅，所得野人塊。黃壚昨再別，揮手春明外。一疏請暫假，當來開榛檜。感慨十硯分，摩挲無恙在。相期寫新詩，能令饞口膾。

朋舊無多人，數月死可數。死已不可追，黯然平生語。入門薦清酤，灑涕手一舉。誰念白髮翁，霜雪垂縷縷。茆齋久寂寞，白日門不拄。蕭蕭秋樹聲，憶昔共風雨。開甑煮田蔬，露葉盈筐筥。一飯不再過，相思惟淚土。生時所讀書，未知賣何許。

城南有雁浦，花木已就荒。移家住溪北，爲農庶可望。麻麥不曾把，玄髮變蒼蒼。抱子又抱孫，子孫何時昌。食粟者騏驥，食芻者牛羊。貴賤視所稟，怨尤可相忘。

饑有薇可採，病有苓可斲。山居足養生，此意何未慤。兄弟六七人，死徙散雨雹。兒長過我項，從其嬾失學。在昔我大父，之官歷荊岳。循良疏第一，精采頗卓犖。遺我五湖宅，三畝恩亦渥。追數未百年，荒蕪悵籬角。

種竹亦所好，竹高連旁村。有時帶疎雨，終夜響茨垣。嘗笑江北人，不識祖與孫。蕭蕭白楊樹，乃以當其門。前年風作横，千箇無一存。新笋亦倍價，往往苦饔飧。無肉老不飽，無竹又何論。籬根豆莢肥，亦堪招弟昆〔四〕。

薄游自少日，荏苒銷我年。喁喁室中人，謂我囊無錢。我老筋力枯，焉能更求田。門前稻鍼色，青於所坐氊。坐每不及暖，豈曰學聖賢。江南塞北路，栖栖能幾千。

校記

〔一〕『墳墓鄉』：《沈氏家乘》作『墳墓里』。

〔二〕『李延是辰山』：《沈氏家乘》作『謂辰山』。

〔三〕『放鴨船』：《沈氏家乘》作『放鶴船』，又注曰：『一作鴨。』

〔四〕『堪』：《沈氏家乘》作『可』。

箋

紅樫田舍：岸登寓齋，在平湖東湖之東，清溪北岸。《黑蝶齋詞》中《輪臺子・讀長水唱和詞憶從癸丑别鮑子子韶迄今戊午余移家湖東子韶仍歸虔州感賦》，可知在康熙十七年（一六七八）戊午，岸登移家至此，因舍南有紅樫樹，故名。

東坡八首：宋詩人蘇軾，號東坡，有《東坡八首》。以上八首即用其韻。

土膏：肥沃的土。《漢書・東方朔傳》：『故酆鎬之間號爲土膏，其賈畝一金。』

椰栗：藤手杖。唐曹松《答匡山僧贈椰栗杖》詩：『栗杖出匡頂，百中無一枝。』宋范成大《丙午新正書懷十首》詩：『病憐椰栗隨身慣，老覺屠蘇到手遲。』

李生：李延是（一六二八—一六九七），初名彦貞，字我生，一字期叔，後更今名，改字辰山，號寒村，上海南匯人。明季易代時曾受唐王官，後遁跡平湖佑聖宫，自稱道士，以醫藥自給。聚書至三十櫃。著有《崇禎甲申録》《南吴話舊録》《放鷴亭集》等。

『故人宦京洛』句：故人指龔翔麟，此首相憶之作。

『城南有雁浦，花木已就荒』句：此謂舊居。《詩鈔》卷四《東湖曲》之四：『移家雁浦買漁舟，卧看春潮門外流。自分不來城郭住，夢中猶著一層樓。』詩註曰：『雁浦，先方伯南郊題額，余以名齋。』又《黑蝶齋詞》有《平湖樂・懷雁浦舊居》。

『在昔我大父，之官歷荆岳』句：謂祖父沈萃楨事。沈萃楨（一五七八—一六三六），字君聚，號哀中，浙江平湖人。識文震孟、陳仁錫於未第時，親詣其門，修主客禮。明萬曆三十一年（一六〇三）成舉人，萬曆四十一年（一六一三）中進士。授工部主事，榷荆州關税，盡革諸小税名目。以羡金築堤沙市，避水衝民，稱沈公堤。出知蘇州府，陞福建副使，備兵興泉。紅夷犯銅山，直侵中左，萃楨即日移駐同安，身冒矢石，出奇兵撓之，五閲月而就款。轉本省參政。丁内艱，起復擢湖廣上江防參政，歷福建按察使司，整飭蘇松兵備道，官至湖廣布政使司右布政使。以親老乞養歸，尋卒。萃楨生平熟於政事，凡軍兵多寡、錢穀出入，以及土俗形勢、經濟大略，矯尾厲角，抗論卓然，一代治才也。著有《郢署草》《先進遺風》等。

『薄游自少日，荏苒銷我年』句：康熙三年（一六六四），岸登父沈日昆病卒。是年，岸登年方廿六，不久即爲生計，北上京師，依人僚幕，所得微薄。詩句『喁喁室中人，謂我囊無錢』蓋寫實之語。

別　墅

別墅湖樓北，嬉游髫齔初。短衫騎緑篠，小艇摸紅魚。不稱山人買，都非舅氏居。年年仙梓放，催染碧桃餘。

舍　館

舍館過從久，升沉廿載論。自來疎問訊，數去必開樽。詔起鍾山宅，交平相國門。桐花書屋在，歸看作詩孫。

逢　掖

逢掖銜恩最，龐眉不及低。吾生行已晚，衆口近難齊。史筆仍留副，春沙舊築堤。尚書心事苦，結屋問吴圭。

箋

逢掖：指儒生所穿之衣，後代指儒生。《禮記·儒行》：『丘少居魯，衣逢掖之衣，長居宋，冠章甫之冠。』唐劉禹錫《遊桃源一百韻》詩：『紛吾本孤賤，世業在逢掖。』

龐眉：龐，通『尨』，雜色。漢張衡《思玄賦》：『尉尨眉而郎潛兮。』李善註引《漢武故事》：『顔駟，不知何許人，漢文帝時爲郎。至武帝嘗輦過郎署，見駟尨眉皓髮。』

江梅

白馬虚傳讖，黄輿已掃埃。三年持使節，百口種江梅。屬國官終薄，編氓意可哀。莫愁潞河水，猶在帝城隈。

箋

此首憶東主周襄緒而作。

周襄緒（一六三一—？），字還梅，號琴山。浙江山陰（今浙江紹興）人。順治十一年（一六五四）副榜恩貢生，初授内國史院撰文中書舍人，又任刑部浙江清吏司主事，累官工部虞衡清吏司郎中。康熙十三年（一六七四）值七閩之亂，奉詔入閩招撫耿精忠，被拘留軍中，終不辱命而還。持父喪，除服，補官京師。後挂吏議落職歸里。

案：康熙九年（一六七〇）前後，周氏嘗聘岸登爲館師，課其二子。參見卷四《題周虞衡琴山遺照十二首》箋語。

『白馬虚傳讖』句：古代以乘白馬表示有凶事。《史記·秦始皇本紀》：『楚將沛公破秦軍入武關，遂至霸上，使人約降子嬰。子嬰即係頸以組，白馬素車，奉天子璽符，降軹道旁。沛公遂入咸陽。』裴駰《集解》引應劭曰：『素車白馬，喪人之服也。』此句言周襄緒被耿精忠執留後曾虚傳凶信。

『黄輿已掃埃』句：黄輿，指大地。《樂府詩集·郊廟歌辭七·迎神》：『黄輿厚載，赤寰歸德。』此句言三藩之亂平定。

『三年持使節』句：此句言周氏奉詔入閩招撫耿精忠，被執三年後還朝。

編氓：編入户籍的平民。

東　閣

東閣招賢地，年來不再窺。好詞誰側帽，宿草但豐碑。白袷從初服，青山住畫師。因君感知己，有淚只空垂。

箋

此首或憶詞友納蘭成德而作。

納蘭成德（一六五五—一六八五），今稱納蘭性德，葉赫那拉氏，字容若，號楞伽山人，滿洲正黄旗人。大學士明珠長子。十七歲入國子監，爲祭酒徐元文賞識。十八歲中舉人，次年成貢士，康熙十五年（一六七六）補殿試，中第二甲第七名進士，授三等侍衛，再晉一等侍衛。數次扈從康熙帝出巡，又嘗奉使塞外有所宣撫。成德嘗拜徐乾學爲師，窮討學術，並輯刻《通志堂經解》。善詩，尤長倚聲，遍涉南唐、北宋諸家，窮極要眇。詞風『清新秀雋，自然超逸』『哀感頑豔，格高韻遠』。著有《渌水亭雜識》《通志堂集》《飲水詞》等。

東閣：語出《漢書・公孫弘傳》，公孫弘當宰相後，别立客館，東向開門，招納賢才，一起謀議大事。後遂用

『東閤(閣)』指稱宰輔招致、款待賓客之所。宋刁衎《漢武》詩：『已教丞相開東閤，猶使將軍誤北戎。』納蘭成德父明珠嘗任武英殿大學士、太子太傅等要職，爲康熙朝重臣。成德亦好結文友，詩酒不輟。

『好詞誰側帽』句：側帽，斜戴帽子。《周書·獨孤信傳》：『信在秦州，嘗因獵日暮，馳馬入城，其帽微側，詰旦，而吏民有戴帽者，咸慕信而側帽焉。』後以謂瀟脱不羈的裝束。納蘭成德以『側帽』名其詞集。徐乾學《通議大夫一等侍衛進士納蘭君墓誌銘》曰：『所著《側帽集》，後更名《飲水集》者，皆詞也。』

宿草：墓地上隔年的荒草，借指人已亡故多時。《禮記·檀弓上》：『曾子曰：「朋友之墓，有宿草而不哭焉。」』納蘭成德卒於康熙二十四年(一六八五)，年僅三十一歲。

『白袷從初服』句：白袷，白色的夾衣，亦借指無功名的士人。清金農《寄贈于三郎中山居》詩之一：『身離東縛卸犀圍，白袷披時少是非。』初服，未入仕時的服裝，與『朝服』相對。《楚辭·離騷》：『進不入以離尤兮，退將復脩吾初服。』蔣驥註：『初服，未仕時之服也。』

湖上

湖上新荷葉，翻翻幾柄長。沙廻樵豎艇，岸隔講僧堂。涼月兼花白，微風盪水香。兩堤行盡處，添得一山莊。

燕市

燕市曾聯策，吴江又泊船。酒攜青紵下，月在泠楓邊。蕭瑟還家日，飛揚獻賦年。君王與一飯，身退亦流傳。

吴下

吴下有金粟，其名海内傾。一丘復一水，誰與道人爭。束帶薄吏隱，清樽留友生。梧桐鄉信宿，重起茜涇情。

箋

束帶：指官服。唐韋應物《休暇東齋》詩：『由來束帶士，請謁無朝暮。』

茜涇：在今江蘇太倉市東北三十里。清《一統志·太倉州一》：『（茜涇）西承楊林河，東出花浦口入海。宋范仲淹、葉清臣、趙霖皆嘗開浚。』

朱蒙

曾聞楊柳渡，更譯到朱蒙。職貢巴江外，人家海市中。盛朝頒朔遠，高館賦詩雄。一卧滄江畔，香鱸吹荻風。

箋

此首憶懷孫致彌而作。

孫致彌（一六四二—一七〇九），字愷似，號松坪，江南嘉定（今屬上海市）人。幼貧力學，工詩，兼善書法，得董其昌筆法。康熙元年（一六六二）被薦，召試稱旨。十七年，以太學生賜二品服，充朝鮮副使，陪使頒詔，命採詩東國，撰《朝鮮採風録》。二十七年，成進士，改翰林院庶吉士。歷官山西鄉試副考官，翰林院編修，侍講學士。以詩詞名當世。著有《杕左堂詩集》《别花餘事》《梅沜詞》《衲琴詞》。

案：孫致彌與岸登爲布衣之交，康熙九年（一六七〇）前後，嘗同客京城，皆爲工部郎中周襄緒幕客。孫致彌《梅沜詞》亦有《多麗·甲寅秋南池送沈覃九兼懷譚左羽朱錫鬯徐勝力陸武園次覃九留别原韻》《八聲甘州·過周還梅虞部寓酣飲達曙追念舊遊慨然有作同錫鬯左羽融谷覃九公衡》《解連環·己未秋客長安將歸留别同學諸子次武曾韻》諸酬和之什。《黑蝶齋詞》有《多麗·南池重别孫愷似》《解連環·用李十九韻送孫愷似南還因話使高麗事》諸作。

朱蒙：此謂朝鮮。《樂府詩集》卷七八《高句麗》引《通典》曰：「高句麗，東夷之國也。其先曰朱蒙，本出於夫餘。」

「盛朝頒朔遠，高館賦詩雄」句：此句言孫致彌出使朝鮮事。

絶　徼

絶徼全家去，迢迢歲月移。已荒三徑草，又哭少年兒。莫數雷江路，惟吟柘水詞。炎風吹不斷，榕葉亂垂絲。

箋

此首憶懷沈皞日而作。

沈皞日（一六三七—一七〇三），字融谷，號寓齋，又號柘西、茶星，浙江平湖人。其少年時即喜吟詠，在里中同陸埜、趙沺、陸葇、陸世栻、陸來章、沈起雷稱『當湖七子』。當内兄陸世楷任南雄知府時，沈皞日客其衙署數年，得與今釋澹歸頗多酬答。澹歸評其詩曰：『清新俊逸，兼庾鮑之長，其純粹澹雅，不雜風塵。』數至京師，廣交遊，從朱彝尊學爲倚聲之學，效白石、玉田之調。與陳維崧、宋犖、李良年、高層雲、高士奇、徐釚等著名詞人相過往，頻有詩酒讌集。復同李符等客居江寧龔翔麟的瞻園，唱和累月。康熙二十三年（一六八四），以拔貢選授爲廣西來賓知縣，又調任廣西天河知縣。四十一年，改補辰州府同知，次年卒於官舍。著有《寓齋詩集》《柳慶集》《粵遊草》《楚遊草》《柘西精舍集》《柘西精舍詩餘》。

案：沈皞日爲岸登族叔，僅年長兩歲，又同列名浙西詞派六家中。

『絶徼全家去，迢迢歲月移』句：絶徼，荒遠邊塞之地。沈皞日在廣西任知縣歷十一年。

『已荒三徑草，又哭少年兒』句：沈皞日子沈峻隨父至廣西任所，將入太學就試北雍，行至長沙，卒於舟次，年三十歲。

雷江：又名來賓水，在今廣西來賓縣西北。《輿地紀勝》卷一〇五象州：『（雷江）在來賓縣西北三十里，流入縣界。《舊經》云：往有毛雷捕魚於此，因名。』

栢水詞：沈皥日詞集名《栢西精舍集》。

同朱西畯蔡遠士寄懷龔蘅圃用王介甫集中韻

諸子皆濩落，㨉指惟我最。祝雞術已窮，歌鳳狂亦太。巧斲困朽株，羸驂蹶壥壒。亦爲謀稻粱，翻令失畎澮。一茆托九峰，日夕面蒼靄。衣不滿一篋，粟不儲一廥。挂杖無留錢，又作沙石汰。譬若驅蟣蠓，納之於大沛。敗船沉沙觜，破柱傾籬外。有脚不能屐，或從爲之釱。時無濫竽食，人恥吹簫丐。倀倀何所之，踽踽走都會。列肆羅寶玉，貴賤出徂儈。真贗無定評，紛若甚巫襘。鈍口莫能爭，布策筮歸妹。曰刲羊無血，其繇絶無賴。晚年交龔子，吐辭燦珠貝。曹墻排亂礫，賈壘拔前祋。如決大河隄，層瀾自浩濊。如和高岡鳴，衆鳥空飛翽。閒移攝山梅，醉採後湖蘋。如彼駏與蛩，比之狼得狽。挑燈讀君詩，恍惚開老昧。臨窗學君書，踏拖不可奈。楚舞虚減腰，秦醫慢諱癘。以此愜時好，毋乃饑渴害。敢懷小人土，竊愧君子泰。況復感秋風，鄉心促凉籟。轉展念孩穉，十飯九粗膾。還家如秋蟬，聲咽羽亦蜕。遐矚清江寬，俯視一身蕞。挐舟渡桃葉，歲聿在横艾。齒髮未全疎，歲月還自愒。晨霜颯凄凄，夕雨黯霈霈。我鼓平江棹，君治燕山軑。相去三千驛，望眼令茫眛。荏苒度流年，交睫見春藹。倚樹聽初鶯，抽帆趁奔瀨。言尋殳仙山，貰酒指村旆。故人啓雙扉，爲我斫鮮鱠。安牀鋪竹簟，穿牖蔭松蓋。有時傾詩瓢，歌咏偕徐松塍蔡。國風一十五，亦載曹陳鄶。夫我敢竊比，可以小喻大。倘許隸偏裨，願言執銛鋭。制勝在公等，援枹視動旝。回想西子湖，兩峰矗杉檜。湖水足魚蝦，湖田足粱糲。遲君種藕花，花時弛巾帶。好景當目前，開縑拂圖繪。

箋

康熙二十三年（一六八四）左右，與朱昆田、蔡耀唱和，賦詩寄懷龔翔麟。

朱西畯：朱昆田（一六五二—一六九九），字文盎，又字西畯，浙江秀水（今屬浙江嘉興市）人。朱彝尊子。諸生。其父乃一代宗匠，性好藏書，至八萬卷，昆田能悉心讀之，才識益博，一時有『小朱十』之譽。詩才雄傑，吐故納新，高層雲稱其詩：『上窺韓杜，下汲蘇黄，推陳出新，瑰奇光怪。』著有《笛漁小稾》十卷。

案：朱昆田《笛漁小稾》卷一《用王臨川贈曾南豐韻寄蘅圃》，當爲同時同題之作。

蔡遠士：蔡耀，字遠士，別號嬾人，原籍浙江德清，徙居梅會里（今屬浙江嘉興市）。天資高，讀書涉獵輒能得其大意。不沾沾於舉子業，旁及詩歌，書法亦有聲。論詩極嚴，於時人詩鮮當意，己所爲詩亦不多，蓋知其難而不輕爲。性疏懶，同學中朱願爲素以狂自喜，兩人意相得，一時稱爲『狂朱嬾蔡』。游大梁，卒於旅舍。著有《嬾人詩集》。

龔蘅圃：龔翔麟（一六五八—一七三三），字天石，號蘅圃，浙江仁和（今屬浙江杭州市）人。江南布政使龔佳育子，康熙二十年（一六八一）副貢，補兵部主事，出榷廣東關税，考選陝西道監察御史，巡視西城，稽察錢局，歷掌浙江、山西、京畿、河南諸道事，遇事論列無所避，嘗疏劾熊賜履等，以是得直聲。其後罷歸，閉門以詩詞自娱。貧甚，舉家食粥，未嘗於監司郡邑有所干請，士論高之。晚年移家白洋池畔，自號田居。龔翔麟生而穎悟，少從朱彝尊問學，弱冠即工詩古文辭。風流淹雅，詩出入三唐，詞在史達祖、張炎之間，爲浙西詞派六家之一。著有《田居詩稾》十卷、《續》三卷，《紅藕莊詞》三卷，輯刻《浙西六家詞》十二卷。

案：以上三子皆爲岸登平生至交。沈黼熊《黑蝶齋詩鈔跋》曰：『（先生）性不慕榮利，視貴遊蔑如，所與交若長水竹垞朱先生父子、桃鄉李先生、錢塘田居龔先生而外，無幾人也。』

用王介甫集中韻：王安石，字介甫，其《臨川先生文集》卷一二有《寄曾子固》詩，此首用其韻。

濩落：淪落失意。蘇軾《欲就蒜山松林中卜居》詩：『我材濩落本無用，虛名驚世終何益。』

祝雞：發出『祝祝』聲呼雞。《藝文類聚》卷九一引晉張華《博物志》：『祝雞公養雞法，今世人呼雞云祝祝，起此也。』漢劉向《說苑・尊賢》：『君之賞賜，不可以功及也；君之誅罰，不可以理避也。猶舉杖而呼狗，張弓而祝雞矣。』

蠛蠓：蟲名。體微細，將雨，群飛塞路。揚雄《甘泉賦》：『歷倒景而絕飛梁兮，浮蠛蠓而撇天。』李善註引孫炎曰：『蠛蠓，蟲小於蚊。』

踽踽：獨行貌。《詩・唐風・杕杜》：『獨行踽踽。』毛傳：『踽踽，無所親也。』

歸妹：《易》卦名。六十四卦之一。兌爲少女，故謂妹，以嫁震男，故稱『歸妹』。

『曰封羊無血』句：《周易・歸妹》：『上六，女承筐无實，士刲羊无血，无攸利。』宋邵雍《觀棋大吟》：『城有隍須復，羊無血可封。』

攝山：即今江蘇南京市東北棲霞山。《太平寰宇記》卷九〇升州上元縣『攝山』條引《輿地志》云：『江乘縣西北有扈謙所居宅村，側有攝山，山多草藥，可以攝生，故以名之。』

『敢懷小人土』句：《論語·里仁》：『君子懷德，小人懷土。』何晏《集解》引漢孔安國曰：『懷土，重遷。』朱熹《集註》：『懷土，謂溺其所處之安。』

『挐舟渡桃葉，歲聿在横艾』句：横艾，指太歲在壬之年。《史記·曆書》：『横艾淹茂，太始元年。』司馬貞《索隱》：『横艾，壬也。《爾雅》作「玄黓」。淹茂，戌也。』此句言康熙二十一年（一六八二，壬戌）至江寧客龔翔麟瞻園事。

『君治燕山軑』句：康熙二十一年冬，龔翔麟北上京師。

殳仙山：即殳山，在今浙江海寧市硤石鎮北四里雙山鄉。《輿地紀勝》卷三嘉興府：『殳山，昔道士殳基隱居學道，故名。』

松塍：徐燿然，字兼六，別字松塍，浙江嘉興人。縣庠生。徐在之子。著有《蓮西詩草》。

曹陳鄶：《詩經》十五《國風》之《曹風》《陳風》《鄶風》，古時喻爲不足道者。《左傳·襄公二十九年》：『吴公子札來聘……爲之歌《陳》，曰「國無主，其能久乎」。自《鄶》以下無譏焉。』杜預註：『《鄶》第十三，《曹》第十四。言季子聞此二國歌，不復譏論之，以其微也。』

援枹：手持鼓槌，指揮軍隊進擊。《左傳·成公二年》：『左並轡，右援枹而鼓。』唐陸德明《經典釋文》：『枹，音浮，鼓槌也。』

舥舫分韻得懷字

篷底如絲密雨排，又扶桑屐到唫齋。鷺兒唼葉平莎檻，竹子拖梢著蘚堦。短翼正須逃世網，長鑱苦未劚心柴。鰥鰥魚目秋衾冷，相對何緣得好懷。

箋

康熙二十二年（一六八三）七月，又過秀水，與朱昆田、蔡耀等分韻賦詩。

案：朱昆田《笛漁小稾》卷一《初秋風雨兼旬南渟再過草堂賦此志喜》，可知是年七月岸登再過梅里訪詩友。後一首《小齋聽雨同南渟遠士分賦得蠶字》即與岸登、蔡耀同時唱和之作。

甌舫：朱彝尊、朱昆田父子書齋名，在嘉興王店鎮曝書亭内。

短翼：宋陳造《再用前韻贈鹽城四士》詩：『我老一無可，短翼群蜚中。』王炎《送遊堯臣歸閩六首》詩：『雞鶩安用喧，短翼無遠舉。』

鰥鰥魚目：魚目恒不閉合。此喻憂愁而張目不眠的樣子。《釋名・釋親屬》：『愁悒不寐，目恒鰥鰥然也。』

和演谿老人見投原韻

頭白真成老畫師，吾生有命却無時。自憐隻影同孤注，誰謂三中是好詞。歸去田園何處問，秋來書札故人遺。五湖烟水如天濶，船尾終當理釣絲。

箋

康熙二十二年（一六八三）秋作於秀水。

演谿老人：徐在，初名元宸，字文果，更字皆山，别號演溪居士，舊籍海昌，徙居梅會里（今屬浙江嘉興市）。性豪放不羈，而於大節不少假借。有羸疾，遂棄舉子業，專以詩歌自娱。初嗜劉隨州，既而於有明大家酷摹何李，里中諸前輩稱其古風純似獻吉。晚年乃一變而入宋，非苟以趨時尚，蓋亦自得其趣云爾。著有《演溪詩集》《演溪詞》。

案：徐在亦梅里詩人，嘗有詩投贈，岸登次韻和答。朱昆田《笛漁小稾》卷一《南渟至自清溪出示黑蝶齋近詞和演溪老人韻》，與二人唱和詩同韻。

『自憐隻影同孤注，誰謂三中是好詞』句：此借用北宋詞人張先故事自況。張先，字子野，《苕溪漁隱叢話》前集卷三七引《古今詩話》載：『有客謂子野曰：「人皆謂公張三中，即心中事、眼中淚、意中人也。」公曰：「何不目之爲張三影？」客不曉。公曰：「雲破月來花弄影；嬌柔懶起，簾壓捲花影；柳徑無人，墮飛絮無影。此余平生所得意也。」』

和西畯韻

罾頭策策雨鳴蓑，歎息年華逐逝波。一餉蕭閒都是懶，近來歌哭亦如魔。謀生粱稻輸陽鳥，輕命江湖托浪婆。遲我一株桐葉底，月明風熟夜深過。

箋

康熙二十二年(一六八三)秋作於秀水。

西畯:朱昆田,見前箋。

案:是年春,岸登訪梅里。歸後,朱昆田《笛漁小稾》卷一有《南渟歸清溪久不至以詩招之》,此首即再訪梅里時步韻和答之作。

陽鳥:鴻雁之類的候鳥。《書·禹貢》:『彭蠡既豬,陽鳥攸居。』孔安國傳:『隨陽之鳥,鴻雁之屬。』

浪婆:傳説中的波浪之神。唐孟郊《送淡公》詩:『儂是拍浪兒,飲則拜浪婆。』

重游白門答梅里同學送别之作用原韻

滿眼山村與水村,雨檣風鐃不堪論。最爲恨事如今夕,未必留人是故園。桃葉按歌傷往迹,梅花促席記新元。白頭乞食真無賴,愁向離亭索贈言。

箋

康熙二十二年(一六八三)秋冬間作,時將再遊江寧。

案:康熙二十年(一六八一)冬,岸登遊江寧,龔翔麟留之瞻園,至次年秋日方歸。是年秋冬間,又將往遊。按詩中『白頭乞食真無賴』句,可知此行爲謀生計之遊幕生涯。

朱昆田《笛漁小槀》卷一有《次演溪老人韻送南渟之白下》與此首同韻，知徐在亦有送行詩，此首即和答之作。

白門：江寧（今江蘇南京市）之别稱。

梅里：又稱梅會里，即今浙江嘉興市王店鎮。清楊謙纂《梅里志》卷一：『梅里在嘉興縣南三十六里，大彭、嘉會二都之間，市曰「王店」。』又：『梅里之稱，以（王）逵環植梅花，因名焉。』

爲蘅圃寫西湖聽雨圖屬題其尾〔一〕

濕雲如絮逐斜風〔二〕，白傅堤前碧靄蒙〔三〕。正是中流簫鼓散〔四〕，幾人聽雨卧沙篷。

紅板禪扉午未開，樹聲都作雨聲來〔五〕。峰南峰北青難染〔六〕，點取孤山一面苔。

啞啞叢蘆響釣車，陰陰飛鷺入圓沙〔七〕。六條橋外春泥淺〔八〕，第一先須種藕花。

亭子湖心水檻孤〔九〕，放船一半是樵蘇。年來冷落垂楊岸，留與游人説畫圖。

校記

〔一〕詩題：《瞻園唱和》（清朱彝尊、沈皞日等撰《瞻園唱和》，清康熙三十九年刻本，上海圖書館藏）作『爲蘅圃寫西湖雨泛圖并題四絶句』。

〔二〕『斜風』：《瞻園唱和》作『山風』。

〔三〕『白傅堤前碧靄蒙』:《瞻園唱和》作『不放斜陽一抹紅』。

〔四〕『正是』:《瞻園唱和》作『料是』。

〔五〕『紅板禪扉午未開,樹聲都作雨聲來』:《瞻園唱和》作『古寺松腰石徑開,支笻曾憶看梅來』。

〔六〕『青難染』:《瞻園唱和》作『尋常見』。

〔七〕『啞啞叢蘆響釣車,陰陰飛鷺入圓沙』:《瞻園唱和》作『軋軋茭叢響釣車,蒲風菱雨戰涼沙』。

〔八〕『春泥』:《瞻園唱和》作『青泥』。

〔九〕『水檻』:《瞻園唱和》作『水面』。

箋

康熙二十二年(一六八三)冬作,時將至江寧訪龔翔麟,爲作《西湖聽雨圖》,又題詩贈之。

蘅圃:龔翔麟,見前箋。

案:龔翔麟《田居詩稾》卷三《沈子覃九爲余寫西湖雨泛圖用放翁思故山韻作歌》:『沈郎爲掃雨泛圖,聽我長歌歌聖湖。裏湖外湖足漁艇,南峰北峰多僧廬。貓頭專車夏入市,蟹螯敵虎秋收租。長堤蜿蜒三百尺,如虹飲澗餐風蒲。雨陣壓波湖盡黑,霜華着林山皆赤。好景鄉人長避之,阿儂獨摇雙槳出。不招襄與屐,不攜絃與酒。湖山真面目,對之歌紅藕。壚荒無處抛酒錢,樹盡登山緑齒便。夢粱可憶不可見,膠山綃海空雲烟。』

龔翔麟爲浙江仁和(今浙江杭州)人,有老而退隱西湖之願,故屬岸登作《西湖雨泛圖》,再請諸友題詩畫卷。《瞻園唱和》載畊客(李符)、西畯(朱昆田)《題西湖雨泛圖》詩。

樵蘇：砍柴刈草。《史記·淮陰侯列傳》：『臣聞千里餽糧，士有饑色，樵蘇後爨，師不宿飽。』裴駰《集解》引《漢書音義》：『樵，取薪也。蘇，取草也。』

夜泊荷葉陂寄清溪弟兄

廿載長爲客，臨岐未覺悲。忽看江上月，照我鬢邊絲。老失田園計，貧將筋力支。衰遲已如此，不禁涕交頤。

箋

康熙二十二年（一六八三）冬作於江寧舟次。

荷葉陂：地名，臨近江寧泊舟處。明劉嵩《槎翁詩集》卷八《送劉海鵬之金陵三絶》之三：『荷葉陂頭流水聲，月華霜氣兩凄清。』

清溪：位於今浙江平湖市南部，舊爲平湖縣清溪鄉，今改設爲林埭鎮，沈氏一族世居於此。

『廿載長爲客』句：謂二十年來以依人游幕爲生，參《自題紅橝田舍用東坡八首韻》箋語。

案：據詩意可知岸登其時生計頗蕭條，爲衰貧所累，故再往江寧以謀生計。

江上聽雨

纔卸江帆影，頻聽夜雨聲。不嫌繁漏促，秖苦劇愁生。漁火移新漲，村舂餉晚耕。年來真濩落，三度石頭城。

梅霖渾未歇，中夜不成眠。細逼征衫潤，狂摇客夢牽。江寬無過雁，風定有歸船。閒數辭鄉日，滄波已渺然。

曉過燕子磯

雨過江風緩，危磯向曉青。重來輸白髮，閒處識山亭。潮落漁村静，松深僧墅扃。兹遊差自喜，安穩到前汀。

箋

在江寧作。

燕子磯：在今江蘇南京市北郊觀音山上。清《一統志・江寧府一》：觀音山『有石臨瞰江水，形如飛燕，曰燕子磯』。

江行

見説垂楊渡，人家尚姓蕭。渚花叢出岸，山木仆成橋。馬踏明沙缺，鴉啼廢殿驕。誰知朱雀桁，帬屐亦飄搖。

箋

在江寧作。

『人家尚姓蕭』句：六朝南齊、南梁皇族皆出自蘭陵蕭氏，定都建康（即江寧，今江蘇南京市）。

朱雀桁：亦稱『朱雀航』，六朝都城建康南城門外的浮橋，横跨秦淮河上。三國吴時稱南津橋，晉改名朱雀桁。桁爲連船而成的浮橋，長九十步，廣六丈。因在臺城南，又稱『南航』。

帬屐：六朝貴游子弟的鮮華衣着。《北史·邢巒傳》：『蕭深藻是裙屐少年，未洽政務。』後借指衣着時尚的富家子弟。

同張茂辛過六朝松石山房

小有山樓勝，横橋出暗谿。幽尋爲減騎，老去欲扶藜。石自何年壘，松猶拂檻低。齊梁盛詞賦，不信少鐫題。

秦淮河口號

綠楊如沐雨初晴，雙槳迎潮自在行。撒網槎頭添酒榼，試槍蟹眼滿茶鐺。山圍翠黛層層碧，水映疏寮處處明。直得放燈簫鼓夜，河橋小住聽歌聲。

箋

在江寧作。

秦淮河：又稱淮水。《太平寰宇記》卷九〇昇州江寧縣『淮水』條引《輿地志》：『始皇巡會稽，鑿斷山阜，此淮即所鑿也，亦名秦淮。』東晉南朝以來，秦淮河爲建康之屏障，西連石頭城，東接青溪。六朝時淮青橋至鎮淮橋一帶，皆爲繁華街區，士大夫聚居於此。五代時吴國改築金陵城，乃貫秦淮於城中。明代以應天府爲南京，歌樓畫舫環集秦淮兩岸。此地歷爲南京名勝之地。

槎頭：即鯿魚。縮頭，弓背，色青，味鮮美。人常用槎攔截，禁止擅自捕殺。亦稱『槎頭縮頸鯿』。唐杜甫《解悶》詩之六：『即今耆舊無新語，漫釣槎頭縮頸鯿。』

試槍：試新茶。槍，未展的茶嫩芽。唐代陸龜蒙《奉酬襲美先輩吴中苦雨一百韻》詩：『酒幟風外攲，茶槍露中擷。』自註：『茶萼未展者曰槍，已展者爲旗。』

蟹眼：初熟而未老之茶湯。煮茶之水將沸之時，於爐口火勢略作壓抑，則氣泡小而細，突而圓，若蟹之眼，最宜烹茶，故名。宋龐元英《談藪》：『俗以湯之未滚者爲盲湯，初滚者曰蟹眼，漸大者曰魚眼，其未滚者無眼。

所語盲也。』

憶湘湖

菱葉初肥稻葉黄，茅椽八九在中央。日斜驅犢笆籬外，水落叉魚略彴傍。雲陣半浮山面白，竹風時作雨聲凉。秋來更有牽情處，紫蟹黄雞恣意嘗。

箋

此首思鄉之作。

湘湖：又名湘家湖、相家湖，位於今浙江嘉興市區東北部，爲嘉興第三大湖。清光緒《嘉興府志》載：『相家湖在縣東北九里，昔有相氏居湖之濱，故名相家湖。』

張子亮席上别蔡蒼霖因寄烏目山人王石谷

自我游白門，於畫得石谷。倩作江邨圖，落落數間屋。門前種楊柳，墻外拓修竹。中有釣魚船，送我歸湖曲。半生耽小技，此理討論熟。題品比隋珠，惟恐混魚目。冉冉閲五年，飄泊鳧與鶩。所在必自擕，截玉裝横軸。重來桃葉灣，問訊舛龜卜。妙物天所慳，再索不可復。蔡侯秦淮居，豐頤美肌肉。謔傲公卿輩，自謂麋豖鹿。興到嚼螺丸，累紙接長幅。圓毫響健臂，聽若雨箭鏃。十日或五日，一水或一木。慘淡出匠心，能事不受促。邂逅張宰席，結契疑自夙。願訂形外交，相對展裀褥。共數江之南，褒貶互反覆。近世王太常，巨手一峰續。山人虞山住，爾云當其族。落腕盡神韻，意彼有私淑。年年裹硯來，必過山齋宿。晴窗拂絹素，觀者填車轂。瑣細非所恢，不屑點巾服。浼我補豆人，幇屐雜耕牧。圖成走四方，每愧葭倚玉。只今江風便，秋氣飽帆腹。行當掃藜牀，牀頭安糟麴。商略春水藍，收拾秋巒緑。持贈娱幽棲，亦可壯書簏。余聞喜且舞，再拜頭再觸。斯語果不誣，莫嫌再三瀆。須臾明月輪，碾入浮雲逐。漏水咽丁丁，久坐嗔童僕。秉燭意不厭，况乃離裝俶。明當謁熱官，應如牛戴牿。爲子盡一觴，與子便分躅。臨岐訢舊懷，勞寄虞山麓。言余飫清玩，藏之當旨蓄。

箋

康熙二十六年（一六八七）作於江寧。

蔡蒼霖：蔡澤（生卒年不詳），字蒼霖，號雪巖，江蘇溧水人。善畫人物，兼山水花鳥。據乾隆《上元縣志》，其被周亮工品題入『金陵八家』。

王石谷：王翬（一六三二—一七一七），字石谷，號耕煙、烏目山人、清暉老人，江南常熟（今江蘇常熟）人。清初畫家，早年得王鑒、王時敏指授及推許，歷二十年，集各家風格，合南北二宗於一體。論畫主張『以元人筆墨，運宋人丘壑，而澤以唐人氣韻，乃爲大成』，爲一代畫宗。康熙中，應徵以布衣供奉内廷，主持繪《南巡圖》。

『自我游白門，於畫得石谷』句：康熙二十一年（一六八二）秋，岸登與王翬遇於瞻園。王翬輯《清暉贈言》卷一載岸登詩《王先生石谷過瞻園喜賦短律爲步蘅圃韻請正時余將歸長水兼以志別也》，二人初識時所作。至是时，正『冉冉閲五年』。

隋珠：隋侯之珠，古代與和氏璧同稱稀世之寶。《墨子》：『和氏之璧，隨侯之珠，三棘六異，此諸侯之良寶也。』《戰國策・楚策四》：『寶珍隋珠不知佩兮，禕布與絲不知異兮。』

王太常：王時敏（一五九二—一六八〇），字遜之，號煙客，晚號西廬老人，南直隸蘇州府太倉（今屬江蘇太倉市）人。明末清初畫家，明大學士王錫爵之孫，以蔭官至明太常寺少卿，後世遂以『王太常』稱之。少時得董其昌真傳，尤深契於黄公望墨法，開創婁東畫派。獎掖四方後進，爲一代畫苑領袖。

旨蓄：儲備的美味。《詩・邶風・谷風》：『我有旨蓄，亦以禦冬。』鄭玄箋：『蓄聚美菜者，以禦冬月乏無時也。』

送虔州彭子載入閩

一線閩溪不住流，尋思捩柁五經秋，灘聲似雨渾妨睡，榕樹成絲最繫愁。海日夜沉連戍火，山雲朝冷落賓郵。因君把別西窗下，殘燭幢幢話昔遊。

箋

彭子載：彭厚惠，字子載，江西南昌人。彭士望長子。

寄李畊客

從前白髮更紛披，倀倀江干無所之。長作卧遊惟芀蔚，未酬老餮是離文。鮫人影幻開軒處，螺女風清掛席時。山水此中殊不惡，封題應有寄來詩。

箋

李畊客：李符（一六三九—一六八九），原名符遠，字分虎，號耕客，浙江秀水（今嘉興）人。李符爲李良年之弟，少而穎悟絶倫，才氣勝於乃兄。肆力讀書，與朱彝尊、周篔等結詩社，下筆驚人，有聲梅里。遂受知於曹溶，招至家中，以藏書資之，稱爲弟子。年十六，入贅表叔錢爾復家，因不得志，乃仗劍爲萬里之遊。入黔中，張純熙提學貴州，見其詩，親訪羅致之，改官滇南，復偕之行。西南多佳山範水，符遇勝跡及良宴，必賦詩成誦，衆人輒斂手嘆服。其後，趙吉士榷關揚州，符入幕佐理。再爲江寧龔佳育延至幕府，與其子龔翔麟交善。其時，岸登與朱彝尊、沈皞日、王翬諸賢亦先後客龔署，於是詩筒詞版，草聖畫禪，流布江關，傳爲盛事。其詩詞文奇警奔放，埽盡窠臼，獨露本色，曹貞吉歎爲稼軒後身，亦爲浙西詞派六家之一。仍奔走南北爲幕客，暴卒於福州客次，年五十有一。著有《香草居集》《花南老屋詩集》《耒邊詞》。

案：李符與岸登年相若，同列名浙西詞派六家，亦爲平生知交之一。此時李符正作幕閩中，岸登賦詩寄懷。

岝崿：形容山峰高聳。元貢師泰《題顏輝山》詩：『蒼龍渡海成疊嶂，岝崿西來勢何壯。』

離支：亦作『離枝』，即荔枝。《文選》司馬相如《上林賦》：『隱夫薁棣，答遝離支。』李善註引晉灼曰：『離支，大如雞子，皮麁，剥去皮，肌如雞子中黄，味甘多酢少。』

鮫人：晉張華《博物志》曰：『南海水有鮫人，水居如魚，不廢織績，其眼能泣珠。』又《太平御覽》卷八〇三引《博物志》（今本無）曰：『鮫人從水出，寓人家，積日賣絹。將去，從主人索一器，泣而成珠滿盤，以與主人。』

長干塔影

年年塔火長干路，八角孤稜四面攢。古堞倚山隨影静，澄江隔岸點波圓。飄摇夜雨何曾減，零亂晨星未肯殘。誰似暗窗人不寐，琅璫風動倒衣看。

箋

在江寧作。

長干塔：又名長干寺聖感塔，位於江寧（今南京市）長干里大報恩寺内。北宋大中祥符年間，宋真宗賜建長干寺與聖感塔。至明永樂年間，又重建大報恩寺與琉璃塔，『高堅壯麗，度越前代』。至太平天國時，寺塔皆燬。

五月晦日

五十年間萬事更，一山一水剩佳城。蕭然松栝無遺業，或者詩書悞治生。累世不知離井邑〔一〕，殊方誰爲薦粢盛。白頭孫子青衫破〔二〕，形得前人清吏名。

校　記

〔一〕『不知』：《沈氏家乘》作『豈知』。

〔二〕『白頭』：《沈氏家乘》作『白髭』。

箋

約康熙二十七年（一六八八）作，是年岸登五十歲。

殊方：遠方，異域。漢班固《西都賦》：『踰崑崙，越巨海，殊方異類，至於三萬里。』

粢盛：古代盛在祭器内以供祭祀的穀物。《公羊傳·桓公十四年》：『御廪者何？粢盛委之所藏也。』何休註：『黍稷曰粢，在器曰盛。』《漢書·文帝紀》：『親率耕，以給宗廟粢盛。』

十一夜對月

漸覺征衫薄，新裁大布寬。爲添秋夜永，長濕露華團。入户燈花怯，驚枝鳥語寒。故園同一照，不禁百回看。

瞻園西偏爲徐松滕壬戌讀書處夜坐有懷

自爾囊衣去，吟齋舊徑非。梅根新蓋屋，石角尚鉤衣。客夢尋無據，鄉音近亦稀。相思官燭短，窗户暗蟲飛。

箋

康熙二十六年（一六八七）作於江寧。

瞻園：在今江蘇南京市中華路東側瞻園路西口，爲太平天國歷史博物館的一部分。原爲明中山王徐達府邸花園，入清後爲江寧布政使司衙署。

案：龔翔麟《田居詩稾》卷四《瞻園别詩》，詩序云：『歲丁巳，家君開藩江左，官廨爲徐中山故第。其裔孫六岳老人拓境西偏，疏泉帖石，構亭臺其間，署曰「瞻園」。予定省之暇，偕朋好觴咏流連，已六載于兹矣。』康熙十六年（一六七七），龔佳育任江寧布政使，并邀朱彝尊爲幕賓。其子龔翔麟亦常留朋好客瞻園，觴飲流連，刻燭敲詩。此後一段時期，瞻園成爲浙西詩人吟詠雅集的重要場所。

徐松滕：徐燿然，見前箋。

案：李光基輯《梅里詩鈔》卷一五載徐在《得燿兒手札時讀書蘅圃墨稼軒》。又卷一六載王沆《寄懷徐兼六客龔方伯署》。

康熙二十一年（一六八二），岸登與徐燿然俱受龔翔麟之邀客居瞻園。數年後舊地重遊，賦詩感懷。

余與路耐菴同客瞻園晤自八月既望不數月而耐菴別去已復再晤再別分亭離席觸事增感前後共得紀別詩四首今忘其三矣

罨畫好山水，清曹賢子孫。從來薄紈袴，不厭守鄉門。世事雨千覆，年華雪一痕。預期春水漲，魚尾溯寒温。

箋

路耐菴：路念祖，字敬止，號耐菴，江南宜興人。以國學生考授州司馬，性至孝。工詩古文詞，有《耐菴集》《耐菴詞》。

罨畫：罨畫溪，位於今江蘇宜興東南丁蜀鎮，「畫溪花浪」爲舊時荆溪十景之一。乾隆《江南通志》卷一三《輿地志·山川》：「東瀉溪，在荆溪縣東南三十六里。陸希聲《頤山録》謂：山前百餘步，衆流合而東，故名。舊稱兩岸多藤花，春時照映水中，青緑可愛，故亦名罨畫溪，一名五雲溪。」

「清曹賢子孫」句：明章懋《楓山集》卷一《辭陞侍郎疏》：「惟禮部古號清曹。」路念祖祖父路邁，明崇禎甲戌進士，令暨陽，卓異擢禮部郎，改吏部。入清，累徵不出。故此句及之。

紀蝗

疾風怒號捲扶桑，白日欲晦金鴉藏。蠢爾羽族肆猖狂，利喙齧艸割銛鋩。引其醜類排天閶，仰視目眯失三光。府帖昨下纏骹忙，大書刻紙揭高牆。乘車張蓋氣軒昂，但見縣官來捕蝗。神巫曲身呪道旁，食我稌黍扼我吭。誓焚以火燖之湯，跕跕墮地填溝隍。忽然回風落大荒，不施鞭撲自滅亡。嗟爾鋭頭兩股長，曾無紅朽充爾腸。堂堂肉食饜膏粱，爾又無力與攫攘。爾數萬億千斛量，奮臂亦足比螳蜋。孰殄厥命志不償，蹈海而死何慨慷，豈其不屑飽粃糠。兒童揭竿笑口張，野老酹酒酬農祥。今年秋雨遍江鄉，玉粒稇載梯與航。以儲天庾効輸將，么蟲何敢爭筐箱。蝗來惴惴憂天殃，蝗去喋喋誇循良。明朝步屧南山莊，且共稱兕殺羔羊。龍骨倒挂曲木牀，坎坎擊鼓歌年康，以俟採風之使奏明堂。

箋

天庾：國家的倉廩。

寄西畯

三年歷下最淹留，又向桑乾匹騎遊。良會未成辜舊約，故人無恙轉空郵。文逢善價能爲活，貧欲論交亦自羞。鎮日枕肱茆屋下，青山緑水總離愁。

箋

西畯：朱昆田，見前箋。

『三年歷下最淹留』句：康熙二十三年（一六八四）九月，張鵬出任山東巡撫，朱昆田客其幕。至康熙二十五年（一六八六）冬，張鵬陞刑部右侍郎，朱昆田亦隨之入都。

寄蘅圃

城西書屋古藤纏，密葉呈陰捲幔前。豈料佳遊翻作惡，遂令歸信尚訛傳。白頭不稱紅塵客，明月難同舊墅圓。倘憶江鄉惆悵事，藕田花發自年年。

箋

蘅圃：龔翔麟，見前箋。

『城西書屋古藤纏』句：康熙二十三年（一六八四），朱彝尊罷官後仍留京師，徙居宣武門外海波寺街古藤書屋。據《順天府志》記載，其庭中有紫藤兩本，樫樹一株，旁帖湖石三五，可以坐客賦詩。龔翔麟至京亦居於此。

『藕田花發自年年』句：龔翔麟自號紅藕莊主人，故末句及之。

溪上送畊客曉發之白門

惜別不成寐，起看殘燭光。雞聲聞遠墅，人影竝茆堂。昨夜霜微白，沿溪月尚黃。薄遊渾見慣，此景最蒼凉。

爲問雲松約，塵緣可易銷。畊客《行脚圖》有『癸酉入廬山』字刻瓢上。未尋廬嶽隱，屢遣熱官招。別袂分猶把，征帆掛已遥。不知桃葉渡，風色似今朝。

江南舊遊日，勝事記分明。高館叢燈沸，連檣擫笛清。酒人今寂寞，淮水自縱横。未免西州外，山丘觸故情。

一艇攜家後，分垣割小廬。畊客攜家寓黑蝶北舍。菜塍宜晚食，竹檻合溪居。避俗無妨僻，謀生不厭疎。桃鄉他日願，遲爾共春鋤。

箋

畊客：李符，見前箋。

『桃鄉他日願』句：清楊謙纂《梅里志》卷一：『桃鄉在司馬坊，詩人李符居此，王石谷翬爲寫桃鄉圖併題卷末，有「結鄰偕隱」之語，時藍謝青深，亦有卜鄰之約。』

洪宿一江上寄懷次韻答之

歲月崢嶸已過中，爲農爲圃兩無功。春來逐事如飛絮，老更多愁似亂蓬。庭僻草藏人跡合，村深雲漏屋梁空。笋皮屐齒芒芒折，應笑湖山欠主翁。

箋

笋皮：唐高適《漁父歌》：『筍皮笠子荷葉衣，心無所營守釣磯。』

懷中山府舊游再用前韻

曲池高館繚垣中，曾話前王百戰功。儘與詞人留賦紙，却憐花徑長秋蓬。經年酒琖抛巡共，終夜碁枰彈指空。最憶斜陽詩句好，九衢新著白頭翁。

箋

在江寧作。

中山府：明中山王徐達府邸，太祖朱元璋所賜，位於今江蘇省南京市教敷營至瞻園路一帶。瞻園爲王府西圃。

中山府與朱檢討别八年音問缺然三用前韻

紅衿翦尾夕陽中，猶識松牌署大功。自卸江帆同信宿，渺如仙路隔三蓬。欲尋楮穎多時嬾，枉博梟盧十擲空。滿架紫藤花好在，可將餘事作詩翁。

箋

約康熙二十八年（一六八九）作於江寧。

朱檢討：朱彝尊（一六二九—一七〇九），字錫鬯，號竹垞，晚號金風亭長、小長蘆釣魚師，浙江秀水（今屬浙江嘉興市）人。明朝宰輔朱國祚曾孫。明亡，十六歲，家道中落，棄舉子業，肆力爲詩文。早年參與抗清活動，事敗出走，遊幕四方，以布衣自尊。康熙十八年（一六七九），舉博學鴻儒科，授翰林院檢討，參修《明史》，入直南書房。二十三年，以違例攜僕入内廷抄書，被劾謫官。二十九年復補原官，三十一年再度被罷，返鄉里居，築曝書亭，藏書八萬卷，著述以終。彝尊博學多聞，擅長考據，於經學、史學、文學、目録學皆卓異。詩學盛唐，晚年闌入黄庭堅，以才藻魄力擅勝，與王士禛齊名，並稱『南朱北王』，是浙詩派開山。詞奉南宋姜夔、張炎爲圭臬，講求醇雅，力挽明詞頹風，與陳維崧齊名，爲浙西詞派領袖。著有《經義考》三百卷、《日下舊聞》四十二卷、《曝書亭集》八十卷，編輯《明詩綜》一百卷、《詞綜》三十六卷。

案：朱彝尊爲岸登鄉前輩。康熙九年（一六七〇）前後，二人皆爲工部郎中周襄緒幕客。岸登從彝尊遊處，學爲倚聲，宗法姜夔。彝尊頗賞之，爲作《黑蝶齋詩餘序》。

康熙二十一年(一六八二)春,岸登留瞻園,與朱彝尊、李符、徐燿然、龔翔麟、朱昆田讌集。岸登《黑蝶齋詩餘》有《小闌干·同竹垞兼六西畯蘅圃飲玉蘭花下分賦》,朱彝尊《曝書亭集》卷二九《搗練子·再過瞻園值玉蘭花放同蘅圃耕客賦》,龔翔麟《紅藕莊詞》有《早春怨·同竹垞耕客南渟菘塍西畯飲玉蘭花下》皆當時作。而後相別,至此八年,岸登再過瞻園,作詩懷之。

『猶識松牌署大功』句:明太祖朱元璋以魏國公徐達勳業非常,賜中山王府,於府邸左右特各建一坊,榜曰『大功』,以旌異之。

楮穎:紙與筆。

梟盧:古代博戲樗蒲的兩種勝彩名。么爲梟,最勝;六爲盧,次之。宋陸游《樓上醉書》詩:『酒酣博簺爲歡娱,信手梟盧喝成采。』

畊客過溪上四用前韻

水郭南村烟樹中,相尋憑仗布帆功。預隨雨夜栽春韭,爲啓柴門刈短蓬。九點山靈亦作主,一瓻村釀幸無空。田衣蓑色真儕輩,隴上何妨有此翁。

箋

畊客:李符,見前箋。

畊客携家還梅里五用前韻

蕉陰颯颯小庭中，佐盡清宵機杼功。錦字不煩憑候雁，粉奩無復怨飛蓬。歸船帆底鄉音軟，畊客嘗云平湖人語硬，故戲之。老屋花殷舊恨空。重遣梅妻偕隺子，團圞燈火笑呼翁。

送朱人菴歸泉州

蘋風拂拂好江天，因爲分襟故颯然。此去且營陶令宅，更誰來繫孝廉船。人菴曾爲馬邑令。雞聲破夢渾無賴，菜把銜恩劇可憐。歸趁山亭楓葉暗，初凉小憩荔枝邊。

箋

朱人菴：朱兆綱（一六一六—一六九三），原名瑞駿，字長魯，號人菴，福建惠安（今屬福建泉州市）人。順治十一年（一六五四）舉人，授山西馬邑縣知縣。不數年棄官，流寓江南，後返梓里。著有《雲中吟》《冀北吟》《睡足堂集》《惠安縣志稿》等。

分襟：分袂，離別。唐王勃《春夜桑泉别王少府序》：『他鄉握手，自傷關塞之春；異縣分襟，竟切悽愴之路。』元薩都剌《别高照庵》詩：『分襟在今日，握手又何年。』

陶令宅：晉詩人陶潛的家宅。後用以指隱者居所。

孝廉船：南朝宋劉義慶《世説新語·文學》載：晉吴郡人張憑舉孝廉，自負其才，造訪丹陽尹劉惔，與諸賢清談，言約旨遠，一坐皆驚。劉延之上坐，留宿至曉。張還船，須臾，劉遣使覓張孝廉船，同侶惋愕。劉與張憑同載詣撫軍，曰：『下官今日爲公得一太常博士妙選。』撫軍稱善，即用張爲太常博士。後遂以『孝廉船』爲褒美才士之典。唐李白《送王孝廉覲省》詩：『寧親候海色，欲動孝廉船。』

菜把：指蔬菜。唐杜甫《園官送菜》詩：『清晨送菜把，常荷地主恩。』

春夜懷西畯

後會茫無據，離悰不可論。三年譚子國，孤棹伍胥門。碧草賒遊色，春山剩雨痕。回思讀書處，並坐古桐根。

五十無聞日，同游爾獨憐。憂來仰屋語，嬾或對牀眠。有約分籬井，相思屢朔絃。柴門無雁過，倚杖暮雲邊。

箋

約康熙二十七年（一六八八）春作。

西畯：朱昆田，見前箋。

譚子國：譚國，西周至春秋時期的諸侯國，在今山東省濟南市章丘區一帶。此句謂朱昆田客濟南。

伍胥門：胥門，位於蘇州城西萬年橋南，爲春秋吴國築都城時所闢古門之一，傳爲伍子胥所建。《蘇州府志》曰：『胥門，西門也，在閶門南，一曰姑胥門。』

案：《黑蝶齋詩餘》有《酹江月・自白下歸泊吴門憶甲子與德清蔡遠士秀水朱西畯別處》，首句曰：『伍胥門外，甚年年泛宅，吴歈悽絶。』是去年冬懷友之作。『五十無聞日』句：是年岸登五十歲，仍奔波於幕客生涯。『相思屢朔絃』句：朔絃指月亮由初月至半月，未能盈滿。此句言二人相念相約，終未能相聚。

閩中詠物八首

收香鳥　一名桐華鳳，一名倒挂。愛集美人釵上，每歲十一月到閩中，本蜀産也

小鳥何名鳳，身同翠羽妍。傍簾先是燕，舞鬢重於蟬。影挂春閨夢，香生心字烟。桐花開又落，旅食定悽然。

箋

康熙二十七年（一六八八）左右作於福州。

閩中：舊時爲福州府別稱。《輿地紀勝》卷一二八《福州・景物上》：閩中，『南豐《道山亭記》，福於閩爲土中，所謂閩中也』。

案：康熙二十三年、二十七年間，岸登數次遊福州。沈不負《老雲齋詩刪》卷三《南渟歸自白下燈後復有閩中之行疊前韻送之》，編次在二十六年冬。又《己巳元日》，有詩註曰：『南渟逼歲閩歸，因以誌喜。』己巳爲康熙二十八年。今將閩中諸詠繫於本年。

收香鳥：清周亮工《閩小記·收香鳥》引《朝野僉載》：『劍南彭蜀間，有鳥大如指，五色畢具，有冠似鳳，食桐花，謂之桐花鳳。』又引《益部方物略記》：『桐花鳳，二月桃花始開，是鳥翱翔其間，丹碧成文，纖嘴長尾，仰露以飲，至花落輒去。李之儀云：此鳥以十二月來，日間焚好香則收而藏之羽翼間，夜則張尾翼而倒挂以放香，一名收香，倒挂，又名探花，使性極馴，好集美人釵上，宴客終席不去。』

龍　虱　女人食之，能令貌美

八月風濤壯，吹來沙海昏。蛟涎腥未滌，女手愛嘗捫。網罟何相厄，魚蝦每共論。蠻方誇改席，取醉倒朋樽。

箋

龍虱：昆蟲名。成蟲體橢圓形，扁平，黑色或褐色，幼蟲體細長。常居水中，夜出飛翔。廣東、福建常捕以爲食品。明陳懋仁《泉南雜誌》：『龍虱，如牛糞上蟲，似黑而薄，劈食之，小有風味。』清周亮工《閩小記·龍虱》：『龍虱三十枚，漳州海口每八月十三日至十五日，三日飛墮，餘日絶無。食之除面上䵟䵯赤氣，婦人貌美，能媚男子。』

蠻方：《詩·大雅·抑》：『用戒戎作，用逷蠻方。』高亨註：『蠻方，當指南方。』宋歐陽修《答梅聖俞寺丞見寄》詩：『蠻方異時俗，景物殊氣象。』

芙蓉鷗 隋宦者劉繼詮獻芙蓉鷗二十四隻，見《清異録》

不識能言禍，爭妍毛羽間。寧辭弋者慕，曾破至尊顔。水緑仙人宅，花殷游鯉灣。江湖波浩蕩，輸與白鷗閒。

箋

芙蓉鷗：學名紅領瓣足鷸，又稱錦地鷗。宋陶穀《清異録》：『隋宦者劉繼銓，得芙蓉鷗二十四隻以獻，毛色如芙蓉，帝甚喜，置北海中，曰：「鷗字三品鳥，宜封碧海舍人。」』

番　薯 出琉球

三徑緣瓜蔓，嘗需白木鑱。托根宜老圃，乞種載春帆。抱甕水能汲，縛芻風自監。年來牙齒豁，匀軟稱慵饞。

箋

番薯：清周亮工《閩小記·蕃薯》：『萬曆中閩人得之外國，瘠土砂礫之地，皆可以種。初種于漳郡，漸及泉州，漸及莆，近則長樂、福清皆種之。蓋度閩海而南，有呂宋國，國度海而西爲西洋，多産金銀，行銀如中國行錢。西洋諸國金銀，皆轉載於此以通商，故閩人多賈呂宋焉。其國有朱薯，被野連山而是，不待種植，彝人率取食之，其莖葉蔓生，如瓜蔞、黄精、山藥、山蕷之屬，而潤澤可食，或煮，或磨爲粉。其根如山藥、山蕷，如蹲鴟者，其皮薄而朱，可去皮食，亦可屬食之，可熟食者，亦可生食，亦可釀爲酒。生食如食葛，熟食色如蜜。其味如熟荸薺。生貯之有蜜氣，香聞室中。彝人雖蔓生不訾省，然恡而不與中國人，中國人截取其蔓咫許，挾小蓋中以來，於是入閩十餘年矣。其蔓雖萎，剪插種之，下地數日即榮，故可挾而來。其初入閩時，值閩饑，得是而人足一歲。』

鱟　魚　元次山用其殼爲訶陵樽，見《皮陸唱和集》中

海族皆稱錯，求魚怪爾形。爲帆空自舞，負甲欲何營。血豈三年碧，詩聯五字評。訶陵酬酢後，慢以酒人名。

箋

鱟魚：節肢動物名。頭胸部的甲殼略呈馬蹄形，腹部的甲殼呈六角形，尾部呈劍狀，棲息於淺海中。

訶陵樽：訶陵，古國名，大約位於今印尼爪哇島或蘇門答臘島。《舊唐書》卷一九七：『訶陵國，在南方海中洲上居，東與婆利、西與墮婆登、北與真臘接，南臨大海。』唐皮日休《五貺詩》序：『有南海鼊魚殼樽一，澀鋒齾角，内玄外黄，謂之訶陵樽。』

虎　蟳　蟹之别種，大而味劣

一葦扶難起，雙螯醉懶持。未沾犀筋液，誰譜玉琴絲。星罶蠻童數，秋風歸興隨。故鄉香稻熟，篷底夜燈移。

箋

虎蟳：清周亮工《閩小記·虎蟳》：『閩中虎蟳，蟹之别派，質粗味劣，無足取。獨其殼，極類人家户上所繪虎頭，色亦殷紅斑駁，北人異之，有鑲爲酒器者，通州如皋亦有此種，俗呼爲關公蟹。』

紙　簫

七閩工百巧，此技絶能神。室尚鄰蕭寺，人其問海濱。捲蘆聲太苦，乞食調無倫。蠹紙空盈篋，捻他不救貧。

箋

紙簫：清周亮工《閩小記·紙簫》：『閩開元寺前，舊有捲紙爲簫者，予得其一，是三年外物，色如黄玉，扣之鏗鏗，以試善簫者，云：「外不澤而中不乾，受氣獨全。其音不窒不浮，品在好竹上。」』

竹兜

著屐已無力，惟憑笋竹輿。脛邊堪絡酒，肘後足裝書。背面看山盡，横肩落日餘。倦遊亦偃仰，足繭近何如。

箋

竹兜：竹製的小轎。多用於行山路，通稱兜子。清周亮工《閩小記·仙霞兜子》：『今入閩度仙霞者，必乘竹兜子。』

楚警

烽烟起庚癸，草艸失秦川。去食終非策，謀身孰可憐。反兵武庫甲，蒙難漢陽船。歌舞亦隨盡，空爲溝壑填。

一疏從容就，摧鋒上九關。合符無死士，掩袂有生顔。天子心爲惻，高堂髪盡斑。君臣大義在，箕尾更誰攀。

楊僕樓船下，盧循戈艦窮。茅仍包楚服，襏自舞陶公。誰奪么麽魄，俄驚草木風。捷書朝入告，諸將恥論功。

黄鶴長江陒，堅城面水開。不知營兔窟，惟有作鯨胚。盡類窺三郢，呼瘡止一哀。荆南百戰地，終笑是奴才。

箋

康熙二十七年（一六八八）作。

楚警：康熙二十七年五月，朝廷裁去湖廣總督一職，並裁減督標兵。楚兵嘩噪，夏逢龍趁機謀亂，率部踞武昌。署布政使糧道葉映榴罵賊自盡。至七月，官兵剿滅，事平。

庚癸：庚，西方，主穀。癸，北方，主水。庚癸古爲軍糧的隱語。語出《左傳·哀公十三年》：『吴申叔儀乞糧于公孫有山氏……對曰：「粱則無矣，麤則有之。若登首山以呼曰：庚癸乎？則諾。」』

箕尾：指去世。《宋史·趙鼎傳》：『書銘旌云：「身騎箕尾歸天上，氣作山河壯本朝。」』

楊僕：西漢名將。武帝時，爲樓船將軍，率領水軍參與平定南越國，封將梁侯。

盧循：晉末群雄之一。東晉末年，孫恩起兵叛晉。孫恩兵敗自殺後，其殘部推盧循爲主。後乘東晉桓玄作亂之際，攻佔廣州，據十七郡，稱雄嶺南八年之久，自封平南大將軍和廣州刺史，設置百官。再發兵進犯東晉都城建康，爲劉裕所敗。後劉裕乘勢進擊嶺南，盧循兵敗投水死。

么麽：微不足道的人，小人。《鶡冠子·道端》：『無道之君，任用么麽。』陸佃解：『么，細人；俊雄之反。』

挽桃鄉農

大功坊底乍論交，社燕同看築旅巢。見説桃鄉花自好，不曾白髮醉春苞。

荔子風香隔歲情，忽傳旅訃自山城。淚河老去無多點，今日浪浪不意傾。

生年同卯君長健，健者先凋我自疑。他日填溝多恨事，墓田終欠李邕碑。

行脚圖成骨聳肩，羡他有約老雲烟。只看背後泉瓢在，盧嶽山靈也惘然。

萬里南天襆硯曾，客愁歷歷寫溪藤。洞庭波浪掀山惡，仍有歸帆照紡燈。

小艇停來溪日暝，秋蟲隔屋喜同聽。六年樂事愁重數，白角盤中豆莢青。

寒香瘦影賓朋共，小檻低垣書畫俱。過客花南今再宿，悽然遺稿問童烏。

草痕種種水沄沄，生死誰言哭不聞。無物貫錢攜野榼，單餘枯淚落秋墳。

箋

康熙二十八年（一六八九）作。是年三月，李符卒於福州，岸登以詩挽之。

桃鄉農：李符，别號桃鄉農，見前箋。

案：李鵬飛等纂《梅會李氏族譜》卷八：『（李）符，原名符遠，字分虎，號耕客。崇正（禎）己卯正月十一日申時生，康熙己巳三月十八日卒于福州。壽五十有一。』

『大功坊底乍論交』句：康熙二十一年（一六八二），岸登與李符初識於江寧瞻園，遂定交，成契友。參見前箋。

『生年同卯君長健』句：岸登與李符皆生於明崇禎十二年己卯（一六三九）。

行脚圖：參見補遺卷中《題廬山行脚圖》箋語。

『秋蟲隔屋喜同聽』句：《詩鈔》卷一《溪上送畊客曉發之白門》詩註曰：『畊客攜家寓黑蝶北舍。』

横山橋阻風

離支飽噉無餘事，岃尌未登猶惘然。解纜逆如飛鷁退，蓋篷曲作餓蠶眠。沙田互錯皆埋蛤，柳岸悠揚尚帶蟬。行傍仄溪尋小落，白甜村酒也銷錢。

箋

康熙二十九年（一六九〇）春作於浙江往安慶途中，阻風於潛。

横山橋：雍正《勅修浙江通志》卷三四《關梁二·杭州府·於潛縣》：『横山橋，成化《杭州府志》：「縣南五十五里，洪武十七年，居民顧天驥建。」』

曉發唐山

小郭銜晨去，編蓬只數家。沙明猶見月，籬缺不遮花。宿鳥勾春語，香醪趁卯賒。山風無檢束，容我帽簷斜。

箋

康熙二十九年（一六九〇）春作於浙江往安慶途中，過昌化。

唐山：在今浙江臨安縣西昌化鎮。《咸淳臨安志》卷二七昌化縣：『唐山在縣後，高二十丈，爲縣治主山。』

度昱嶺

山窮無閒亭，客賤無遞馬。横雨起半塗，打頭若注瓦。芒鞵泥苦深，竹傘風難把。墮入斷塹中，事有或然者。少日不知老，棄爾田與舍。白髮種種生，枯顔弗復赭。豚蹄春酒熟，誰爲主鄉社。卸擔憩藜牀，夢在九峰下。

箋

康熙二十九年（一六九〇）春作於浙江往安慶途中。

昱嶺：昱嶺關，位於安徽歙縣竹鋪昱嶺之頂，浙皖交界處。民國《昌化縣志》卷三：『昱嶺關，縣西六十五里，高七十五丈，爲徽杭通衢……按：昱嶺地勢險阻，右當歙郡之口，東瞰臨安之郊，南出建德之背。置關於此，蓋三郡之要會也。』

遞馬：驛馬。《清史稿·兵志十二》：『驛傳在僻地者，僅供本州縣所需，亦曰遞馬，額不過數匹。』

注瓦：謂雨勢大。唐白居易《和韓侍郎苦雨》詩：『潤氣凝柱礎，繁聲注瓦溝。』

大洪絶頂憩白雲菴

到此能無住，松龕雲際居。僧閒容借杖，裝減盡抛書。緣壁蝸涎似，剜苔鳥跡餘。白頭真笑汝，托命一篼輿。

箋

康熙二十九年（一六九〇）春作於浙江往安慶途中。

大洪絶頂：安徽祁門縣大洪嶺。李家驤纂修《祁門縣鄉土地理志稿本》第五章第四十五節《北路險要》：『北路險要，有武亭、禾戍、大洪等嶺，而尤以大洪嶺爲最要。大洪爲省會之通衢。』

箯輿：竹轎。《史記·張耳陳餘列傳》：『上使泄公持節問之箯輿前。』裴駰《集解》引韋昭曰：『輿如今輿牀，人輿以行。』

琅田

歇足晚風處，青山亂壓門。竹深微有徑，水落不知源。雞犬自識户，雲霞嘗滿邨。行人貰新酒，稍稍破愁痕。

箋

康熙二十九年（一六九〇）春作於浙江往安慶途中。

琅田：琅田村，位於今安徽祁門縣安凌鎮西北部。

皖江

蕎波如葉短篷低，夾岸叢蘆緑未齊。六載故人山識面，一江春信水平堤。黄頭櫂郎背風卧，白頸城烏上樹啼。惆悵昔遊何所似，夕陽吹墮海門西。

箋

康熙二十九年（一六九〇）春作於浙江往安慶途中。

皖江：長江支流，由皖水、潛水、長河三大支流相匯而成，於安慶西郊沙帽洲南注入長江。

仲春過同安郡城司馬曹升六爲我設餅因成長句

長安曾作六年客，先生兩遇長安陌。下馬挽袖刺刺語，昔日年少今髭白。宜城城下春濤翻，故人擁騎懸朱旛。相逢正值桃李花，喜劇不復論寒暄。徑坐索酒倒官釀，截葱作寸雜醯醬。油香麵脆共裂餅，入手猶記京都樣。南人歸南饜南厨，肌脾弱緩顔不腴。瑟居更失纏臂金，梢柮棄擲燃萁爐。冷淘槐葉法不傳，安得作歌起髯蘇。横街餅肆邈河山，使我對食徒嗟吁。人生離合孰主之，及此噱笑毋嫌遲。郡齋背負龍山翠，開簾爲誦别來詩。

箋

康熙二十九年（一六九〇）二月作於安慶，客曹貞吉幕。

同安郡城：隋大業三年（六〇七）改熙州置同安郡，治所在懷寧縣，轄境相當今安徽安慶、潛山、懷寧、宿松、太湖、望江、桐城、樅陽等市縣地。唐武德四年（六二一）改爲舒州，天寶元年（七四二）復爲同安郡，至德二年（七五七）改爲盛唐郡。此代指安慶府城。

曹升六：曹貞吉（一六三四—一六九八），字升六，又字升階，迪清，號實庵，山東安丘人。康熙二年（一六六三）中山東鄉試解元，次年成進士。六年，授中書舍人。二十四年，出任徽州同知，繼攝祁門令，轉青陽令，黟縣令，所至皆有政聲。三十一年，積功陞户部廣東司員外郎，次年，遷禮部儀制清吏司郎中。三十五年，秩滿陞僉事，提學湖廣，尋以病辭歸，卒於里中。生平嗜讀書，尤好爲詩歌。始法三唐，乃旁及兩宋，泛濫於金元諸家，爲『金臺十子』之一。又擅倚聲，與嘉善曹爾堪有『南北二曹』之目。著有《珂雪集》《珂雪二集》《實庵詩略》《朝天集》《鴻爪集》《黃山紀遊詩》《珂雪詞》。

宜城：即今安徽安慶市。古稱宜城渡，爲長江中流北岸一渡口。南宋嘉定十年（一二一七）在此築城，景定元年（一二六〇）移安慶府、懷寧縣治于此。後歷爲安慶府、安慶路治。

纏臂金：又稱臂釧，是一種中國古代女性纏繞於臂上的裝飾，用金銀帶條盤繞成螺旋圈狀，所盤圈數一般三至八圈，也有多至十二三圈者。

榾柮：砍掉樹幹所剩下的連著根的部分，可代炭用。宋陸游《霜夜》詩之二：『榾柮燒殘地爐冷，喔咿聲斷天窗明。』

啖虎行爲安丘先生賦

虎正攫人食，有力矯可憑。何爲在曠野，負險失高陵。割以屠牛刀，法如么豚蒸。嗟爾几上肉，出反理之恒。先生掃郡閣，羅列豆與登。片片膏血光，閃鑠欺紅燈。見之匕箸失，若或掔其肱。力猛味則厚，弱脾非所勝。先生曰汝懦，生擒我亦能。寢皮實快意，食肉毋空稱。橫頭解帶坐，嚼齒利於冰。一餐罄交睫，氣薄青雲層。熊魚附庸耳，齊楚小薛滕。舉杯謝食指，自汝動必徵。長瓶盡攲側，醉卧敲牀棱。嚴城漏下山月升，山風颯颯倀鬼憎。

箋

康熙二十九年（一六九〇）作於安慶。

安丘先生：謂曹貞吉，參見上一首箋語。

豆與登：古代盛器，亦用作祭器。《詩・大雅・生民》：『于豆于登。』毛傳：『木曰豆，瓦曰登。豆，薦葅醢也。登，盛大羹也。』

薛滕：春秋時諸侯小國薛國與滕國。《左傳・隱公十一年》：『十一年春，滕侯、薛侯來朝，爭長。薛侯曰：「我先封。」滕侯曰：「我，周之卜正也。薛，庶姓也，我不可以後之。」』

安慶鰣魚

小姑潮落皖公江，掉尾銀鱗下急瀧。正是吴頭好風景，楊花如雪打船窗。

箋

康熙二十九年（一六九〇）作於安慶。

潛山茶

三峰洞口逢寒食，夜起蟄雷鬭紫茸。渴疾年年腰較小，何人分餉到吴儂。

箋

康熙二十九年（一六九〇）作於安慶。

潛山茶：潛山縣爲安慶轄縣，縣城西北天柱山一帶産茶。宋沈括《夢溪筆談》：『古人論茶，唯言陽羡、顧渚、天柱、蒙頂之類。』

病　起

曹子掌霖嘗戲余曰：『君貌瘦如老僧。』

無腅湙窗倦翦燈，病餘支骨礙牀稜。未能自愛長爲客，若肯忘情便是僧。旅柝五更頻入夢，郡樓一月不同登。定然門外春光好，江草茸茸緑幾塍。

箋

康熙二十九年（一六九〇）春作於安慶，時客曹貞吉幕。

曹子掌霖：曹霂，字掌霖，又字仲益，山東安丘人。曹貞吉次子，以其叔曹申吉恩蔭貢生，授七品京官，有異質，染濡家學，所作詩詞恬淡古雅，同沈岸登、柯煜頗多唱和。宋犖稱其黄山諸作能奪玉田之席。著有《棗花田舍詩》《冰絲詞》《黄山紀遊詞》。

案：曹霂爲岸登故友，參見岸登《渡江雲・送曹仲益歸棗花田舍時道出檇李余亦同棹還清溪》詞箋語。曹霂《冰絲詞》又有《買陂塘・丹嶼索題荻雪村莊同覃九作》《疏影・宜城不寐和沈十二覃九韻》《貂裘换酒・登鎮皖樓同覃九作》諸闋，可知二人客皖仍頗多唱和。

初夏郡圃聞鶯

同安郡圃方如斗，遶植竹樹加松樫。簿書不到機事息，衆鳥任意争枝鳴。朝衙未歇晚衙續，勃姑呪雨鵶呪晴。雜然苦聒無倫序，啁啁啾啾尤煎情。午困欲眠不得眠，一日數起嫳姍行。清齋對客屏鼓吹，箏琵何處間竽笙。駢柯接葉引入勝，昂頭喜見雙雛鶯。春衫已换花事稀，不堪回憶花間聽。江城水氣作梅早，淫潦三尺園扉扃。竹梢垂垂泥滑滑，樫花濛濛晝冥冥。栖風啄雨顔色改，能無愁損金衣名。皇州弱柳盡成條，何不引吭揚于廷。乃令凡鳥較妍醜，紅衿翠羽私譏評。吾聞郡治圜合重重山，山禽語默隨時更。鑑湖詩老感物候，曾憐四月聞汝聲。鵓兒脱殼栗初破，嫩黄一色誰相形。自今勸汝勿復啼，啼亦聲老喪平生。脱却布袴提胡蘆，任彼村南村北催農耕。

箋

康熙二十九年（一六九〇）四月作於安慶，时客曹貞吉幕。

勃姑：即鵓鴣。鳥名。宋陸游《春社》詩：『桑眼初開麥正青，勃姑聲裏雨冥冥。』

鑑湖詩老：唐詩人賀知章，嘗上疏請度爲道士，求還鄉里，詔許之，賜鑑湖一曲。故後世以鑑湖詩老稱之。

案：沈不負《老雲齋詩删》卷四有《次南渟宜城郡齋聽鶯啼韻》。

漁　梁

水際無多泊，開帆野日垂。斜樓緣石角，高樹亞山眉。吹火飯初熟，受風篷漸欹。漁梁清可鑑，怕照我吟髭。

箋

漁梁：漁梁壩，在今安徽省歙縣中部，練江北岸，屬徽城鎮。乾隆《江南通志》卷二七：『漁梁，歙縣南三里。黄山及諸溪水會流於此，陡瀉而下，無復停蓄，故爲津梁，以緩水勢。』漁梁壩，始築於南宋嘉定年間。壩下有碼頭，舊爲由徽城東下杭州舟船航運之起點。

嚴陵釣臺

磊磊危崕出，高高迮徑開。古祠題字淡，落日向人哀。不盡江帆過，有時樵竪來。忘名昔賢意，游者輒登臺。

箋

嚴陵釣臺：在今浙江桐廬縣西南四十里富春山上，處浙江北岸，傳爲東漢嚴子陵垂釣處。《太平寰宇記》：『嚴子陵釣臺在桐廬縣南，大江側，臺下連七里灘。』

烏石灘 烏石廟有岳武穆、張循王、劉太尉題名壁

倚枕横箕坐，量篷曲尺眠。灘聲亂人語，鴈影帶秋烟。尚憶投壺處，重尋鳴磬邊。清江去不返，流恨紹興年。

箋

烏石灘：雍正《勅修浙江通志》卷一九《山川十一·建德縣》載：『烏石灘，《嚴陵志》：在縣東十五里……在東陽、新安二江會流之下沿入桐廬縣界。』

烏石廟：康熙《龍游縣誌》卷五《山川志》：『烏石山在縣北四十五里，石壁千尋，峻嶒竦峙……古刹在山半，爲招慶寺，俗稱烏石寺。宋紹興丙寅，張魏公浚解萬壽觀使，放連州，過此，有題壁云：「清河張德遠聽顔師鼓琴而去。」明年，岳武穆王飛過宿，有題木桌曰：「岳飛奉旨趨闕，復如江右，假宿幽巖。游上方，覽山川之勝，志期爲國，急欲掃平□□，恢復輿圖，迎二聖沙漠之轅，輔聖主無疆之休，因結緣佛寺，以記歲月。紹興三年十月初三日題。」……又相傳寺壁有劉光世題名記。』

岳武穆：岳飛，南宋抗金名將。率軍屢創金兵。宋高宗、秦檜一意求和，岳飛被解除兵權。不久，又被誣謀反，以『莫須有』罪名被害。孝宗時平反，追謚『武穆』，後又追封鄂王。

張循王：張俊，南宋抗金名將，曾與岳飛、韓世忠、劉光世並稱中興四將。又協助秦檜推行乞和政策，並與之合謀製造岳飛謀反的冤獄。卒後追封循王。

案：嘗於寺中題壁者爲張浚，並非張俊。此因名相近而誤。張浚，字德遠，世稱紫巖先生，亦爲南宋抗金將領，官至同平章事兼知樞密院，都督諸路軍馬。

劉太尉：劉光世，爲南宋中興四將之一，嘗官太尉，其所部號『太尉兵』。

紹興年：宋高宗年號，公元一一三一至一一六二年，共三十二年。

案：岳飛於紹興十一年（一一四一）十二月廿九日被害。

富春山

烏桕水邊樹，富春江上山。秋深未歸去，人老不知閒。隱見一峰畫，徘徊越女鬟。鸕鷀論百個，泛泛浪中閒。

箋

富春山：一名嚴陵山。在今浙江桐廬縣西南四十里。《後漢書·嚴光傳》：光字子陵，光武即位，除爲諫議大夫。不屈，乃耕於富春山。山上有嚴子陵釣臺，臨江有嚴子陵祠。

題韭花秋雨山房圖

白花滿徑雨滃滃，老子曾無屋一弓。買隱自憐心最苦，半生芒屩萬山中。

黑蝶齋詩鈔卷二

古今體詩（一六一首）

開户

郵寒嘗晏起，開户即生愁。溪水清于釀，山雲白似頭。人閒初過雨，禾熟已分秋。枉作勞生者，年年事遠遊。

箋

『年年事遠遊』句：岸登族侄沈黼熊跋《黑蝶齋詩鈔》曰：『伯父南渟先生蚤歲賦遊，垂四十年。然或一歲，或未及一歲即返，返未久復出。人謂：「先生盍淹久？於外數年得三徑資以歸，可無事游矣。」先生笑而頷之，然終不改。』

昏鏡

拊鏡昏無色，重憐八字彎。舊痕惟滿月，新黛只秋山。暈減香篝篆，塵添淚眼斑。樊川俄老大，差得掩衰顔。

箋

八字彎：蹙眉。元佚名〔仙吕〕《八聲甘州》曲：『髻綰雙鬟亂。眉顰八字彎。』

樊川：唐詩人杜牧，字牧之，自號樊川居士。

晚食

辟穀從無術，粗謀一飯安。祝雞輸短栅，養鴨欠回闌。菜甲纔盈把，菱絲不滿盤。近來諳晚食，每覺勝加餐。

箋

辟穀：謂不食五穀。道教的一種養生修煉術。

菜甲：蔬菜初生的葉芽。唐杜甫《有客》詩：『自鋤稀菜甲，小摘爲情親。』

人欲

人欲亦何限，天高不肯從。花殘鄰圃笛，夢短寺樓鐘。密約螺痕細，將離燭淚濃。明朝采蘭去，未曉雨淙淙。

秋暝

木葉落未歇，秋村欲暝時。荻花圍細艇，鳥影定寒枝。埜色茫無際，離居有所思。百端於此集，不是爲秋悲。

李辛占過黑蝶齋言將遊南海因寄榷使蘅圃用墨稼軒龔李唱和韻

我家柘水東，君住殳山西。百里樹相望，浹歲手頻携。嘗愛花南屋，屋中有梅妻。君貌亦類鶴，聳肩過清谿。竹垣識小門，水纜繫彎堤。岸柳未長條，溪風尚寒凄。山厨苦不能，咄嗟辦萍虀。主人顏復枯，垂髮半領齊。江魚勞遠餉，饁以豚與蹄。買酒酬佳肴，杏花前村迷。長腰米盎罄，不飽司晨鷄。吹火且一飯，所賴餘掃泥。程俱詩：『挾帚掃泥持作粥。』在昔桃鄉農，有約同鋤犂。死生永訣別，耒邊剩空畦。孤鏊不自食，邇來饑欲啼。駕部爾父友，妙年籍金閨。持節使尉佗，作貢珠貝犀。離支到正熟，絶勝採蒿藜。端溪饒紫石，歸將結鄰題。結鄰，硯名。

箋

康熙二十九年（一六九〇）作於里中。

李辛占：李昌後（一六五九—一七二八），字辛占，號鶴湖，浙江嘉興人。李符之子，國子監生。

蘅圃：龔翔麟，見前箋。

案：其時，龔翔麟以兵部車駕司主事出榷廣東關稅，故詩題中以榷使稱之。康熙二十八年，李符卒於福州。李辛占失怙，生計艱難，將游南海依龔翔麟謀食。

墨稼軒：龔翔麟書齋名。

花南屋：清楊謙纂《梅里志》卷六：『花南老屋，李符宅，在板橋東司馬坊，鄭簠分書額。』李符有《花南老屋詩集》。

萍虀：即韭蓱虀，用韭菜、艾蒿等搗碎製成的醃菜。宋蘇軾《豆粥》詩：『萍虀豆粥不傳法，咄嗟而辦石季倫。』

孤嫠：孤兒寡婦。宋王安石《哀賢亭》詩：『終欲往一慟，詠言慰孤嫠。』

駕部：官職名。掌輿輦、傳乘、郵驛、厩牧之事。魏晉尚書有駕部郎，隋初改駕部侍郎，屬兵部，唐置駕部郎中，天寶中改駕部爲司駕，宋復稱駕部，明清稱車駕司，清末廢。

籍金閨：謂記名於門籍，可以進出宮門，後代指做官。金閨，金馬門，代指朝廷。清吴偉業《送沈繹堂太史之官大梁》詩：『多少金閨榜墨新，科名埋没聲華冷。』

尉佗：趙佗。奉秦始皇命征嶺南，略定南越後，任爲南海郡（治所在今廣州市）龍川（今廣東龍川縣）令。秦二世時，受南海尉任囂托，行南海尉事，故稱尉佗。秦亡後，自立爲南越王。此代指南海地。

端溪：溪名，在今廣東省肇慶市高要區東南。端溪一帶産硯石，製成者稱端溪硯或端硯，爲硯中上品。

再叠前韻寄西畯

吴船如放鴨，拍水盤閶西。君來挽船住，豚酒手自携。臨餐肉不飽，割分踏浪妻。我行望白壘，君還卧梅溪。君家曝書翁，宦轍蹶沙隄。僦屋古藤下，吹花風酸凄。君亦厭輦轂，羸糧裹鹽虀。有如淳于貧，無食東贅齊。又聞珠江上，燈船賽香蹄。末麗結水幔，花迷客亦迷。閒尋海幢寺，夜半聽潮雞。忘却垞南竹，紫苞坼黄泥。緡魚坐有石，驅犢背可犂。豈無陸生橐，歸以謀一畦。留君竟三年，能耐杜宇啼。空使錦字梭，清宵響寒閨。李子倚裝促，緘書當塵犀。不盡煩寄語，老友已扶藜。准擬秧田歌，圖畫待重題。

箋

康熙二十九年（一六九〇）作於里中。

西畯：朱昆田，見前箋。

梅溪：清楊謙纂《梅里志》卷一：「梅谿即里中市河，縣亘三里，長水之支派也。」

「有如淳于貧」句：《史記·滑稽列傳》載：「淳于髡者，齊之贅婿也，長不滿七尺。」此謂貧賤如淳于髡，只得爲贅婿。

海幢寺：位於今廣東廣州市海珠區，在珠江南岸，爲南漢千秋寺故址。清順治初，天然和尚之徒阿字始建屋於旁，曰海幢寺。廣州遊春之地以海幢寺爲最盛。

陸生橐：語本《史記・酈生陸賈列傳》：「（尉佗）迺大説陸生，留與飲數月。曰：『越中無足與語，至生來，令我日聞所不聞。』賜陸生橐中裝直千金，他送亦千金。」

三疊前韻懷遠士

長水有萍家，屋角漁檣西。所好□圍碁，僧墅楸枰携。誰爲懶者偶，椎髻梁鴻妻。若將偕老焉，不返苕霅溪。汶陽訂爇交，北渡黄河隄。築版歌相杵，其聲哀凄凄。隄柳短於尺，葉小可以蠶。我聞古望秩，典禮五嶽齊。昨歲駐六龍，渠黄飛黑蹄。百靈盡呵護，風雨不敢迷。子去攀日觀，曾否聞天雞。試草封禪書，亦足换金泥。懷中支牀石，掌大不滿犂。相彼多牛翁，行歌碧山畦。我亦蠟兩屐，終苦蓬頭啼。又無休糧訣，問道訪仙閨。一擔壓雙肩，譬之披重犀。何時相勞苦，爲黍具糝藜。征衣輪爾着，清砧擣雙題。

箋

康熙二十九年（一六九〇）作於里中。

遠士：蔡耀，見前箋。

長水：清楊謙纂《梅里志》卷一：『長水塘在里之西，發源天目南，自硤川北注南湖，計六十里，秦時所鑿。』

汶陽：古地名。春秋魯地，在今山東泰安市西南一帶，因在汶水之北，故名。

望秩：謂按等級望祭山川。《書·舜典》：『歲二月，東巡守，至于岱宗，柴，望秩于山川。』孔傳：『東嶽諸侯竟内名山大川，如其秩次望祭之。謂五嶽牲禮視三公，四瀆視諸侯，其餘視伯子男。』

六龍：古代天子的車駕爲六馬，馬八尺稱龍，因以爲天子車駕的代稱。唐李白《上皇西巡南京歌》之四：『誰道君王行路難，六龍西幸萬人歡。』

渠黄：駿馬名。周穆王八駿之一。《穆天子傳》卷一：『天子之駿：赤驥、盜驪、白義、踰輪、山子、渠黄、華騮、緑耳。』此代指帝王坐騎。

案：康熙二十八年正月，康熙皇帝南巡，過泰安。

日觀：泰山峰名。北魏酈道元《水經注·汶水》引漢應劭《漢官儀》：『泰山東南山頂，名曰日觀。日觀者，雞一鳴時見日，始欲出，長三丈許，故以名焉。』

四疊前韻懷松塍

高堂兩白髮，念君走東西。君年滿四十，愛若欲提攜。賃椽得八九，僅托隱居妻。何以娱朝夕，遲君還演谿。涓涓成江湖，百指費防隄。囊衣典易盡，嘗日色慘凄。君有琉璃匣，不足儲寒虀。爲寫玉臺詠，新體艷陳齊。曾共秦淮棹，同走東岡蹄。六朝盛金粉，離離五色迷。後湖釣圓鯽，古埭鳴荒雞。攝山入圖畫，青螺和丹泥。梅花千百本，栽以金犗犂。只今中山墅，爛熳成香畦。慈烏破客夢，飛上白門啼。亦有楊柳色，嬝娜愁春閨。封侯豈不羨，嗟子腰無犀。東家六峰閣，夜夜燒青藜。近來同皆老，松塍尊人。斗酒百詩題。

箋

康熙二十九年（一六九〇）左右作於里中。

松塍：徐燿然，見前箋。

皆老：徐在，字皆山，徐燿然父，見前箋。

挽青士五疊前韻

滔滔逝川水，東流不復西。靈氣得所托，歸魂焉可攜。謚之宜曰康，應問黔婁妻。殳山有安土，長水有好溪。誰種墓門樹，培作梅花隄。但聞鄰人笛，感舊極慘凄。海内爲慢聲，人人誇臼齏。搜羅宋金元，緯與綜名齊。醵錢書驢券，衝埃策驢蹄。懸之閶闔門，門多夢欲迷。西曹掃賓榻，縱談徹含雞。滄涞棗易雪，長瓶坼官泥。醉舞健於犢，如脱項上犂。論交盡弟兄，剖腹無町畦。雅音起沈宋，不學蛙蚓啼。仙姝引其手，騎鯨欻雲閨。明眸揚纖蛾，皓齒倩兩犀。一笑留君住，不更返荆藜。梅里一詩人，當爲銘旌題。

箋

青士：周篔（一六二三—一六八七），初字公貞，更字青士，别字簹谷，浙江嘉興人。遭亂，棄舉子業，布衣終老。以賣米爲業，讀書肆中，吟誦不輟。工詩，尤擅五律，其詩作俊逸拔俗，不輕襲前人片語。竹垞先生及李良年、鍾淵映、朱一是、沈進、李麟友居相近，往來唱和。性儻慕，與人交，胸無柴棘，四方名士過者，輒留飲，或醵金會餐，泊舟相接於門。人有匱乏，輒傾資給之。後因耽於詩文，不善經營，生計日窘，遂往來嘉善、桐鄉之間，以詩格授人，遠近受業者甚衆。康熙二十四年（一六八五），游京師，未嘗投貴人一刺。朝士願交君者，一飯後，君不復過其宅。客居二年返里，歸途中因病去世。編成《詞緯》三十卷、《今詞綜》十卷，著有《采山堂集》二十四卷、《析津日記》三卷、《投壺譜》一卷。

『搜羅宋金元，緯與綜名齊』句：謂周篔辛勤采輯宋金元詞，編《詞緯》一書，可與朱彝尊所編《詞綜》齊名。

再入新安示兒之鈃六疊前韻〔一〕

黄海昔未遊，云在烏聊西。芙蓉三十六，焉能汝同携。汝壯及有室，紡絡稱去聲貧妻。辛苦夜篝燈，破屋支窮溪。門前插稺柳，映帶紅樫隄。略彴通小水，其色絶滄凄。抱甕灌春韭，連筒潑冬齏。汲之釀村醪，翁翁比盎齊。外物不能累，其説著馬蹄。反覆蒙莊子，妙理砭惷迷。汝頭未曾昂，戴冠逐羣雞。又若豕負塗，何時出汙泥。聞之天都下，丹砂可畊犂。烏用戀粱稻，齷齪守荒畦。出門忽不樂，殘缸照悲啼。念汝妹未嫁，無母共紅閨。准了向平債，割愛劃銛犀。臨當發遠棹，匆匆飯蓬藜。努力作銀鉤，書面平安題。〔二〕

校記

〔一〕《沈氏家乘》詩題無『六疊前韻』四字。

〔二〕《沈氏家乘》所載詩異文較多，全首録於後：『黄海我舊遊，只在斜陽西。乞食施老饕，焉得爾同攜。爾壯及有室，絡紡稱貧妻。以佐夜篝燈，破屋支窮溪。門前楊柳絲，映帶紅樫隄。約略通小水，其色頗愴淒。負汲灌菜把，儲儲三冬虀。連筒釀村醪，滃滃比盎齊。讀書取娱樂，此説載馬蹄。反覆蒙莊言，斯理自不迷。嗟我爭稻粱，戴冠逐羣雞。又若承負塗，何時去汙泥。聞之天都下，丹砂可耕犂。戀戀鄉土情，未肯抛荒畦。春風山鳥鳴，春雨山鼯啼。念汝貧粟妹，無母共紅閨。准了賣犬事，割愛學劃犀。養取檀欒竹，當我扶老藜。努力作銀鉤，書面平安題。』

箋

康熙三十一年（一六九二）作，時曹貞吉再招岸登往新安佐幕。

兒之鈃：沈之鈃（一六七四—一七四三），字虡階，浙江平湖人。岸登之子。

案：岸登將再度客游新安曹貞吉幕，賦詩示兒。

沈不負《老雲齋詩刪》卷五《送南渟重赴曹實庵招》二首爲送行之作，編次在是年，詩云：『占爻卜得行期近，四月南風細雨多。惆悵白髭重作客，襆衾來聽舊鶯歌。（詩註：前有《同安郡樓聞鶯》詩。）』『昨年同作金桃句，今日花開獨閉門。想得黄山歸夢裏，隔垣風雨自黄昏。（詩註：南渟贈我《東田破屋》詩有「風雨夜來無恙在，隔垣仍有讀書聲」之句。）』

黄海：指黄山，宋王存《元豐九域志》：『新安黄山，有雲如海，稱黄海，一稱雲海。』《黄山志》：『山時有鋪海之期，白雲四合，彌望如海。』

芙蓉三十六：黄山有七十二峰，素有『三十六大峰，三十六小峰』之稱。唐李白《送温處士歸黄山白鵝峰舊居》詩：『丹崖夾石柱，菡萏金芙蓉。』宋朱彦《游黄山》詩：『三十六峰高插天，瑶臺瓊宇貯神仙。』清釋弘仁《黄山行》：『坐破苔衣第幾重，夢中三十六芙蓉。』

准了向平債：謂了却子女婚嫁之事。向平：即東漢時向長，字子平。《後漢書・向長傳》：『建武中，男女娶嫁既畢，敕斷家事勿相關，當如我死也。於是遂肆意，與同好北海禽慶俱遊五嶽名山，竟不知所終。』

劃銛犀：指寶劍。『劃』字或爲『剸』字之訛。唐金厚載《昆吾切玉劍賦》：『剸犀莫比其銛鍔，斬馬難齊於利刃。』

白門子夜四時歌

江頭夜夜風，疑是催花雨。桃葉未成梢，人在桃根語。

儂家長干巷，門對報恩塔。長干看塔火，分明珠光合。

翦綵結花帽，踏青半山邊。妾心如游絲，不能繫紙鳶。

夢好不知曙，涼月入踈牖。啞啞栖烏啼，却怨白門柳。

白袷最年少，下馬坐錦茵。心知官奴字，欲唤怕郎嗔。

朝出上粉樓，暮出到紗市。將以爲妾容，妾誤比蕩子。

江風折荷葉，葉破不遮面。明朝涉江去，乞儂青陽扇。

摘得姚門棗，投自郎懷抱。顆顆相思斑，道是顏色老。

鰣魚販京口，鮮鯽買後湖。憶昨初嫁時，作羹餉小姑。

雪絮飛空庭，寒深下簾額。嘗笑謝娘癡，不怕粘頭白。

瞻園憶舊詩 有序

余自壬戌迄丁卯再寓瞻園，雜擬憶舊詩三十首，蓋作於丁卯後遊之歲。其中陂池、臺樹、竹樹、禽魚，朋好之硯屐觴詠各見之詩，以誌一時聚散。若夫平生相識，有未嘗過是園而偶憶之者，則余不敢自謂多情也。

舊事沉思最惘然，斷垣高柳彈春烟。風流比似當年減，辜負啼鴉着意憐。

四面圍闌敞畫扉，巧排丁字織簾衣。斜陽影外尋相識，燕子東西作隊飛。一覽樓。

春寒玉樹解苞遲，曝粉窪銀未滿枝。紅燭畫筵催不去，白頭供奉譜新詞。謂竹垞翰林。

靈谷梅花千百本，移栽官閣暗香清。紅羅曲譜憑誰按，冷落人間箏笛聲。今存者僅十一矣。

西堂話茗夜分燈，曲檻深廊到未曾。吟遍玉臺新格好，琉璃硯匣屬徐陵。謂松塍。

棕鞵桐帽本闌刪，誤入繁華臺榭間。俯仰不須千古後，園名人已忘去聲中山。

蠟屐修門歲月侵，紫花飄盡古藤陰。何時歸作烟波伴，長水橫河放艇尋。西畯、蘅圃時客都門，寓古藤書屋。西畯家長水塘，蘅圃家橫河橋。

春辭桂嶺夏閩谿，萬里羈愁一紙題。封與山陰洪十四，開緘只説子規啼。謂畊客，洪十四謂宿一。

嫣然誰識蜀宮情，錦帳橫陳宿雨晴。花下有人嘗挾彈，柘枝弓健打流鶯。西府海棠。

日南雞爪洵無雙，剩有香風入暑窗。好事流傳新樂府，不知曾否到珠江。真珠蘭，余與蘅圃、畊客皆有填詞。

石城風景尚堪誇，遺事曾聞插奈花。誰遣釵梁輕占取，巫雲兩抹護蟬紗。末麗。

第五橋邊百頃潭，將軍手植樹毵毵。無人寫出鵞溪絹，畫史空懷大小藍。謂謝青、雪坪。

疊石爲山曲磴盤，微茫烟色是長干。夜深猶倚危闌望，天外風摇塔火寒。鶴臺。

江口鰣魚穿柳梢，品題水豢勝山肴。近年長是因人食，羊酪蓴羹共一庖。

鄭叟臨碑多腕力，徐生摹印得家風。朱門再到留髡醉，壓笛彈絲技絶工。謂汝器、虎侯。

芸香書屋下簾鈎，商略詩材再宿留。不及山房秋錦樹，年年搒擋作佳遊。謂武曾。

山圖留贈滿松杉，子昔拖笻我挂帆。青笠緑蓑都點綴，不曾添個白長鑱。謂石谷。

眉樣新蟾秋夜彎，削瓜剖李上嚴關。相思惟有姚門棗，顆顆猩紅染淚斑。

碧乳清於社甕醅，杉爐自候十分開。慢詞疊幅臨窗寫，九度梅黃細雨來。余己未寄蘅圃《嘗岕詞》，時在江村學士寓中。

密樹高低如指排，紅泥亭子緑莎階。憑闌怕引鄉園思，直到登高試笋鞵。小虎丘。

層樓簷出影疎凉，翠葉真如鴨脚长。齊揭筠竿聽喝采，填街青子斗來量。銀杏。

賭墅爭棋興已孤，更能老作畫師無。漁竿心事終須遂，盡在西湖聽雨圖。余曾爲蘅圃寫《西湖聽雨圖》。

虔州狂客舊飛揚，曾上江樓醉百觴。匹馬短衣如再過，名園今有射生塲。謂子韶。

跋扈詞塲擅錦軍，不如髯也更超羣。傷心罨畫溪風冷，宿艸芊芊似茜裙。謂其年太史。其年曾爲《浙西六家詞》序。

某水依稀對某丘，細論屐齒十經秋。榕門樹老絲千縷，最肯愁人是宦遊。謂家柘西，時宦來賓。

碧疏窗户暗塵封，無復鄉音似阿儂。曾宿客來瞋卧犬，已殘花落誤游蜂。墨稼軒。

鮑子能憐仲父貧，分金六六裹修鱗。誰將口號傳梅里，懶蔡狂朱恰比鄰。懶蔡謂遠士，狂朱謂不爲。

朔風吹上翦江船，花萼詩名日下傳。惜別匆匆曾寄語，殳仙須急買山田。畊客入都，余有留別詩。

昨夜愁霖特地驕，池塘水拍乍平橋。白雞夢斷無消息，華屋山丘兩寂寥。

瑟瑟藍波九派東，趁帆欹枕便衰翁。荻花開後當歸去，炊火兒孫老此中。

箋

康熙二十六年（一六八七）左右作於江寧。

瞻園憶舊詩：龔翔麟《田居詩稾》卷七《和瞻園憶舊詩》詩序云：『壬戌冬，與沈子覃九別於金陵。明年，余亦北去，作《瞻園別詩》七章。迄辛未，奉使嶺表，道出浦口，未及渡江，惘惘而發，追憶舊游，曾和前詩如數。計別瞻園歲月，距今蓋十有三年矣。今年覃九自太原來，白髮滿頭，他鄉相見，把酒勞苦之餘，出《憶舊詩》三十首見示。取而讀之，園林之風景依然，朋好之鬚眉如在。盛衰之感，聚散之悲，不覺茫茫交集寒檠枕上，信口成吟，復依韻和之如左，語無詮次，聊以寫中懷之繾綣云爾。乙亥臘月八日。』

案：至康熙三十四年（一六九五）冬，岸登至京城訪龔翔麟，以《瞻園憶舊詩》相示，龔翔麟、沈皞日、邵瓆皆有感懷之和作。邵瓆《情田詞》有《瑣窗寒・沈覃九過蘅圃寓齋出瞻園憶舊詩三十首依韻酬之者余與柘西蘅圃聯寫大軸覽次又填此詞時康熙乙亥冬也》。

謝青：藍深，字謝青，浙江錢唐（今浙江杭州）人。藍瑛之孫，藍孟之子。諸生。爲人灑脱，能詩文。善山水、花鳥，得祖傳之法，妙於變化，悉合法度。晚年客遊鳳翔，著《過秦草》。

案：龔翔麟《紅藕莊詞》卷一有《瑣窗寒・獨醉先生同謝青過瞻園分賦用片玉詞韻》《金浮圖・同獨

醉先生謝青登長干浮圖》《徵招・謝青靈谷看梅予以事阻不及同遊》《離亭燕・送藍謝青》諸闋，李符《香草居集》卷五《龔方伯置酒墨稼軒時陳獨醉藍謝青初至同蘅圃賦》，可知藍深與龔氏父子相交頗深，爲瞻園座上客。

雪坪：藍濤，字雪坪，又字豫庵，浙江錢唐（今屬浙江杭州市）人。藍深之弟。工山水、花鳥，兼能人物，畫承家學，遥接祖傳，善作細緻小景，花鳥妍麗工致。

鄭叟：鄭簠（一六二二—一六九三），字汝器，號谷口，上元（今屬江蘇南京市）人。能詩工書，且篤友誼，以岐黄術噪名於世，疾者盈門，車無停軌。隸書學漢碑，間參草法，號稱『八分古今第一人』；再從朱竹垞輩討論之，使漢隸之學復興。

徐生：徐寅，字虎侯，號秋田，浙江秀水（今屬浙江嘉興市）人。徐貞木之子。篆刻得家傳，名重京師，過於乃翁。

武曾：李良年（一六三五—一六九四），原名法遠，又名兆潢，後更今名，字武曾，一字符曾，號秋錦，浙江秀水（今屬浙江嘉興市）人。九齡能作文，十齡解賦詩，持格律甚嚴。與兄繩遠、弟符，言詩者稱三李。與朱彝尊、王翃、周篔、繆泳、沈進集里中爲詩課，時相唱和。遊京師，良年與朱彝尊齊名，時稱『朱李』。學詞宗姜夔、吴文英諸家，故所作特穎異，爲浙西詞派六家之一。古文長于議論，間作駢體，爲汪琬所推許。康熙十年（一六七一），曹申吉巡撫貴州，良年入其幕，後辭歸。十八年（一六七九）薦舉博學鴻儒，與試不第。初冒姓虞氏，名兆潢，占籍海鹽縣學生，故當時薦牘無良年名。歸築秋錦山房，坐卧其中，弟子著録者日衆。崑山徐尚書乾學開書局於洞庭山，招往，助修《一統志》。自是歸，不復出，卒年六十，朱彝尊爲作墓志。著有《秋錦山房集》二十二卷、《外集》三卷、《秋錦山房詞》二卷、《詞家辯證》一卷、《詞壇紀事》三卷等。

白長鑱：唐杜甫《乾元中寓居同谷縣作歌》之二：『長鑱長鑱白木柄，我生托子以爲命。』元王禎《農書》卷一三：『長鑱，踏田器也……在園圃區田，皆可代耕，比於钁劚省力，得土又多。古謂之蹠鏵，今謂之踏犁，亦耒耜之遺制也。』

子韶：鮑夔生（一六四〇—一六九二），字子韶，號鐏齋，祖籍安徽歙縣。出生於江西贛縣（今江西贛州），解章句之學，擬爲詩詞，出語驚人。師寧都魏叔子，遊吳魯燕齊間，一時知名士皆與之交，名譽甚盛。康熙十六年（一六七七）參江西都督幕，從破贛浙閩間諸壘，敘功請賞不就。三十一年（一六九二）遊粤，病殁。著有《江上集》《紅螺詞》《江樓合選》等。

鮑子能憐仲父貧：《史記·管晏列傳》：『管仲曰：「吾始困時，嘗與鮑叔賈分財，利多自與。鮑叔不以我爲貪，知我貧也。」』

狂朱：朱願爲，字不爲，一字求侯，浙江海寧人。朱一是次子，隨父徙居嘉興梅會里。國子監生。少壯時敦尚氣節，睥睨一世，故有『狂朱』之目。其性率直寡諧，放情詩酒，不入城市。所爲詩愴懷存没，抒寫牢愁，有風人忠厚感激之遺意。與范懋官、朱昆田、浦越喬、蔡燿、李我郊、許肇位共稱省齋七子。著有《紫薇軒存草》。

移寓烏聊山下

客裏復遷次，所居恔小樓。人烟帶斜日，山色冷高秋。樵徑雲中出，泉聲舄下流。分明一晚飯，挨柁越江遊。

箋

康熙三十一年(一六九二)作於新安。

烏聊山：位於古徽州城中部，斜貫全城。城西片爲徽州府城，東片爲歙縣縣城。

送錢笠山之高平

三十六峰下，藤鞵九載留。故人來恨晚，不及爾同游。酒所黄壚隔，詩名大曆求。漁梁渡頭水，相送肯西流。

靳子真賢牧，靳治荆熊封。隨車圖與書。此行古塞末，得句晚秋餘。松徑石門憩，秦人板屋居。錢郎未愁客，同調興何如。

箋

康熙三十一年(一六九二)作於新安。

高平：古舊縣名。今改設爲高平市，隸屬於山西省晉城市。

靳子：靳治荆，字熊封，號書樵，鑲黄旗漢軍。康熙二十一年(一六八二)起，任歙縣知縣十多年，有惠政。改甘肅固原州知州，陞浙江寧波府同知，擢江西吉安知府。博雅嗜古，爲王士禛門人，著有《思舊録》《金陵覽古詩》。

送曹户部實菴

方外曹司馬，七年始一還。自攜龍尾硯，去上鴨頭船。山葉霜初赤，江花雪後妍。襆衣同惜别，南下釣灘邊。

爲郡紫陽麓，山齋愜素期。祇緣游并日，轉覺促離思。僚友今詞伯，謂阮亭先生。仙曹古度支。相逢當出贈，黄海數篇詩。

箋

康熙三十一年（一六九二）秋冬間作於新安。

曹户部實菴：曹貞吉，見前箋。

案：張貞《誥授奉贈大夫禮部儀制清吏司郎中曹公墓誌銘》：『壬申，計吏公首登薦剡視歙篆，尚未竣事，遷户部廣東司員外郎以去。』

曹貞吉於康熙二十四年（一六八五）出任徽州同知，繼攝祁門令，轉青陽令、黟縣令，所至皆有政聲。至康熙三十一年（一六九二），積功陞户部廣東司員外郎，故詩句云：『方外曹司馬，七年始一還。』將回京城任官，岸登辭幕席，賦詩送别。

詞伯：指王士禛。王士禛（一六三四—一七一一），字子真，一字貽上，號阮亭，别號漁洋山人，山東新城（今山東桓台縣）人。順治十五年（一六五八）進士，選揚州推官，由禮部主事累遷少詹事，官至刑部尚書。後以失察遭革職，罷官歸里，卒於家。士禛初官揚州五年，得江山之助，詩名大起。後名位日高，被尊爲詩壇領袖，朝野名流多投其門下，時與朱彝尊並稱『南朱北王』。其論詩本之嚴羽，以盛唐爲宗，標舉『神韻』，以含蓄蘊藉、意在言外爲佳境。著有詩文集曰《帶經堂集》，自删訂其詩爲《漁洋山人精華録》，又有《衍波詞》《阮亭詩餘》等。

案：是年八月，王士禛調任户部右侍郎，故詩中稱僚友。

仙曹：泛指朝廷官署。唐李商隱《迎寄韓魯州》詩：『聖朝推衛霍，歸日動仙曹。』

度支：官署名，魏晉始置，掌管全國財政收支，長官爲度支尚書。南北朝以度支尚書領度支、金部、倉部、起部四曹。

案：曹貞吉嘗以徽州府同知署黟縣事，縣境内黄山爲名山勝地，撰《黄山紀遊詩》一卷，故詩句云：『黄海數篇詩。』

次答東樂寄懷原韻

急灘誰謂挽船難，倚枕看山俯仰安。歸約橙黄書屋底，盡開南牖數香欒。

郈居惟有昨年共，小碎詩篇愧唱予。別後溪門仍到否，書來且喜長紅蕖。

十級山樓黄海北，芙蓉高掌檻中分。青衫猶是緇塵染，那得開襟貯白雲。

武溪湀塹未經過，眉子花紋謾揣摩。若問墨潘尤發噱，雙金價愧一丸多。書來索歙石硯與吴去塵墨。

箋

康熙三十一年(一六九二)作於新安。

東樂:沈不負(一六三五—一六九九),字集九,一字次山,又號東田、東樂,浙江平湖人。少穎異,五行俱下,旁涉吟詠。年十七,補邑弟子員,名籍諸生間。明既革,不樂仕進。中歲喪子,遂不治生産,特寄情詩卷,終日不倦。性孝友,生平篤於知交,對床風雨,連吟達旦。著有《老雲齋詩删》十卷、《哦石齋稿》四卷、《邨居詩》一卷。

案:沈不負爲先生之堂叔,二人意氣頗相投,鄉居時唱和最多。是年,岸登客居安慶,沈不負《老雲齋詩删》卷五《昨歲與南渟有邨居唱和之作慶林見録且寵四詩用韻奉答兼寄南渟》賦詩寄懷,依編次在是年,岸登次韻和答。

『邨居惟有昨年共,小碎詩篇愧唱予』句:謂去年與沈不負《邨居》詩唱和之事,參見同卷《邨居詩》箋語。

武溪:《清史稿·地理志·安徽》徽州府:『婺水出西北大廣山,南會斜水入武溪。武溪水出北回嶺下,下流逕江西樂平入鄱陽湖。』

墨潘:潘谷,宋元祐間歙縣人,製墨精妙,有『墨仙』之稱,所製之墨被譽爲『墨中神品』。宋蘇洵《川墨送兩馮君》:『裕陵故物秦家得,再拜摩挲老墨潘。』

吴去塵墨:吴拭,字去塵,又字知白,號逋道人,明天啓、崇禎年間休寧製墨名家,製墨署『浴研齋』。

冬夜歸紅樫田舍

歲月一身惜，江山三折深。歸船惟載夢，寒日易驚心。四壁蜂脾綴，虛簷藤蔓侵。紅樫門外見，漁火出疎林。

箋

康熙三十一年（一六九二）十一月作，時自新安歸里。

案：後有《臘月三日與兒子話夢計自新安歸又匝月矣》詩，可知其歸日在十一月初。沈不負《老雲齋詩删》卷五《南渟新安歸喜疊前韻》，依編次在是年冬。

蜂脾：蜜蜂蜂巢，又稱巢脾。北宋宋祁《旬沐二首》詩其一：『燕口將泥重，蜂脾抱蜜喧。』

除牽牛蔓

繚亂牽牛蔓，離根托質纖。障風渾似幄，網户密於簾。不是花開早，其如客久淹。茆齋取疎快，爲覓舊腰鐮。

箋

康熙三十一年（一六九二）冬作於里中。

『繚亂牽牛蔓』句：可參上一首，有『虛簷藤蔓侵』句。

案：以下七首皆是年冬鄉居時作，沈不負並有同題之作。沈不負《老雲齋詩删》卷五《夜雨次南渟韻》《黑蝶齋黄梅》《至後新晴》《寒笋》《獨飯（用王臨川題）》《和黑蝶齋除牽牛蔓》《橘》《又一首次南渟山字韻》，皆與岸登唱和者。

橘

朱果秋收實，霜林滿眼斑。誰分三百顆，傳弄酒杯間。齒冷消殘醉，風香吹故山。回思懷袖日，老淚復潸潸。

箋

『誰分三百顆』句：唐韋應物《答鄭騎曹青橘絶句》：『憐君卧病思新橘，試摘猶酸亦未黄。書後欲題三百顆，洞庭須待滿林霜。』岸登詩反用其意，言橘果已經霜成熟，而無分贈友朋之樂。

寒筍

旅食清江上，還家苦竹邊。荷鋤尋舊徑，斸筍得新鞭。白亞翻匙雪，香添冷突烟。年來長負汝，束載滿春船。

箋

翻匙雪：指白米飯。唐杜甫《孟冬》詩：『破甘霜落爪，嘗稻雪翻匙。』

冷突烟：謂平時不生火做飯食。突烟，烟囱裏的炊烟。清王晫《今世説·雅量》：『雖突烟常冷，意豁如也。』

黄梅

老屋無多樹，黄梅略放梢。歸人未遲暮，喜及試香苞。雪意改山面，月痕平水坳。只應形影共，歲晚作貧交。

雨

未蓋重茆屋，頻愁夜雨聲。猶疑江上宿，拽纜逆灘行。殘溜數回夢，曲身老此生。一寒添戀戀，布被有餘情。

獨飯用王臨川題

嬾僻無同志，支離只一身。閒來忘盥櫛，夢亦厭風塵。獨飯山厨下，幽居野老鄰。吾生多恨事，肉食每因人。

箋

用王臨川題：王臨川，即宋王安石，臨川（今屬江西撫州市）人，後人遂稱其『臨川先生』。《臨川先生文集》有《獨飯》詩，岸登用此題賦詠。

新　晴

連陰如暝色，早起見晴暉。容易回寒律，蕭條上野扉。肯閒桑齒屐，盡捲荻簾衣。昨日南山暮，紅霞落翠微。

晚　坐

柴門四五尺，短短僅過眉。吠犬自出竇，夕陽不滿籬。未裁終歲計，無准故人期。獨坐自消領，簷風動竹枝。

臘月三日與兒子話夢計自新安歸又匝月矣

旅夢重重幻，歸人事事屏。自無生客到，不礙竹扉扃。數髮十莖白，看山一月青。多魚兆豐歲，并欲乞添丁。

箋

康熙三十一年（一六九二）十二月作於里中。

案：沈不負《老雲齋詩删》卷五《臘月三日暮過黑蝶齋作》爲同時唱和之作，詩云：『客歸已匝月，我老又窮年。寒夢多難記，新詩絶可傳。（詩註：南渟每好説夢。）凍連荒徑草，煖過别家烟。不改黄梅意，吹香破臘前。』

西畇同余歸自新安日晚過黑蝶齋得江字一首

握手枯槐下，夕陽人影雙。鄉窮客不忘，風横老難降。蔬飯分鄰圃，沙鳧上水窗。昨游等漂泊，摇櫓過錢江。

箋

康熙三十一年(一六九二)十二月作於里中。

西畇：俞嶔奇，字丹嶼，號西畇，浙江平湖人。好讀書，工詩文，精篆隸，善刻印。歷游四方，與諸文士交，所學益邃。著有《荻雪莊詩》《西畇筆談》《衡素齋印譜》。

案：沈不負《老雲齋詩删》卷五《西畇黄海歸過我溪上留宿黑蝶齋不得一飯而去作此志悵時臘月六日》爲同時唱和之作。

又《是夜不寐同南渟各賦前韻》，詩註曰：『時訛傳點選，里門娶遣奔贅，累晝不絶。當事禁止，益熾。』

雪後

歲晏意不愜，賴此初日遲。白餘殘瓦稜，青露一峰尖。野岸人爭出，寒渠水自添。百錢猶可醉，難得酒家廉。

箋

康熙三十一年(一六九二)歲暮作於里中。

小除立春

一日憐殘歲，單居學定僧。未收賒酒券，只伴障書燈。老畏增年速，貧嗤送鬼仍。柴門少春事，獨自掩西塍。

箋

康熙三十一年（一六九二）小除日作於里中。

案：檢張培瑜編著《三千五百年曆日天象》，是年臘月三十日爲立春。

同皋士松亭南城夜集東田破屋

裙屐懽情減，鄉園聚日稀。約升分歲酒，比櫛下山扉。寸燭亦銷夜，寒釭暫解圍。溪風未駘蕩，醉後颯春衣。

箋

康熙三十二年（一六九三）春作於里中。

松亭：沈嶠（一六四九—一六一八），字山喬，號松亭，浙江平湖人。沈黼熊之父，爲岸登從弟。

南城：沈甸（一六六三—一七一四），字南城，浙江平湖人。岸登從弟。幼負雋才，紹承家學，下筆纚纚，不苟同流俗。邑學增廣生。性端重，古道自持，鄉黨弟子遇之如嚴師。著有《野意齋集》。

東田破屋：沈不負寓齋。

案：沈不負《老雲齋詩删》卷六《東田小集次南渟韻》爲同時唱和之作。

比櫛：像梳篦的齒一樣緊密排列。《詩·周頌·良耜》：『其崇如墉，其比如櫛。』

小集野意齋 大山叔最賞余畫，曾屬寫獨樹老夫家於便面，屈指亡十年矣

樗散如絲髮，滿頭誰可憐。矮窗今復凭，獨樹老還妍。夢草洗輕雨，春厨生晚烟。壺觴亦沉頓，觸緒不成眠。

箋

康熙三十二年（一六九三）春作於里中。

野意齋：沈甸之書齋名，參見前一首箋語。

案：沈不負《老雲齋詩删》卷六《小集野意齋南渟有詩追感伯氏用韻繼作》爲同時唱和之作。

大山叔：沈日星，沈甸之父，爲岸登從叔。

樗散：樗木材劣，多被閒置。比喻不爲世用，投閒置散。唐杜甫《送鄭十八虔貶台州司户》詩：『鄭公樗散

鬢成絲，酒後常稱老畫師。』

雨

早眠愁不寐，聽盡雨翻盆。溪水夜深足，山風門外喧。暖香梅漸坼，微潤笋初掀。春意何嘗薄，重重到故園。

箋

康熙三十二年（一六九三）春作於里中。

案：沈不負《老雲齋詩删》卷六《雨》爲當時同題唱和之作。

雨後芥村招飲

結籬娱晚日，邨舍轉蕭條。小石松根絡，深泥屐齒摇。未妨歸路黑，難得隔垣招。學圃年年意，悽然筋力消。

翠微寺僧雨峰贈余壽藤杖長短各一渡錢塘失之

放溜漁梁堰，曾携百節藤。清江從不返，衰力近難憑。本是無長物，因之掩舊荆。山游吾亦厭，爲報翠微僧。

箋

康熙三十二年（一六九三）春作於里中。

案：沈不負《老雲齋詩删》卷六《失杖爲南渟賦》爲同時唱和之作。又卷五《南渟新安归喜疊前韻》其二詩註曰：『南渟失一藤杖。』

二月

二月匆匆過，桃花何處尋。壞墻吹雨出，古寺閉門深。多分斜風落，誰憐十日陰。漁郎應不到，猶厭惹山禽。

箋

康熙三十二年（一六九三）二月作於里中。

案：沈不負《老雲齋詩删》卷六《二月》爲當時同題唱和之作。

過辰山寓時往鶴湖不遇

盡室堆書卷，風簾四面垂。自成隱者趣，能忘故園思。小院吹香晚，深廊漏日遲。歸帆須喚我，相對飯蒓絲。

箋

康熙三十二年（一六九三）四月作於里中。

辰山：李延是，見卷一《自題紅樫田舍用東坡八首韻》箋語。

案：沈不負《老雲齋詩删》卷六《初夏尋辰山不值因題寓院屋壁》爲同時唱和之作。

邨居詩 有序

村居詩，唱自吾家東樂，余輒見輒和，歲暮傾篋，共得九十首。二十年來旅食四方，間學有韻之言，非好焉而爲之，故未嘗出以示人。是詩獨付剞劂者，冀同學不棄，或肯訶詰其疵病，且以識未能屏絶人事，爲可悵也。

春日村居

宿雨濛濛户倦開，鄰翁已醒卯時杯。何當盡寫香山句，换却邨中酒肉來。晏起。

二月溪門還見雪，雪消梅綻信猶賒。須知上巳匆匆到，桃李漫山欲放花。催梅。
湖上垂楊千萬絲，愛看眉翠喚篙師。典衣未鬏歸來醉，正值春船價貴時。出郭。
昨夜雨深門合閉，夢殘不厭欸山房。黄蜂飛過嫌無色，埜菜花中盡日忙。梨花。
晏温天氣好遊尋，陌上花開似散金。蝴蝶打團飛不住，青裙小婦摘薹心。薹心菜。
燕子長來溪水西，數椽真媿艸堂低。貧家書籍都捻賣，掃榻何因怨落泥。燕。
濕雲不放九峰青，縛竹雙扉日日扃。安得東風如我願，盡吹濃墨赴滄溟。雨。
聒晝黄公與太酣，不分坨北與坨南。春眠豈獨妨我嬾，新笋抽梢亦未甘。鳥噪。
穿籬難覓桃枝翠，入饌虚誇玉版禪。遲我買山都種竹，年年分喫不論錢。笋。
繞舍溪光盎盎來，蒲桃新嫩潑春醅。急須放槳看山去，直借漁燈照我回。溪漲。

箋

此組《邨居詩》九十首，康熙三十年（一六九一）至三十一年（一六九二）間作於里中。

案：其時，沈不負作《邨居》絶句一百首，屬岸登等親友和之。《沈氏家乘》卷一一俞懋琪《東樂公傳》：『《邨居詩》一卷，宗人多屬和焉，已刻行世。』

沈不負《行楷七絶十一首》（葛嗣浵《愛日吟盧書畫别録》卷一著録爲《行楷絶句十一首》，《續修四庫全書》本）中《又村居十絶句寄西野南渟屬和》，署款曰：『辛未初夏東田稿。』

陸奎勳《老雲齋詩删序》（陸惟鍌纂《平湖經籍志》卷一二，平湖陸氏求是齋民國三十年刻本，上海圖書館藏）曰：『回憶康熙壬申歲，先生與南渟翁唱和《邨居》百絶句。予時病瘧新痊，不三宿而和訖。』

卯時杯：唐白居易《薔薇正開春酒初熟因招劉十九張大夫崔二十四同飲》詩：『明日早花應更好，心期同醉卯時杯。』

晏温天氣：天氣晴暖。《史記・孝武本紀》：『至中山，晏温，有黄雲蓋焉。』裴駰《集解》引如淳曰：『三輔謂日出清濟爲晏。晏而温也。』

聒晝黄公：謂黄鸝。宋蘇軾《書普慈長老壁》詩：『久參白足知禪味，苦厭黄公聒晝眠。』自註：『鳥名。』王文誥輯註：『黄公，黄鸝也。』

玉版禪：宋惠洪《冷齋夜話》卷七：『（蘇軾）嘗要劉器之（安世）同參玉版和尚……至廉泉寺，燒筍而食。器之覺筍味勝，問：「此筍何名？」東坡曰：「即玉版也。此老師善説法，要令人得禪悦之味。」于是器之乃悟其戲，爲大笑。』

夏日村居

四月風光尚似春，暗中春去最愁人。只慳一醉荷田舞，早覓村南賣酒鄰。酒鄰。

藤花换葉笋成林，隔屋濃陰一榻深。獨坐看雲人不見，晚來惟有夕陽尋。移榻。

蜂閙漸詑花鬚減，蝶亂應忺草色稠。藜杖莫尋門外路，一村飛絮撲人頭。蜂蝶。

沿溪日影又將晡，問訊筇枝强自扶。昨夜鄰園渾是雨，竹梢曾過短墻無。新竹。

花事闌珊怕捲簾，芭蕉籬下又抽尖。只愁敗葉聽風雨，未到秋深夢自甜。芭蕉。

日費山厨一斗泉，水鄉自分作茶顛。蒓絲浪說秋來美，岭片仍須算雨前。春岭。

細蘂金桃染麴塵，滿園別是武陵春。黄衣稚蝶偷顔色，飛入花間看不真。金絲桃。

郇窮少見時新果，紅白稜梅得啖無。若使南村分一種，未應輸與北郇盧。楊梅。

江梅熟後朝朝雨，吹過山村便帶風。兩岸泥深人跡斷，冷烟竹屋水聲中。梅雨。

一室蕭然倦掃除，斷韋檢點亦全疎。白魚蠹粉粘雌霓，猶有年來未賣書。曬書。

溪深嘗作艸堂寒，小徑濃添竹數竿。只有午窗風力緩，蜻蜓蛺蝶共盤桓。午熱。

桑柘陰陰泊網船，買魚歸去柳條穿。貍奴將子貪眠食，又費先生糴米錢。蠶猫。

腰鐮刬盡又重生，每遇風來作讀做雨聲。門外不知高幾尺，一羣牧豎唱歌行。陂草。

獨山塘跨板橋東，長自扶藤趁晚風。落日滿空無著處，樹梢移過一帆紅。落日。

末俗誰容貧賤驕，全家移住緑溪腰。近來多病跫音少，惟有村書未寂寥。村訊。

單衣初試楝花天，脱帽簪花亦自妍。老去不嫌衫袖窄，一分臂減又經年。試單衣。

釣鈎無線酒徒稀，猶坐溪頭蘚石磯。楊柳日長人樣懶，撇波瀏鶒一雙飛。閒。

閒門卧犬嗔人過，箬葉山籯信到時。剛是賞花人中酒，槲柴撥火試槍旗。渴。

滿樹含桃風日晴，山家籬落斷人行。魚罾移作珊瑚網，恰恰啼來忤曉鶯。櫻桃。

五畝宅邊桑葉稀，青青豆莢自能肥。撑腸只博兒童喜，不救春蠶半日饑。蠶豆。

吹面蘋風又颯然，不知已過熟梅天。披裘五月尋常事，凉篴生衣盡隔年。村寒。

衰翁自苦流光促，春未多時夏又分。閒過鄰家看新竹，數聲鵾鳩近斜曛。短至。

去年苦旱大麥焦，今年苦雨小麥醉。賣薪老翁出郭來，城中聞得歌兩穗。麥醉。

蓋岸凉陰緑幾層，樹根隨意下魚罾。短篷未纜山風起，零亂烟梢住不能。柳。

楊花落後無踪跡，點水浮萍緑似苔。一曲溪橋留未得，客愁重遣上心來。萍。

露草烟莎閃閃多，點衣百遍意如何。柴門經歲蓬蒿滿，未必明朝有客過。螢。諺云：螢入室，主客來。

緑毯平鋪兩岸田，人家遠近淺沙邊。山溪定是風波少，自把漁竿學放船。放船。

香繩一道截清波，淼淼寬鄉種水多。小葉似萍絲似髮，秧歌聽罷聽菱歌。菱絲。

金鋤無力賃田耕，終夜酣眠到日生。還有灌園心不忘，野風吹過桔槔聲。桔槔。

籬根月色黄無影，門外秧風青帶香。寂寂滿村人未起，白雲自在水蒼凉。曉望。

安眠亦是閒人分，兀坐多緣夜色長。濁酒未醒風滿樹，不應白袷便秋凉。夜坐。

溪流決決皆清水，直到門前之字斜。黄髮父兄猶記説，百年前盡種荷花。荷花。

七尺凉蒲滑更勻，松牀低穩亦無塵。瞢騰最好消炎日，未要青奴伴主人。蒲薦。

老子生涯未盡非，雞塒豚柵互柴扉。菰蒲雨過斜陽淡，更到沙頭唤鴨歸。鴨。

依田傍舍搭茅亭，轆轆車聲不暫停。一飽儘堪埋歲月，生兒須讀相牛經。牛車。

典盡春衣意惘然，牀頭無物可消年。自來落拓慵書券，長使漿家索酒錢。質庫。
一緉吴鞵異様輕，也曾拖踏拜公卿。故鄉何遂無閒地，滿意陂田老此生。涼鞋。
弱似春綿白似膚，打尖舊事記能無。黄沙歷亂催歸騎，楊柳官橋坐餅壚。水餅。
一郵好景無多子，新月初生晒網隄。隄外酒旗都落盡，何人吹笛過橋西。橋西。
日下山腰暑氣收，岸頭謖謖晚風流。蟬聲一樹休吹去，留待明朝試早秋。晚風。

箋

試槍旗：謂試茶。茶葶未展者曰槍，已展者爲旗。

鸂鶒：一種水鳥，亦稱『紫鴛鴦』，形似鴛鴦而稍大，多紫色，雌雄偶游。

楝花天：楝花爲二十四番信風花之最後一花，花期恰處農曆春盡夏來之時。宋何夢桂《再和昭德孫燕子韻》詩：『處處社時茅屋雨，年年春後楝花風。』

跫音：足音，脚步聲。明袁宏道《喜蘇潛夫至柳浪座上限韻》詩：『屢眄跫音至，秋來信幾緘。』

獨山塘：又名清溪港，位於今浙江平湖市林埭鎮東北。

牧豎：牧奴，牧童。《楚辭·天問》：『有扈牧豎，云何而逢？』宋陸游《識愧》詩：『幾年羸疾卧家山，牧豎樵夫日往還。』

貍奴：貓的别稱。宋鄭清之《香山貓食粥》詩：『梵宫新遺兩貍奴，晨粥饑餐食肉如。』

蠶貓：江南多養蠶，農家頗畏鼠齧咬蠶種紙和蠶繭，故養貓以禦鼠。

斷韋：《正字通·韋部》：『韋，柔皮。熟曰韋，生曰革。』斷韋指書籍的裝訂線斷裂。皮日休、陸龜蒙《北禪院避暑聯句》：『豈獨斷韋編，幾將刓鐵擿。』

白魚蠹粉：書籍中的蛀蟲，通稱蠹魚。《爾雅·釋蟲》：『蟫，白魚。』邢昺疏：『此衣書中蟲也。一名蟫，一名白魚，一名蛃魚，《本草》謂之衣魚是也。』宋黄庭堅《次韻元實病目》詩：『要須玄覽照境空，莫作白魚鑽蠹簡。』

雌霓：謂熟知聲韻。典出《梁書·王筠傳》：『約（沈約）製《郊居賦》，構思積時，猶未都畢，乃要筠（王筠）示其草。筠讀至「雌霓（五激反）連踡」，約撫掌欣抃曰：「僕嘗恐人呼爲霓（五雞反）。」……約曰：「知音者希，真賞殆絕，所以相要，政在此數句耳。」』唐劉肅《序》：『是知雌霓之誦，方脱諸口，而見謂知音。』後因以『雌霓』爲創作時精研聲律之典。

北郎盧：宋蘇軾《四月十一日初食荔支》詩：『南村諸楊北村盧，（謂楊梅、盧橘也。）白花青葉冬不枯。』

金絲桃：又名金絲海棠、金絲蓮。叢生灌木，花似桃，色金黄，集合成聚傘花序著生在枝頂，雄蕊花鬚亦燦若金絲，鋪散花外。《廣群芳譜·花譜五·金絲桃》：『金絲桃，南中多有之，塞外遍地叢生，六、七月開花尤爲絢爛，花五瓣，如桃而長，色鵝黄，心微緑。』

案：沈不負《老雲齋詩删》卷五《送南渟重赴曹實庵招》之二：『昨年同作金桃句，今日花開獨閉門。』

茶顛：程用賓《茶録》：『陸羽嗜茶，人稱之爲茶顛。』宋蘇軾《次韻江晦叔兼呈器之》詩：『歸來又見顛茶陸。』

岕片：即岕茶，産於浙江省長興縣境内之羅岕山，故名，爲茶中上品。

兩穗：指一麥兩穗。舊時以爲祥瑞，以兆豐年。《後漢書·張堪傳》：『（堪）乃於狐奴開稻田八千餘頃，勸民耕種，以致殷富。百姓歌曰：「桑無附枝，麥穗兩岐。張君爲政，樂不可支。」』宋韓元吉《熊子復惠十詩作長句謝之》詩：『柳長五株知訟少，麥呈兩穗報年豐。』

桔槔：俗稱『吊杆』，是一種利用杠杆原理的舊式提水器具，在水源旁架設一杠杆，一端繫汲器，一端懸綁石塊等重物，用不大的力量即可將灌滿水的汲器提起。

青奴：又名竹夫人，爲夏日取涼寢具，以竹青篾編成的圓柱形物，也有用整段竹子做成。可摟抱，可擱脚。宋黄庭堅《趙子充示竹夫人詩蓋涼寢竹器憩臂休膝似非夫人之職予爲名曰青奴并以小詩取之》詩之二：『我無紅袖堪娱夜，政要青奴一味涼。』

蒲薦：用蒲草葉編織的席子。

水餅：又稱水引餅。宋蘇軾《端午游真如》詩：『水餅既懷鄉，飯筒仍愍楚。』

秋日郊居

朝霞潑火日初升，盡拓軒窗散鬱蒸。只是夜眠愁逼仄，矮窗無處着秋燈。熱。

睡起秋屏露未乾，殷勤相對到朝餐。山翁埜叟閒題品，雨過天青一色看。牽牛花。

沿籬傳説自吴儂，翠蔓花繁紫白茸。檢取一匙豆名圓玉綻，自儲瓶盎禦三冬。籬豆。

獨夜邀涼闔户遲，故人不赴剪燈期。昏昏布被添新睡，約略山頭月吐時。四更。

人欲天從未必然，田家生事要逢年。占晴過去還占雨，日出東鄰桑樹顛。不雨。

滴草粘花無數珠，可能留待不呰需。白髭未覺風情減，十斛量他買麗姝。露。

爲護笆籬夾柱栽，柴門四面絶塵埃。一坪無用蕭閒地，爛熳秋風獨自開。秋槿。

閒中眠食皆虚度，何事重添一月秋。落角夜河流不了，不知還有幾多愁。閏秋。

小雨如絲逐晚雲，井梧黄落亦紛紛。秋來何物關心事，門掩昏燈葉上聞。小雨。

抱葉寒蟬咽不鳴，阿誰聽汝最關情。秋娘老去無知己，兩鬢慵梳似翼輕。蟬。

多病年年太瘦生，竟牀長簟更牽情。寒衣未補秋凉早，夢斷深窗落翦聲。新凉。

秋氣蕭疎秋水深，緑蘋殘照自愔愔。盈頭只見蒼浪髮，銷盡江湖載酒心。秋水。

冬舂黄米方來市，小把青茆又隔溪。僮約自憎疎懶甚，炊烟嘗到日竿西。晚食。

白頭嫩韭登盤後，夜雨留賓住水村。今日花開秋已半，一年聚散不堪論。韭花。

瘦柳當風拂户低，疎陰猶自護鶯栖。惺惺忽作凄凉調，爲有愁人聽汝啼。秋鶯。

腰菱已老山醅熟，只欠尖團擘一雙。今夜水凉仍月黑，爬沙細聽上燈窗。蟹。

江南好景秋時數，滿眼蕭騷黄葉邨。木末亂鴉鶩作陣，也隨風信落閒門。落葉。

舊友凋殘絶可憐，不知後輩肯忘年。門前自有垂楊柳，隨分長條可繫船。客至。

耕田無力甑生塵，空向江湖乞食頻。猶是未填溝壑日，只慙身作太平民。絶糧。

秋月三圓已見霜，凄然正與老相妨。一丸似水難消領，紙閣蘆簾十倍凉。霜月。

箋

沿籬：白扁豆，又名沿籬豆、蛾眉豆。明李時珍《本草綱目·穀之三·藊豆》：藊本作扁，莢形扁也。沿籬，蔓延也。蛾眉，象豆脊白路之形也。藊豆人家種之於籬垣，其莢蒸食甚美。蔓延而上，大葉細花，花有紫、白二色，莢生花下。其實有黑、白二種，白者温而黑者小冷，入藥用白者。黑者名鵲豆，蓋以其黑間有白道，如鵲羽也。

落角夜河：秋季來臨，正是銀河之『天津四』正對二十八宿中東方七宿之『角宿』之時。

閏秋：康熙三十年（一六九一）有閏七月。

蒼浪髮：頭髮花白。唐白居易《酬皇甫庶子見寄》詩：『春坊瀟灑優閑地，秋鬢蒼浪老大時。』

江湖載酒心：唐杜牧《遣懷》詩：『落魄江南載酒行，楚腰腸斷掌中輕。』

黄米：又稱黍、穈子，明李時珍《本草綱目·穀之二·秫》：『北人呼爲黄糯，亦曰黄米。』

青茆：即菁茅。亦名香茅、苞茅。宋劉敞《謝惠筍》詩：『寒泉煮青茆，手調玉版羹。』

僮約：漢王褒作《僮約》，記奴婢契約。後因以『僮約』泛稱主奴契約或對奴僕的種種約束規定。

腰菱：又稱折腰菱。唐段成式《酉陽雜俎·草篇》：『芰，今人但言菱芰，諸解草木書亦不分別。唯王安貧《武陵記》，言四角、三角曰芰，兩角曰菱。今蘇州折腰菱多兩角。』

尖團：蟹的代稱。雄蟹的腹甲形尖，稱『尖臍』；雌蟹的腹甲形團，稱『團臍』。宋蘇軾《丁公默送蝤蛑》詩：『堪笑吳興饞太守，一詩换得兩尖團。』

蕭騷：蕭條凄凉。唐祖詠《晚泊金陵水亭》詩：『江亭當廢國，秋景倍蕭騷。』

紙閣蘆簾：用紙糊貼窗、壁的房屋，以蘆葦編織的門簾，多爲清貧者所居。唐白居易《香爐峰下新卜山居草堂初成偶題東壁》詩：『來春更葺東厢屋，紙閣蘆簾著孟光。』宋陸游《紙閣午睡》詩：『紙閣甎爐火一杴，斷香欲出礙蒲簾。』

冬日村居

朝暮看山眼漸枯，數間茆屋舊寒蕪。短笻無賴長支壁，暖日烘窗卧老夫。晴。
苦爲微生戀故叢，秋絲吐盡不禁風。閒庭豆蔓將除架，吹落青黄病葉中。青蟲。
疎疎瘦影壓書牀，猶見重陽菊面黄。醉裹不堪還插鬢，今年添却數莖霜。瓶菊。
翻匙白雪横添價，溢甑紅秈不慣炊。跣婢椎奴應笑我，赤松未遇髮垂垂。糴米。
長腰玉粒未分嘗，掠地風來稻把香。碌碡砑光如鏡面，留他賽社作春場。場。
木葉蕭蕭下夕岑，平林遠樹禿如簪。疎窗不住西風過，又帶誰家一夜碪。砧。
老去狂遊只汝憐，襆衾同裹自年年。歸來但作支牀石，别種溪頭一稜田。硯。
最好溪山是小春，却愁杖底易黄昏。閉門只是蒙頭睡，衰白光陰不足論。早睡。
剪荻編蘆作暖帷，鎮防十月五風吹。木芙蓉老寒塘外，又負今朝載酒期。風。
欹斜破屋費支撑，茆縛枯椽竹縛楹。風雨夜來無恙在，隔垣仍有讀書聲。東田破屋。
自署新銜挑菜翁，築泉日課灌畦功。更須瑞白添三尺，蓋住籬根塌地菘。菜把。

剥粉頹墻漫托根，翻翻長葉響空園。都非少日懽遊地，不記花時人閉門。枇杷。

野雀喧傳雪意濃，碧雲千箇影戎戎。艸堂四壁寒於水，攔住西風不過東。苦竹。

年來眼力倦鈔書，硯匣塵封動月餘。今我未忘磨耗苦，電光雙鏡小錢如。眼鏡。

竹爐杉火抱窮年，布被初温輒自憐。説與寒郊同領略，曲身也作直身眠。竹爐。

山雲續續下眉稜，朔鴈隨陽去一繩。出郭歸人長見月，踏機鄰婦更挑燈。短晷。

青蓑赤足水中央，叉得霜鱗换斗糧。若減十年驢背力，定隨篷葉老魚鄉。叉魚。

浹月曾無晒稻天，濕薪煨火鎮銷錢。歲寒事事煎眉角，未抵吹塵破突烟。濕薪。

城南别墅久蒿萊，培土栽花興亦灰。一十二年山北住，無人知爲看黄梅。黄梅。

我老終當作畫師，水枯墨瘦有妍姿。不能忘却家山好，也當村居唱和詩。水墨。

箋

跣婢：赤脚的下等婢女。宋陸游《書懷》詩：『老人舉動須扶掖，跣婢椎奴少得閒。』

椎奴：挽著椎髻的奴僕。宋陸游《貧病戲書》詩：『椎奴跣婢皆辭去，始覺盧仝未苦貧。』

赤松：赤松子，又名赤誦子。《淮南子·齊俗訓》：『今夫王喬、赤誦子，吹嘔呼吸，吐故内新。』高誘註：『赤誦子，上谷人也，病癘入山，導引輕舉。』

五風：五方之風。《文選·枚乘·七發》：『衆芳芬鬱，亂於五風。』李周翰註：『五風，宫商角徵羽之風也。』古以宫、商、角、徵、羽配東、西、南、北、中五方。

瑞白：白雪。宋郭印《又次曾端伯春日韻四首》其一：『瑞白春前已見三，向來膏雨物頻沾。』

塌地菘：又名『塌菜』『塌棵菜』。宋范成大《四時田園雜興》詩之五：『撥雪挑來踏地菘，味如蜜藕更肥醲。』

寒郊：唐詩人孟郊。宋蘇軾《祭柳子玉文》：『元輕白俗，郊寒島瘦。』

短晷：《文選・潘岳・秋興賦》：『何微陽之短晷，覺涼夜之方永。』張銑註：『短晷，謂日景已短，覺其夜長。』

黑蝶齋詩鈔卷三

古今體詩（一四二首）

過梅里五首

不到梅花里，衰慵近十年。故人歸種竹，催我繫農船。緑粉吹香過，清陰借榻眠。起來弄明月，静夜與娟娟。

浹歲不相見，薄游汶海間。嬾真人不厭，詩苦句誰删。謝墅猶爭局，諸李。支郎未買山。釋梭林。

芙蓉鄉國滿，正好破愁顔。

我友端溪返，曾探水石巉。壓裝辭嶺雪，作伴護江帆。出贈如規月，懷歸半臂衫。自今貪結字，多恐負長鑱。

游子歸何日，囊衣爲老親。一廛無定券，十笏住詩人。愛客周顒死，青士。狂歌朱放貧。不爲。

近聞徐孺子，鷄黍正留賓。演溪。

錦樹皆秋色，曾經一度探。籬邊藏小艓，村尾着圓庵。兄弟園林好，朋遊門徑諳。重來不敢問，悽愴近花南。

箋

康熙三十二年（一六九三）左右作，時過梅里訪友。

『不到梅花里，衰慵近十年』句：康熙二十二年（一六八三），岸登嘗數過梅里，與諸詩友頗有詩酒之樂（見卷一詩箋語）。至此十年，重訪梅里。

諸李：謂李繩遠、李良年兄弟。

支郎：漢末三國時僧人支謙，月支國人，遷居吴地。嘗譯出《大明度無極經》等八十八部，一百一十八卷，爲著名佛經翻譯家。其人細長黑瘦，眼多白而睛黄，除博通梵籍外，於世間技藝亦多所精究，時人諺曰：『支郎眼中黄，形軀雖小是智囊。』

釋楞林：心印，字楞林，嘉興祈堂寺僧，築分柿山房，與梅里詩人酬和，刻《分柿偶編》一集十卷，以所著《觀樹草》附焉。

青士：周篔，字青士，見前箋。

不爲：朱願爲，字不爲，見前箋。

演溪：徐在，字皆山，號演溪老人，見前箋。

『重來不敢問，悽愴近花南』句：此句懷故友李符，其居曰花南老屋。

白土爐四首

笵土閩爐白，山居最爾宜。截筒輕似竹，張口濶如箕。火静明蓮的，風迴暖玉肌。春芽懷紫帽，誰爲我將遺。

始作無名氏，流傳技絶工。瘴鄉憐故土，陶穴是家風。斲削井欄直，包羅星眼叢。别須架茶舍，朝烏暮雲同。

曾入無諸國，多逢旅食閒。未能忘夢想，不意到家山。利用風隨噫，偕遊草共班。活泉須數斗，閒坐聽潺湲。

白浪攤錢後，携來自海人。懶容抛竹扇，捷不費樗薪。俗士論堅脆，常材愧等倫。折鐺我舊物，莫怨委風塵。

箋

康熙三十二年（一六九三）夏作於里中，由沈不負首倡，詠建窑茶爐爲白土製成。

案：沈不負《老雲齋詩删》卷六《白土爐》《再賦白土爐》《三賦白土爐》《南渟諸子各賦白土爐要余再作復成二首》，同題唱和之作，依編次在是年六月。

『曾入無諸國』句：戰國時期在今福州一帶有閩越國，又稱無諸國。岸登數年前曾遊福建，見前箋。

折鐺：又名『折脚鐺』，即斷脚鍋。

孫檢討愷似再至湖中走僕訊余溪上是日出郭晤於西林舟次

蓬户無人問，勞君欸竹邊。竟當來信宿，不厭具朝饘。粥鼓鳴初日，吴船泊去年。一般吟鬢白，村叟復何憐。

白鶴歸來後，清江可灌園。有才寧草澤，別歲幾凉温。舊事都弓影，浮雲一夢痕。不知定何地，車笠更重論。

箋

康熙三十二年（一六九三）作於杭州。

孫檢討愷似：孫致彌，字愷似。見卷一《朱蒙》箋語。

西林：杭州孤山西北盡頭處有西泠橋，亦稱『西林橋』，後以『西泠』『西林』爲杭州代稱。

粥鼓：謂僧寺集衆食粥時擊鼓。宋蘇軾《大風留金山兩日》詩：『灊山道人獨何事，半夜不眠聽粥鼓。』

『白鶴歸來後，清江可灌園』句：白鶴，比喻志行高潔的人，語出《三國志·魏志·邴原傳》裴松之註引《原別傳》：『邴君所謂雲中白鶴，非鶉鷃之網所能羅矣。』

案：其時，孫致彌以新科進士，涉蠲漕議，幾入獄，被放歸。

車笠：《太平御覽》卷四〇六引晉周處《風土記》：『越俗性率樸，意親好合，即脱頭上手巾，解腰間五尺刀以與之爲交，拜親跪妻，初定交有禮……祝曰：「卿雖乘車我戴笠，後日相逢下車揖；我雖步行卿乘馬，後日相逢卿當下。」』後因以『車笠』喻貴賤貧富不移的深厚友誼。

病起爲金沙花作

小苑墻腰側，金沙舊自栽。人憐初病起，花憶晚春開。蠹葉風猶下，踈籬月更來。秋蟲莫慢責，口腹最堪哀。

箋

康熙三十二年（一六九三）七月作於里中。

金沙花：又名金沙羅，似酴醾，花單瓣，紅艷奪目。宋王安石《池上看金沙花》詩之三：『海棠開後數金沙，高架層層吐絳葩。』

案：沈不負《老雲齋詩删》卷六《南渟病起以金沙花詞見示因題其末》，編次在是年七月。爲當時同題唱和之作。

《黑蝶齋詩餘》有《西子粧·秋日病起賦庭前金沙花》。

八月十六夜

明月清自苦，年年看不同。布帆野水上，草屩亂山中。幾夜故園白，一杯衰頰紅。未諳祛睡法，輕策就田翁。

箋

此首作於康熙三十二年（一六九三）八月。

案：沈不負《老雲齋詩刪》卷六《八月十六夜同南渟作》爲當時同題唱和之作。

秋夜懷鎮海廣文時在湖上

兩地好山水，昔游今更思。斷橋西子月，殘碣孝娥碑。客久雙趺懶，官貧一帳隨。勞生祗微禄，不覺鬢成絲。

箋

鎮海廣文：沈竑（一六三五—一六九四），字撫辰，號岱門，浙江平湖人。岸登堂兄，沈之鉽父。康熙十四年（一六七五）舉人，任鎮海縣儒學教諭，卒於官。以能文名，著有《凌霞集》。

牽牛竹屏

窈窕深溪數間屋，門前歷歷排尖青。江湖乞資真憊矣，支椽敗壁仍伶俜。閒來自覺隱几悶，壓眉嵐翠落蒼冥。安得枳檟高於茅蓋脊，悶我視息憩神形。隣家有竹比寒玉，築版護之柴扉扃。百錢肯許易一束，走挈老瓦餉園丁。腰鐮捷若刈脆草，又似執馘獻醜征。不庭傴僂拳曲乖，土脈不材不足供。使令就中修纖可指使，縱横尋尺斷作麃眼秋花屏。此種乞自飲牛渚，茫茫河漢波泠泠。朝看愛粘粉蝶翅，暮看愁見黄姑星。或如深杯傾百罰，有時倒挂長頭鈃。托根尺地自舒卷，不與衆卉爭畦町。新凉枕簟貪曉夢，剥啄野客催人醒。入門凝貯嘆且出，幾日不見何凋零。誰爲榮瘁乃如此，輸與籬菊傲霜齡。況是絡蟲饕餮聲聲亂碎雨，譬彼春蠶食葉魚嚼萍。空餘生理戀殘梗，延蔓穿過紅窻櫺。杜陵除架悵牢落，何忍翦伐加之刑。蕭齋賴汝補疎缺，庶以栖止酬山靈。

箋

此首作於康熙三十二年（一六九三）秋。

案：沈不負《老雲齋詩删》卷六《中元夜起過藤花春水山房看牽牛花》，依編次在是年，爲當時唱和之作。

尖青：青翠的山峰。唐曹松《猿》詩：『雲根啼片白，峰頂擲尖青。』

老瓦：指老瓦盆。宋林景熙《漁舍觀梅》詩：『影落寒磯和雪釣，香浮老瓦帶春斟。』

執馘：《詩・大雅・皇矣》：『執訊連連，攸馘安安。』毛傳：『馘，獲也。不服者殺而獻其左耳曰馘。』鄭玄箋：『執所生得者而言問之，乃獻所馘，皆徐徐以禮爲之。』後以『執馘』爲殺敵獻功之稱。

麃眼：竹籬。籬格斜方如麃眼，故名。宋陸游《明日又來天微陰再賦》詩：『短籬圍麃眼，幽徑繚羊腸。』黄姑星：即牽牛星。《玉臺新詠·歌辭之一》：『東飛伯勞西飛燕，黄姑織女時相見。』吴兆宜註引《歲時記》：『河鼓、黄姑，牽牛也。皆語之轉。』王夫之《感遇》詩：『迢迢黄姑星，臨河發光耀。』

香　草

菉葹蕭艾楚楚茨，胡繩揭車薜荔芷。各以所性爲薰蕕，古來多識稱屈子。淮南之書久散亡，劉孟音釋紛紛起。被公以後繼道騫，摭拾遺缺費煩齒。騷雅箋疏讀者稀，江籬杜若多誤指。年年湘楚怨秋風，今之香草毋乃是。嘗聞古有蘆中人，又嘗聞有梧下士。元修菜種大小巢，貴賤與人爲終始。北山買宅周彦倫，莪葵盡緑蓼盡紫。何如澤畔不知名，苔田荻地自纚纚。南溪北溪溪岸長，溪水淼淼清且泚。行客經過斷渚旁，推篷指點卸帆艤。勾留日暮儘低佪，篙師呶呶催不已。吾家舊墅在西偏，鋤烟犁雨差足喜。芒鞋未换住山錢，老去牽舺家具徙。春塲偪仄拓籓溷，眼前只識荆與枳。屋頭捲茅屋脚欹，欲往揭之無閒晷。山翁田叟好機祥，謂有盛衰相伏倚。當時帬屐慣游尋，今日鼯鼪穴廢址。往事猶能叉手言，循環盈縮遭私擬。圓沙烟色尚茸茸，斜陽一片下流水。嚴霜滿野百卉凋，惟有香草年年冬不死。

箋

此首作於康熙三十二年(一六九三)八月。

案：沈不負《老雲齋詩删》卷六《香草》，依編次在是年八月，爲二人同題唱和之作。

菉葹：《楚辭·離騷》：『薋菉葹以盈室兮，判獨離而不服。』王逸註：『薋，蒺藜也。菉，王芻也。葹，枲耳也。《詩》曰：楚楚者薋。又曰：終朝采菉。三者皆惡草，以喻讒佞盈滿於側者也。』王夫之《楚辭通釋》：『薋，蒺藜也。菉，王芻，葉似竹，開碧花，《本草》謂之壓脚莎，俗語竹葉菜。葹，枲耳、蒼耳也。三者皆惡草，以喻小人。』

蕭艾：艾蒿、雜草。《楚辭·離騷》：『何昔日之芳草兮，今直爲此蕭艾也。』

楚楚茨：楚楚，植物叢生貌；茨，蒺藜，草本植物，有刺。《詩經·小雅·楚茨》：『楚楚者茨，言抽其棘。』

胡繩：香草名。《楚辭·離騷》：『矯菌桂以紉蕙兮，索胡繩之纚纚。』王逸註：『胡繩，香草也。』唐陸龜蒙《采藥賦》：『胡繩縈暑以難駐，朅車載春而不返。』

揭車：即藒車，一種楚地産的香草，古用以去除臭味及蟲蛀。《楚辭·離騷》：『畦留夷與揭車兮，雜杜衡與芳芷。』

薜荔：即木蓮。《楚辭·離騷》：『擥木根以結茝兮，貫薜荔之落蘂。』王逸註：『薜荔，香草也，緣木而生蘂實也。』

芷：香草名。《楚辭·離騷》：『扈江離與辟芷兮，紉秋蘭以爲佩。』

薰蕕：香草和臭草。喻善惡、賢愚、好壞等。語本《左傳·僖公四年》：『一薰一蕕，十年尚猶有臭。』杜預註：『薰，香草；蕕，臭草。十年有臭，言善易消、惡難除。』

淮南之書久散亡：西漢淮南王劉安嘗集門下士輯録《楚辭》，又作《離騷傳》，今皆散佚。《漢書·地理志》載：『始楚賢臣屈原被讒放流，作《離騷》諸賦以自傷悼。後有宋玉、唐勒之屬慕而述之，皆以顯名。漢興，高祖王兄子濞於吴，招致天下娱游子弟，枚乘、鄒陽、嚴夫子之徒興於文景之際。而淮南王安亦都壽春，招賓客著書。而吴有嚴助、朱買臣，貴顯漢朝，文辭並發，故世傳《楚辭》。』

被公：《漢書·王褒傳》：『宣帝時修武帝故事，講論六藝群書，博盡奇異之好，徵能爲《楚辭》九江被公，召見誦讀。』劉歆《七略》：『孝宣皇帝，詔徵被公見誦《楚辭》。被公年衰母老，每一誦，輒與粥。』

道騫：《隋書·經籍志》著録釋道騫《楚辭音》一卷，又曰：『隋時有釋道騫，善讀之，能爲楚聲，音韻清切，至今傳《楚辭》者，皆祖騫公之音。』

蘆中人：謂人之處境困頓顛躓。漢趙曄《吴越春秋·王僚使公子光傳》：『楚之亡臣伍子胥奔吴，至江，漁夫渡之。見子胥有饑色，曰：「爲子取餉。」漁夫去後，子胥疑之，乃潛身於深葦之中。有頃，漁夫來，呼之曰：「蘆中人，蘆中人，豈非窮士乎？」』

元修菜種大小巢：元修菜，即巢菜，亦稱野豌豆。宋蘇軾《元修菜》詩敘：『菜之美者有吾鄉之巢，故人巢元修嗜之，余亦嗜之。元修云：「使孔北海見，當復云吾家菜也。」因謂之元修菜。』宋陸游《巢菜詩》序：『蜀蔬有兩巢，大巢，豌豆之不實者；小巢生稻畦中，東坡所賦元修菜是也。吴中絶多，名漂摇草，一名野豌豆，但人不知取食耳。』

『北山買宅周彦倫』句：周顒，字彦倫，南北朝時人。音辭辯麗，出言不窮，宫商朱紫，發口成句。泛涉百家，長於佛理，著《三宗論》。於鍾山西立隱舍，休沐則歸之。《南齊書》卷四一曰：『（周顒）清貧寡欲，終日長蔬食。雖有妻子，獨處山舍。衛將軍王儉謂顒曰：「卿山中何所食？」顒曰：「赤米白鹽，緑葵紫蓼。」文惠太子問顒：「菜食何味最勝？」顒曰：「春初早韭，秋末晚菘。」』

寄深竹山房

相思憶問靈胥渡，號櫓推帆又六年。落落沙鷗都倦也，衰衰烟柳故蕭然。開軒竹好歸來種，隔水書多別後傳。寂是江東香稻粒，長腰不比柘湖田。

箋

靈胥：典出《吴越春秋》卷五《夫差内傳·十三年》。相傳春秋吴國伍子胥死後爲濤神，故稱『靈胥』，後亦藉指波浪、浪濤。《文選·左思·吴都賦》：『習禦長風，狎翫靈胥。』劉逵註：『靈胥，伍子胥神也。』

舟行和東樂叔送余之徐溝原韵

回頭幾點暮秋山，更遠更青帆影間。嘗日與爲歸老約，及歸往往負蒼鬟。
擬將田舍並紅樫，空自心勞夢寐營。若使從前焚蠟屐，道旁不過咲無成。
翁年六十未蹉跎，籬外秋花種較多。不爲菊觴留少住，酒邊惟恐唱離歌。

箋

康熙三十二年(一六九三)秋作於往山西途中。

東欒：沈不負，見前箋。

徐溝：山西徐溝縣，漢爲榆次縣地，隋唐爲清源縣地，宋爲徐溝鎮，金稱徐川鎮。大定二十九年(一一八九)析平晉、榆次、清源三縣之地置徐溝縣，屬太原府。明清相沿。一九五二年撤縣，與清源縣合并爲清徐縣。

案：沈不負《老雲齋詩删》卷六《送南渟之徐溝署》《後送行詩寄南渟》，岸登次韻和答。

岸登族弟沈崑康熙二十四年(一六八五)中進士。康熙三十一年(一六九二)，選授山西徐溝縣知縣。岸登偕六弟及諸姪将往，爲之襄助。

康熙《徐溝縣志》卷二《職官・知縣・國朝》載：『沈崑，浙江烏程人。由進士康熙三十一年任。行取户部廣西清吏司主事。』其後任陳大年，康熙三十四年任。

蠟屐：晉阮孚喜愛木屐，時常擦洗塗蠟。典出《晉書・阮孚傳》。後喻癡迷某物。

同蒼翮曉渡楊子

昭陽作噩月建酉，余始問渡買漁舠。蘆花初白雁初陣，挂席來聽金山鐘。明年歸及江草緑，瞥見何似家湖東。平疇滿眼方罫坼，春沙漠漠吹烟茸。故人招上揚州鶴，下闞城郭俯空濛。紫泉宫裏暮鴉呌，官河楊柳皆惺忪。慢形易肉謝不敏，墮入世網難飛冲。白衫袖窄臂痕減，腰圍不㲉纏青銅。爾後兀坐足繭熱，蹣跚數踏黃埃中。行李一肩轉篷落，翻然又逐南飛鴻。清江熟識游子面，軟土洗出銷丰容。礫雞瀝血每再拜，嗟以身命托篙工。今年再拏吳鴨觜，破箬七尺遮低篷。噌吰水氣射帆脚，木棉布襖裹衰慵。曲身背卧兩巳字，子若縮蝟我蟄蟲。來朝撥棹望瓜步，戍樓初日翻旗紅。靈鼉噴沫鼓聲死，曉堂雲散睡癡龍。妙高臺下浪如砥，舡尾送我平安風。薄游多少惆悵事，屈指又是鷄年冬。湖田一稜長腰米，十月正好破新礱。嘗時飽噉共大被，夜牀聽雨聲琤琮。孰堪兄弟半凋謝，存者藜藿死丘松。爾我暮齒不自愛，水泊沙宿如鳧翁。止之誰尼行誰使，念此疇昔嬰心胸。蒙頭絮帽從我分，昨日青鬢今秋蓬。

箋

康熙三十二年（一六九三）八月作。

蒼翮：沈起霈（一六四七—一七〇六），字蒼翮，浙江平湖人。

案：沈起霈爲岸登之六弟，時偕之往山西徐溝，渡長江北行。

昭陽作噩：康熙三十二年，癸酉年。昭陽，歲時名。十干中『癸』的别稱，用以紀年。《爾雅・釋天》：『（太歲）在癸曰昭陽。』作噩，十二支中『酉』的别稱，用以紀年。《爾雅・釋天》：『（太歲）在酉曰作噩。』

月建酉：八月。

藜藿：指貧賤布衣。南朝梁江淹《效阮公詩》之十一：『藜藿應見棄，勢位乃爲親。』

維揚懷舊游諸子

障面圓荷出水時，小紅橋下滌深巵。酒人落落晨星似，尚有江湖杜牧之。
梅花千樹種琹山，到底花開人不還。爭及揚州何水部，一株官閣又來攀。
袖裹昆吾切玉銛，秦淮貰屋對蒼奩。門前未厭停車轍，老去如何突不黔。
吴濞城南謝家墅，春泥掀笋錦綳如。琅玕長得斜行刻，却爲蕭娘作贗書。
我見當時亦復憐，木蘭歸載海雲邊。誰知錦瑟無人抱，空思華年十五絃。

箋

康熙三十二年（一六九三）八月作，時北上途經揚州，感懷舊游。

『尚有江湖杜牧之』句：此首懷朱彝尊，以杜牧比之。彝尊有詞集名《江湖載酒集》，康熙十年（一六七一）前後與岸登同客揚州。

『梅花千樹種琹山』句：此首懷周襄緒，其號琴山，居山陰梅花村。康熙十年前後，襄緒任揚州鈔關，岸登爲其幕客。

何水部：南朝梁詩人何遜，曾兼任尚書水部郎，後世因稱之爲何水部。集中有《詠早梅（揚州法曹梅花盛開）》。

案：卷四《題周虞衡琴山遺照十二首》之七：『裙屐舊曾相識遍，揚州水部是難兄。』

突不黔：典出東漢班固《答賓戲》：『孔席不暖，墨突不黔。』原指墨翟東奔西走，每至一地，煙囱尚未熏黑，又轉去別處。後用其事爲典，形容事務繁忙，猶言席不暇暖。

吴濞城：即揚州。漢高祖劉邦封其侄劉濞爲吴王，都於沛（今江蘇沛縣）。英布反叛，荆王劉賈被殺。劉濞從劉邦破英布軍，改荆國爲吴國，統轄東南三郡五十三城，定國都於廣陵（今江蘇揚州）。

渡臨淮河

横檻勾連鐵鎖長，漂摇浹雨不成梁。城闉浸到幾三板，渡口風來滿一航。米飯魚湯隨頓飽，蘆鞭茸帽稱時裝。此身還在江南北，明日看山是異鄉。

箋

康熙三十二年（一六九三）秋作，時往山西徐溝途中，渡臨淮河。

大梁城下懷古

斷柳天風薄暮喧，金明池上宋家園。雀兒枉博軍中號，燕子難爲塞外言。古堞參差行路色，黄沙冷落戰場痕。錦衣歸命收圖籍，誰料錢塘住子孫。徽宗《燕山亭》詞有『雙燕何曾，會人言語』之句。

箋

康熙三十二年（一六九三）秋作，時往山西徐溝途中，經開封。

大梁城：開封府城，戰國時魏國都城，位於今河南開封市西北一帶。五代後梁、後晉、後漢、後周，遼、北宋、金相繼定都開封。明清時爲河南省治所。

金明池：北宋時期的皇家別苑，位於東京汴梁城（今河南開封）外。原供操練演習水軍之用。政和年間，宋徽宗於池内建殿宇，遂爲皇室春游與觀賞水戲之所。

晚至滎澤渡河

黄河岸曲孤城閉，斜日旗翻寒吹多。行李更無爭渡者，牧童驅犢一帆過。

箋

康熙三十二年（一六九三）秋作，時往山西徐溝途中。

滎澤：古舊縣名。在今河南鄭州市區西北古滎鎮。

郎　車

到此平如掌，臨高一愴神。亂山初入晉，老子不安貧。饑馬逢樵噉，椎奴斷酒嗔。何當日偃息，適意作閒人。

入徐溝界二首

自卸吴帆後，茫茫算客程。已無山犖确，亦見水縱横。野彴渡仍斷，霜髭寒更生。池塘昨日夢，春草不勝情。憶仲兄也。

瘦柳因風勁，孤城擁霧開。鄉音把袖熟，戍鼓煞更催。邑小能安陋，時平不炫才。治蒲無異政，入境辟蒿萊。

箋

康熙三十二年（一六九三）冬作於山西徐溝。

仲兄：沈起雷（一六三三—一六九三），原名隆峴，字平萬，浙江平湖人。岸登之仲兄。由邑廩膳生援例入貢，考授訓導。與沈皞日、陸棻、陸埜、趙沺、陸世栻、陸來章結詩社，稱『當湖七子』。著有《草廬集》。

案：是年四月十一日，沈起雷卒於山西徐溝，故岸登達徐溝境時感而憶之。

治蒲：《孔子家語・辨政》：『子路治蒲三年，孔子過之，入其境，曰：「善哉由也，恭敬以信矣。」入其邑，曰：「善哉由也，忠信而寬矣。」至廷曰：「善哉由也，明察以斷矣。」』

甲戌元旦

簇燕粘雞逐歲時，又添霜色上吟髭。茫茫襆被年來事，檢點從無元日詩。蠟花猶着去年燈，夢裏還家醒未能。老矣不妨删禮數，日高曲臂自瞢騰。漸喜陽和作曉晴，籠街猶帶朔風聲。宦游樂事從何説，五辣辛盤共父兄。不托堆盤酒滿川，衰翁仰屋怕頭旋。春來也有如泥日，憶在荷花紫草田。

箋

康熙三十三年（一六九四）正月元旦作於徐溝。

簇燕粘雞：舊時春節風俗。《武林舊事》有記，立春日供春盤，有『翠縷紅絲，金雞玉燕，備極精巧』。此所謂簇燕，乃菜肴所製造型。《荆楚歲時記》：『人日貼畫雞於户，懸葦索其上，插符於旁，百鬼畏之。』姜夔《一萼紅》詞：『朱户粘雞，金盤簇燕，空歎時序侵尋。』

雨止作雪登徐溝北樓

壓簷烏帽十分斜，獵獵風吹雪又加。因爲登樓人是客，故將飄蕩學楊花。

河聲帶雨檻中收，自此桑乾向北流。直到蘆溝迷望眼，騎驢詩思至今愁。

箋

康熙三十三年（一六九四）初春作於徐溝。

讀楊誠齋集

八十老翁太露才，孰知憂憤禍成胎。紹興以後詩風變，却是荆溪悟得來。
俚諺收羅盡屬君，露窠風語一時聞。掖垣不易南園記，較量詩人已出群。

箋

楊誠齋：楊萬里，字廷秀，號誠齋。南宋詩人，與陸游、尤袤、范成大並稱『南宋四大家』，著有《誠齋集》。

春柳四首 并序

徐溝繞城皆柳，環以水渠，高者出於堞。寒食出郭，蕭瑟如嚴冬，比成條，則春已闌矣。唐人所謂『二月垂楊未掛絲』，不足云遲也。客中游覽，前後共得八絶句。

依依山郭作山遊，二月風光換曆頭。待得長條都放後，青來不及管春愁。

官堤消息打量遲，吹上東風未滿絲。一種柔情何處着，赤欄橋畔日斜時。

看盡塵中離别意，也應惆悵學春山。經年索性長消瘦，萬一行人不忍攀。

塞蘆邊草尚蕭然，誰許風流獨占先。比似江潭摇落甚，不如懶過一春眠。

箋

康熙三十三年（一六九四）三月作於徐溝。

再詠春柳四首

金河烟色酒旗匀，再約當壚去討春。黄得鵝兒千萬縷，回風遮定數錢人。

不知三月重三日，隣女湔裙幾個諳。若以愽香山待我，定抛詩句柳枝南。

弱影輕塵似水邨，故園春事不堪論。因風想作蒙頭絮，箬笠驚心又一番。

蘼蕪山下少逢迎，隨意春沙撥杖行。亦有紅樓簾不捲，緑陰陰裏翦刀聲。

箋

康熙三十三年(一六九四)三月作於徐溝。

食韭

去年雨决金河隄,濘滂不肯受鋤犂。百錢易米較升勺,屑榆爲麵柳作齏。今年野榼餉田婦,麥粥盈簞酒盈缶。瓜塍芋壠襍山蔬,二月城中賣春韭。官厨日日饜炰燔,厚味作惡廢朝飧。薹心菜熟薺花放,路遠誰能致鄉門。登盤瞥見鍾乳嫩,滿座爭箸黜雞豚。油酥煎餅更勻軟,不數醉里鴨餛飩。憐余學圃筋力緩,長鑱無鋸白木短。滃滃夜雨自叢生,不須歲種稱去聲貧嬾。庾郎縮食屏脂膏,明鐙亦與故人要。歸裝爲爾添農具,買取并州快翦刀。

箋

康熙三十三年(一六九四)春作於徐溝。

醉里:又作『檇李』,嘉興的代稱。

鴨餛飩:清吴翌鳳《鐙窗叢録》卷五:『浙東用火哺鴨,其未成者,嘉興用香鹽炮之,爲春月佳味,名曰鴨餛飩……今俗名喜蛋。』

庾郎:指南朝齊庾杲之。杲之爲尚書駕部郎,家清貧,食唯有韭葅、生韭雜菜,人戲之曰『誰謂庾郎貧,食鮭常有二十七種』。三九二十七，音諧三韭。事見《南齊書》本傳。

鸜鵒

正好承恩翠輦旁，禄兒戍火入咸陽。中興事業歸靈武，何必山中問上皇。

箋

禄兒：唐玄宗時宫内對安禄山的戲稱。宋吴曾《能改齋漫録·事實二》：『豫章《中興碑》詩：「明皇不作包荒計，顛倒四海由禄兒。」按，《禄山事跡》云：「正月二十日，禄山生日，賜物甚多。後三日，召禄山入内，貴妃以錦繡綳縛禄山，令内人以綵輿舁之，宫中歡呼動地。明皇使人問之，報云：貴妃與禄山作三日洗兒。明皇就觀之，大悦。因賜貴妃洗兒金銀錢物，極歡而罷。自是宫中皆呼禄山爲禄兒，不禁其出入。」』

『中興事業歸靈武』句：安史之亂後，唐玄宗失位幸蜀，肅宗自即位靈武，又爲李輔國所間，遷玄宗於西内。

桃花

花開不耐絮衣寒，只作江梅雪後看。爲憶武陵雞犬地，春風駘蕩已吹殘。

見　燕

客裏不知春社過，忽看餳粥餉清明。尋巢亦自忙忙到，擔誤江南一月程。

得清溪信

老作人間未棄人，書來已是隔年春。田園抹過無多語，喜得平安字跡真。

箋

康熙三十三年（一六九四）春作於徐溝。

送寶垂南還

楊花春盡白於霜，勸爾忙治平聲歸去裝。篋裏斑衣仍穩稱，寶垂將歸，侍家廣文于鎮海。階前竹馬正飛揚。喜其多男也。莫愁梅子黄時雨，應念秧針緑處香。羣從數來年力壯，留些歲月屬文章。

箋

康熙三十三年(一六九四)三月作於徐溝。

寶垂:沈之鉽(一六五四—一七一六),字寶垂,號耳庵,浙江平湖人。康熙二十三年(一六八四)舉人。五十年(一七一一),任雲南羅次縣知縣,卒於官。

案:之鉽爲岸登堂侄,將南還侍奉其父沈屹。

斑衣:有花紋的衣服。《南史·張裕傳》:『(張崍)少敦孝行,年三十餘,猶斑衣受(張)稷杖。』

秧針:謂初生的稻秧。宋趙師俠《小重山·農人以夜雨晝晴爲夜春》詞:『積水滿春塍,緑波翻鬱鬱,露秧針。』

羣從:指族中兄弟子侄輩。《晉書·阮咸傳》:『羣從昆弟,莫不以放達爲行。』

案:去年岸登率族中諸侄至山西徐溝,在沈崑府衙中爲之襄助。

寄示之鈃

身健猶能黄犢輕,却爲年少動鄉情。須安交謫貧家分,莫和狂猘末俗聲。晚食自甘麤亦可,布袍無恙暖何營。讀書當了先賢旨,學者從來急治生。

箋

康熙三十三年(一六九四)作於徐溝,示兒詩,諭其安貧守道。

之鉼:沈之鉼,岸登之子,見前箋。

黄犢:唐杜甫《百憂集行》:『憶年十五心尚孩,健如黄犢走復來。』

交謫:謂夫妻間交相責難。《詩·邶風·北門》:『我入自外,室人交徧謫我。』鄭玄箋:『我從外而入,在室之人,更迭遍來責我。』

狂狺:狂吠,謂瘋狂地爭吵叫囂。

治生:經營家業;謀生計。《管子·輕重戊》:『出入者長時,行者疾走,父老歸而治生,丁壯者歸而薄業。』

天河以詩見訊余方客徐溝展轉鄉園歷春夏秋方達旅所且讀且和因次原韵時當量移故末句期之

浪跡何曾在五湖,柴荆寂寞問隣夫。方憐萬里書能及,得把新詩歲又徂。白下舊游都好在,來詩云:『憶昨扁舟白下湖,素紈好句送狂夫。』當時聚散之地也。阮家貧巷已全蕪。烏欄認得欹斜字,未信炎鄉雁子無。

書來楚尾又吴頭,已是蕭騷木葉秋。欵段奈騎行古塞,離支好買壓輕舟。月明帝子啼邊廟，日落羈人賦處樓。遥數宦程從此出，片帆宜過柘西不。

箋

康熙三十三年（一六九四）秋作於徐溝。

天河：謂沈皞日，見前箋。

案：沈皞日時任廣西天河縣知縣。任將滿，按例當陞遷，故詩題中有『時當量移』之語。

柴荆：用柴木做的簡陋門户，亦借指村舍。南朝宋謝靈運《初去郡》詩：『恭承古人意，促裝反柴荆。』

阮家貧巷：指賢士所居之窮巷。《晉書·阮咸傳》：『（咸）與叔父籍爲竹林之游……咸與籍居道南，諸阮居道北，北阮富而南阮貧。』後因以『阮舍』『阮巷』喻指叔侄之居，又以爲家境貧寒之典。唐權德輿《送二十叔赴任餘杭尉》詩：『梅仙歸劇縣，阮巷奏離琴。』唐黄滔《祭司勛孫郎中》文：『旋振羽於丘門，獲陪塵於阮巷。』

欵段：馬行遲緩貌。《後漢書·馬援傳》：『士生一世，但取衣食裁足，乘下澤車，御款段馬……斯可矣。』李賢註：『款，猶緩也，言形段遲緩也。』

離支：亦作『離枝』，即荔枝。

徐川襍咏

山樞隰杻入風謡，斗大方城隱麗譙。斥鹵烟荒鹽是井，沮洳渡澗水無橋。平頭矮屋頳泥補，逆鼻香罌赤米燒。我意唐人無樂事，慢吟蟋蟀過秋宵。

作寒作暖最紛紜，水襍昏沙樹襍雲。洛犬書筒難數寄，吴蛙鼓吹少嘗聞。將雛語燕仍同壘，避弋冥鴻亦趂群。檢校今年真懶慢，竟無詩句到斜曛。

平生每願塞垣遊，此去清邊只數郵。客子十霜愁着句，山城九月冷欺裘。磚牀易潤長疑雨，毳幙多風早送秋。好景更嫌當户月，角聲咽咽夜悠悠。

冷淡人烟碎柳中，雞塒犬竇間牛宫。山家有落户可數，野燒無垠行欲窮。芳草歸遲原未緑，桃花春盡始能紅。閒來作答鄉園信，紙尾連連綴土風。

箋

康熙三十三年（一六九四）作於徐溝。

徐川：徐溝縣地，宋爲徐溝鎮，金稱徐川鎮，後以『徐川』沿爲徐溝别稱。

麗譙：華麗的高樓。《莊子·徐無鬼》：『君亦必無盛鶴列於麗譙之間。』郭象註：『麗譙，高樓也。』成玄英疏：『言其華麗嶕嶢也。』

洛犬書筒：典出《藝文類聚》卷九四《獸部中·狗》。晉陸機仕洛，遣家犬以竹筒繫頸傳遞書信。李賀《始爲奉禮憶昌谷山居》詩：『犬書曾去洛，鶴病悔游秦。』

唐叔虞祠用王介甫和平甫舟中望九華山二首韻

一室動静室，出門山水兼。環渠細纈綃，遠翠横眉纖。或前縱曠睫，或後失高瞻。互伏圜闠中，忽露雲霞尖。倐倐俗氛隔，稍稍幽興添。入林解羈靮，流泉聽漸漸。旁穿兩石甃，側出蒼葭蒹。砂礫極瑣細，鱗鰭足留淹。居人飲其澤，弄掬嬉以恬。孰知灌溉力，萬井本一奩。日月幾代謝，夜魄遞朝暹。安得堂構新，尚想神靈覘。陰廊莓蘚澀，畫壁戈鋋銛。羽衛皆搢笏，其中儼鬚髯。鑿鑿白石水，採風恊蓍占。當時汾晉間，拓土意弗饜。絶秦窺潼華，盟楚訖沱灊。漱韓真已怪，返璧誰云廉。其盛則隆隆，及衰何厭厭。緬懷翦桐事，賛之豈詖憸。人拜王亦拜，至今稱卑謙。今王答村相傳叔虞答拜之地。魯史筆獲麟，記述漏緗籤。孰能傳以信，一字易一縑。屹立貞觀碑，千載人所詹。昭陵灑宸翰，虞褚瀝餘沾。龜趺若顧紐，螭額類形鹽。鑑此墨蝕光，比於膠餳黏。試買剡溪紙，百本摩何嫌。筆力挽哀叔，俗書賴針砭。不同紈素朽，真贗遭飛箝。傲岸十數栢，睥睨梗與柟。遒枝勁欲攫，古翠蒼而黔。圖畫如逼肖，我欲起吴閻。願移九峰下，當門開荻簾。盡收蛾黛緑，壓我敗瓦簷。山靈恐未許，欲語復嚅呫。昨來把蠟炬，再過虧明蟾。但祛世外塵，庶滌胸中炎。平生重繭足，誓將從此鉗。一廛約終老，游者謀亦僉。

懸甕出晉水，嗚咽如病詹。昔人比防口，呶呶安可箝。自我入并州，蹉跎見秋蟾。閒尋兩乳竇，光潔奪銅奩。青鞋踏芒耳，烏帽側紗簷。雲滃自下上，魚鳥得欣瞻。但媿白鬢絲，不能逃毫纖。本以豁煩鬱，雜然悲喜兼。其流爲沮洳，桑蕡是所漸。其躍爲霖雨，溝塍無不沾。其上跨飛柱，白石排齒尖。其旁聳丹垣，露網綴觚廉。車牽四甲士，不知忠與憸。形模孕水德，氣象爍曦炎。年號刋小篆，姓氏偏埋淹。猶駢公子脅，未脱參軍髯。那得昆吾鐵，頰毛爲汝添。却立拱堂陛，靈風捲帷簾。中有聖母居，廣袂羅紈縑。謦咳五里霧，飲啜六鼎鹽。雞豚賽鄉社，祝史紛呫呫。土人禱雨於此。果其驅旱魃，享此固宜恬。不然以妾婦，竊食我欲砭。興安豐鎬裔，王座無人覘。寂寞雙朱扉，加以鐍鎖鉗。往往鼯鼠出，不畏白日暹。去古數千載，恩澤難糲黏。栝棬失其守，俎豆弗敢饜。未曾聞望秩，神意寧猜嫌。嗟哉亡國後，當使身名潛。六卿竊寶玉，久矣廢龜占。創業極華構，子孫無閭閻。摇落感枯樹，崢嶸傷病柟。人事同物理，詠嘆滿筒籤。惟兹山水色，游覽未覺厭。繫馬拜祠下，低徊少長僉。相與息巘牖，夜色如突黔。安肴裹餺飥，班草坐稭蒹。終宵探囊穎，嘆息缺鍩銛。詩壁掃未暇，豈敢嗚我謙。

箋

康熙三十三年（一六九四）作於山西太原。

唐叔虞祠：即晉祠，位於今山西省太原市晉源區晉祠鎮，初名唐叔虞祠，是爲紀念晉國開國諸侯唐叔虞及其母后邑姜后而建。叔虞所封唐地有晉水，叔虞子燮改國號爲晉，叔虞被追封爲晉王。

羈靮：馭馬的絡頭與繮繩，喻束縛。唐陸龜蒙《奉酬襲美先輩初夏見寄次韻》詩：『閒心放羈靮，醉脚從欹傾。』

虞褚：唐代書法家虞世南和褚遂良的並稱。

剡溪紙：越中剡溪，其地多古藤，土人取以造紙，曰『剡藤紙』，頗有盛名。

次韵答鞠塍〔一〕

曾有蓴秋約，今年負此心。老知憐稚息，貧不厭青林。徑竹留同看，籬花晚自吟。故溪多好月，歸夢坐張琴。

校記

〔一〕『鞠塍』：《沈氏家乘》作『菊塍』。

箋

鞠塍：朱丕戭（一六七七—一七三四），字愷仲，號菊塍，浙江嘉興人。朱彝尊從孫，曹溶侄外孫。十四歲工詩。康熙年間府學歲貢生，候選訓導。嘗隨侍族祖朱彝尊於蘇州慧慶寺校訂刊刻《明詩綜》。著有《亞鳳巢稿》《洞庭湖櫂歌》《藕花居詞》。

四月六日夜坐憶福先南還計程已到揚州矣

長自懷鄉無夢寐，不眠與爾話春宵。倦游心事燈前記，惜別年華鬢上絲。愁裏兩三千野驛，意中二十四河橋。天涯只悵歸無准，一月山程亦未遥。

箋

康熙三十三年（一六九四）四月作於徐溝。

聞劉漢思訃

憶爾平生事，蕭然一酒壺。爲憐貧若此，豈謂死須臾。遺稿詩零落，埋身鍤有無。不知沉醉處，地下幾當壚。

僦屋三間住，空梁劇可悲。草深原蝶舞，槐古自蟬嘶。賻有門生贈，家仍白髮支。劉母年七十餘。橫山終不返，灌木颯淒其。灌木庵，横山故居也。

箋

康熙三十三年（一六九四）作於徐溝。

劉漢思：岸登《挽慶叔》詩（見詩鈔補遺）：『癸酉劉泳亡，甲戌沈寅死。』劉漢思或即詩中劉泳，與岸登友善。癸酉爲康熙三十二年（一六九三），劉氏卒，至次年岸登始得訃信。

聞吳中前輩之訃

升於天上墜於淵，老向編氓卜一廛。聖主恩深存故舊，先生事了學神仙。春猨秋鶴都驚也，䮮馬鈴駝各勉旃。却怪無憑愛憎口，紛紛藉藉太求全。

箋

編氓：編入户籍的平民。

䮮馬鈴駝：䮮，馬嚼子、馬籠頭。唐章孝標《駱谷行》詩：『捫雲裹棧入青冥，䮮馬鈴騾傍日星。』

勉旃：努力。多於勸勉時用之。旃，語助詞，之焉的合音字。《漢書·楊惲傳》：『方當盛漢之隆，願勉旃，毋多談。』

久不作南城訊聞舉一子時余亦得孫

弟兄有子年方壯，羈旅無書性更慵。長自老慳雙腕力，忽緣喜放兩眉峰。柴荆野意空連屋，杖履塵間無定蹤。爲憶兩家湯餅會，紅砂塗頤一般濃。

箋

康熙三十三年（一六九四）作於徐溝。

南城：沈甸，岸登從弟。見《詩鈔》卷二《同皋士松亭南城夜集東田破屋》箋語。

案：是年閏五月十八日，岸登孫沈汝賢生。又聞沈甸舉一子，故以詩賀之。《沈氏家乘》卷八：『（之釬子）汝賢，字龍書。康熙甲戌閏五月十八日生。邑庠生。乾隆庚午八月六日卒，年五十有九。配楊氏（應垣公女）。子一：家梁。』

又卷八：『（甸長子）廷敬，字鵠峙，康熙甲戌三月十九日生。』

湯餅會：清胡鳴玉《訂訛雜録·湯餅》：『生兒三日會客，名曰湯餅。』舊俗小孩出生第三天，或滿月、周歲時舉行慶賀的宴會，請客人來吃湯麵，取長壽之意，故名。

雪

不成圭璧但霏微，已遣忙添客子衣。有雪祇聞蕎麥熟，無詩能道柳綿飛。簷前尚作秋聲碎，夜半渾疑酒力稀。七尺床頭燈燄冷，摩挲自上白雙扉。

讀樂笑翁北歸集

錦囊漫浪賓朋散，蕩盡金錢老亦催。無那斷橋殘雪路，花陰隔水北歸來。

箋

樂笑翁：南宋詞人張炎，字叔夏，號玉田，晚號樂笑翁。

立春日口占

雪消猶作十分陰，鑾篳增寒病易侵。從此春山多藥草，便携小竈入深林。

箋

康熙三十四年（一六九五）十二月作於京師。

立春日：檢張培瑜《三千五百年曆日天象》，是年十二月二十日立春。

案：是年冬，族弟沈崑山西徐溝知縣任滿卸職，岸登隨之至京師，并過訪龔翔麟。忽受寒卧病。龔翔麟《黑蝶齋詩鈔序》：『乙亥冬，村叟始從太原跨蹇驢冒雪入京師，就余道故。合并未久，復理歸楫。』

龔翔麟《田居詩稾》卷七《與沈三覃九别十四年矣乙亥長至後自太原來都下邀同令叔融谷夜話小齋和東坡贈孫莘老韻即用其起句》。

病起擬以人日過寓齋言别作南歸計晨起以心悸復止

新年今日又人日，未定晚晴與早晴。出户了無疲馬賃，殷床忽有鬬牛鳴。記是日事。難尋昨夢竟歸去，思與春風如約行。滿眼故鄉殘雪裏，梅花幾樹水村横。

箋

康熙三十五年（一六九六）正月作於京師。

人日：正月初七。

寓齋：沈皡日，號寓齋。見《詩鈔》卷一《絶徼》箋語。

案：是時，沈皡日官陞府同知，在京城需次待補。二沈復相遇，岸登又將作南歸計。

高少詹江村招飲病不能赴率成四絶句并以志别

紫禁青條暖日添，安排窻几只書奩。内厨勑賜黄封酒，應是閒人無分霑。

襆硯曾無詩幾篇，敲銅催韵記歌筵。自題梓樹花圖後，領畧春風又六年。

年來客舍并州住，再渡桑乾恰歲寒。噉得黄芽冬菜飽，兹遊莫便咲無端。

病起思歸清水村，好邀村月伴黄昏。連宵正自牽愁夢，燈火千門作上元。

箋

康熙三十五年（一六九六）正月作於京師。

高少詹江村：高士奇（一六四五—一七〇三），字澹人，號瓶廬，又號江邨，賜號竹窗，謚文恪。浙江錢塘（今浙江杭州）人。自少好學能文。初補杭州府學生員。年十九至京師，闈試不利，落魄羈窮，賣文自給。入太學，字偶爲皇帝見，大加擊節，以御試鍾王書法，記名翰林院供奉，再授内閣中書，直南書房，賜同博學鴻儒試。康熙十九年（一六八〇），授翰林院侍講，累官詹事府詹事，加禮部侍郎兼翰林院侍讀學士，備膺寵渥。後以母老陳情，不赴再起之詔，退居平湖。所作詩諸體具備，豐而不失之靡，約而不失之促，和平爾雅，才華贍敏，詩中自註尤足徵一時掌故。精考證，善鑒賞，蓄古今字畫甚富，有《江邨銷夏録》一編。著有《清吟堂全集》七十三卷、《左傳紀事本末》五十三卷。

案：康熙十八年（一六七九），高士奇嘗邀岸登入京，延聘爲塾師，課其子高輿，岸登遂寓高宅一年有餘。此次岸登入京，高士奇招邀敘舊，適岸登病，不能赴飲。

『自題梓樹花圖後』句：《黑蝶齋詩餘》有《疏影・詠梓樹花畫》，爲高士奇題畫。又清梁章鉅《退庵金石書畫跋》卷二〇著録《胡飛濤梓花卷》絹本，高士奇首題二律，岸登亦爲之題卷。

案：康熙三十年（一六九一）正月，高士奇與岸登同在平湖，有觀燈聯句事，見高士奇《歸田集》卷七《獅子燈聯句》。至此正第六年，復相遇，故詩句曰：『領畧春風又六年。』

上元夜次柘西見示原韵

江梅鄉國早生花，未抵千門火樹賖。何處香塵連繡轂，幾家韵字獨挑紗。藥方求得三年艾，酒量輸於七椀茶。柘西不能酒而嗜茶，故號茶星。等是填街今夜月，紙窻先遣照蒼華。

箋

康熙三十五年（一六九六）正月作於京師。

柘西：沈皥日，號柘西，又號茶星，其齋室名柘西精舍。見《詩鈔》卷一《絶徼》箋語。

『幾家韵字獨挑紗』句：宋劉子翬《汴京紀事二十首》其十一：『一時風物堪魂斷，機女猶挑韻字紗。』

蒼華：形容頭髮灰白。宋陸游《西村》詩：『老去郊居多樂事，脱巾未用歎蒼華。』

曹儀部席上誦家柘西題珂雪詞紅藕莊邊看黑蝶眼前詞客未蕭涼儀部賞之不已

吾家司馬耽詩癖，好句牽情誦不忘。黑蝶自憐歸計晚，紅蕖猶怪未成莊。綺羅香裏心如水，綺羅香，柘西詩中語也。真率筵前鬢已霜。賴是魚山老詞伯，把杯意氣共飛揚。

箋

康熙三十五年（一六九六）春作於京師。

曹儀部：即曹貞吉，見卷一《仲春過同安郡城司馬曹升六爲我設餅因成長句》箋語。

案：康熙三十一年（一六九二）冬，二人安慶分別。至是年，復遇於京城。曹貞吉時任禮部儀制清吏司郎中。

家柘西：沈皡日，見前箋。

案：沈皡日《柘西精舍詩餘》卷下《渡江雲・用曹儀制韻送南渟》，可知岸登將歸里，沈皡日與曹貞吉皆賦詞送行。

珂雪詞：曹貞吉之詞集名。

吾家司馬：即沈皡日，時已陞任府同知。唐制，節度使屬僚有行軍司馬，又於每州置司馬，以安排貶謫或閒散之人，後世遂稱府同知爲司馬。

虞山王石谷爲錢塘龔氏寫攝山秋望圖壬戌八月見自江南藩治之瞻園再覯於都下十硯齋余方南歸因賦二截句誌別

衰翁漸減登高力，空自筇枝與作緣。烏目山人頭也白，沉吟圖畫憶當年。

江南好景爲別久，山色幾番暄與寒。若使故人無恙在，不辭驢背再來看。

箋

康熙三十五年（一六九六）三月作，時將離京歸里，龔翔麟設宴款別，席間出示王翬畫《攝山圖》。岸登感憶賦詩誌別。

十硯齋：龔翔麟書齋名。《詩鈔》卷三《東樂西盱過小齋同簡客游草兼看紅藕莊贈硯》詩句：『藕莊十硯分余一。』

案：龔翔麟《田居詩稾》卷八《三月廿七日沈融谷覃九邵柯亭集十硯齋觀攝山秋望圖並家藏舊蹟次邵韻再送覃九》：『十硯齋蕭然，座不延熱客。偶爾集貧交，苛禮盡蠲釋。老友忽告行，決去若有隙。飛絮攪鞭絲，落花撲帽席。春歸人亦歸，相送意徒迫。及此暫勾留，把杯話疇昔。鬚眉圖畫在，一省舊游跡。作圖者王翬，師法古人格。認千松萬松，松頂月如璧。客無寒具手，不怕被狼藉。縱觀唐宋元，引滿滄溟易。邵生發高唱，和者氣肯索。爭雄齊楚霸，早奪邾莒魄。或飲或不飲，各取興所適。門外騶唱過，雙藤徒赫赫。於我如浮雲，寧爲此事役。羸車明日發，頓與軟紅隔。歸歟我亦來，九峰置田宅。』

沈皞日《柘西精舍詩餘》卷二《渡江雲・用曹儀制韻送南渟》詞句曰：『日昨離尊，並展攝山圖。』

烏目山人：王翬，字石谷，號烏目山人，見前箋。

留别龔柱史蘅圃即用贈行原韻兼答怡齋孝廉家柘西司馬禾畂户部

長安驢價高，倚裝意轉廹。安得上吴船，挂以軟蒲席。更催健櫓摇，瞬息去程百。朝看海日紅，暮見江月白。湖尾有寬鄉，繫纜頗不窄。不然花事闌，流光餘幾隙。翻令劇作愁，及歸病未釋。吾家東西郊，相對南北宅。柘西住西郊，禾畂住南宅。游宦各京塵，春風負木屐。爲念長水翁，謂竹垞翰林。夙昔晨共夕。縛亭牛車如，曝書愛其癖。遲我脱征衫，偃仰興自適。黄公壚舊在，應憐酒盞隻。當出贈行詩，索和寄飛翮。

箋

康熙三十五年（一六九六）三月作於京師。時將南歸，龔翔麟有贈行詩，依韻奉答。

龔柱史蘅圃：龔翔麟，見前箋。柱史，爲『柱下史』的省稱，指御史。唐嚴維《剡中贈張卿侍御》詩：『早列月卿位，新参柱史班。』

案：康熙三十三年（一六九四），龔翔麟考選陜西道御史，號敢言，故以柱史稱之。

龔翔麟《田居詩稾》卷八《送沈覃九歸平湖兼訊朱檢討》：『好春不肯留，好友去何迫。爛熳天街花，可憐照離席。一别十四年，聚日僅滿百。少壯何以堪，而况頭俱白。行行近故鄉，無恙三徑窄。朱藤壓屋簷，紅槿映籬隙。君歸啟柴門，一笑愁病釋。百里接梅市，中有故人宅。相思輒放櫂，不費幾緉屐。新縛曝書亭，可與數晨夕。忘形朋友歡，縱情山水癖。萬事等浮雲，人生貴意適。我局塵壒中，顧影每憐隻。

送君歸去來，恨不生兩翮。』

禾畊：沈崑（一六六四—一七一七），字玉山，號禾畊，浙江平湖人。年十八，由烏程縣庠生中舉人，康熙二十四年（一六八五）進士。出任山西徐溝知縣，歷官户部員外郎，主試貴州，年未壯而去官歸里。性曠度達觀，不以升沉顯晦介意，杜門卻掃，嘯歌自得。善畫古木竹石，尤工倚聲，與岸登齊名，時稱二沈。著有《味菜山房集》《禾畊詩餘》。

案：沈崑爲岸登族弟，時已由山西徐溝知縣陞任户部員外郎。《沈氏家乘》卷一七載沈崑詩《送家南渟歸紅樫田舍次十硯齋侍御韻》《再用前韻寄家東樂翁》。

黄公壚：指友朋聚飲之所。《晉書·王戎列傳》：『嘗經黄公酒壚下過，顧謂後車客曰：「吾昔與嵇叔夜、阮嗣宗酣暢於此，竹林之游亦預其末。自嵇、阮云亡，吾便爲時之所羈紲。今日視之雖近，邈若山河。」』宋梅堯臣《正月二十七日江鄰幾等邀飲於定力院》詩：『似過黄公酒壚下，嵇阮不見修竹中。』

四月二十九日歸清溪次東樂四月八日題西齋韻

柳花吹白長條後，又着青陰水上來。如此風光歸便得，今朝真買一舡回。
孫子飛揚能跨竹，紅衫短袖綠楊中。入門較是嘗年樂，衰耳俄聽喚阿翁。

箋

康熙三十五年（一六九六）四月作，時自京師南歸，抵里門。

東樂：沈不負，見前箋。

案：沈不負《老雲齋詩删》卷九《聞南渟二月出都迄今未至數過西齋復題二絶時四月八日》，岸登次其韻。

西齋：當即岸登里舍名。

答東樂吟夜雨韵　是日自魏塘抵家

并州土屋三年住，縱是翻盆無瓦聲。昨夜分湖聽不厭，西齋衹有一宵程。

箋

康熙三十五年（一六九六）四月作於里中。

案：沈不負《老雲齋詩删》卷九《代南渟吟夜雨（時四月廿九日自太原從都門抵家）》，詩云：『入門便作蕭蕭雨，猶是江湖篷底聲。分與家中兒女聽，今宵不用算歸程。』依編次在是年，岸登賦詩酬答。

翻盆：喻雨勢大，猶傾盆。唐杜甫《白帝》詩：『白帝城中雲出門，白帝城下雨翻盆。』

分湖：即汾湖，在今江蘇吴江市東南，處於江蘇與浙江交界處。《讀史方輿紀要》卷二四蘇州府吴江縣：

汾湖在『縣東南六十里，與浙江嘉善縣分界，亦曰分湖。東合諸湖蕩，又東通三泖，入華亭界。其北連諸湖港，入鶯脰湖』。

案：以下十六題詩亦皆是年歸里鄉居時作。

東樂西畇過小齋同簡客游草兼看紅藕莊贈硯

太行山到桑乾水，要雇驢兒十日騎。野馬浮雲都懶見，不應還有數篇詩。

藕莊十硯分余一，襆此臨岐倍愴神。大庾嶺頭楊子渡，俶裝壓得兩家貧。蘅圃権南海所得。

箋

康熙三十五年（一六九六）作於里中。

西畇：俞謙奇，見前箋。

案：沈不負《老雲齋詩删》卷九《喜西畇過黑蝶齋同讀客游詩草兼看紅藕莊贈硯》二首，詩云：『喜得山窗數日留，歸人説盡未歸愁。并州小集燕臺草，佳句頻頻豈浪游。』『平生不到珠江上，匣底青花豈易求。輸爾故人能割贈，閉門添得著書愁。』

紅藕莊：龔翔麟，見前箋。

寄答宗環

歌詞不是年來意，笛板筝絲老自哀。梅子銀黄看又熟，斷腸前日賀方回。

箋

宗環：沈不負孫，爲岸登族侄。

賀方回：賀鑄，字方回，北宋詞人，著《東山詞》。有《青玉案》一闋，詞中佳句曰：『試問閒愁都幾許？一川煙草，滿城風絮，梅子黄時雨。』後人遂以『賀梅子』稱之。

六月一日雨

斜風吹雨鎮横飛，潑刺溪魚上釣肥。明日滄江添畫本，一竿白竹緑蓑衣。

箋

康熙三十五年（一六九六）六月作於里中。

案：沈不負《老雲齋詩删》卷九《六月一日雨》，當時同題唱和之作。

潑刺：象聲詞。宋沈與求《舟過北塘》詩：『過雁參差影，跳魚潑刺聲。』

白小

白下迎魚渾似雪，潮生潮落出清波。囬思一嚮浮萍跡，往往罾家夜泊多。

箋

康熙三十五年（一六九六）六月作於里中。

白小：即銀魚，俗稱麪條魚。唐杜甫有《白小》詩云：『白小群分命，天然二寸魚。』

案：沈不負《老雲齋詩刪》卷九《白小爲南渟作》，當時同題唱和之作，詩云：『溪綱出鮮憐白小，茅簷放箸説清江。舵樓客飯曾教足，換得如絲髩一雙。（詩註：南渟數客白下，爲余言銀魚之美。）』

食粥

葫蘆麥飯塡膺日，不信時時空腹佳。晏起盡將風幔捲，粥盂香出小茆齋。

山房藤花復開六月八日同東樂賦

年年思見藤花紫，長夏何緣得一枝。髣髴竹燈茆店裏，春風吹墮夢中時。

箋

康熙三十五年（一六九六）六月作於里中。

案：沈不負《老雲齋詩删》卷九《春水山房藤花復發主人邀余同賦（時六月八日）》，詩云：『山風吹落藤花後，艇子初歸舊水涯。笛篳閒眠簾盡捲，春光重到阿咸家。』當時同題唱和之作。

苦　風

沿溪短策尋行少，颯颯風多與病侵。只愛緑楊如水静，一波不動萬條陰。

懷柘西

年來屈指消魂地，大約都非舊水邨。最是閲江樓下別，暮潮吹淚落沙痕。甲子別自白門。〔一〕

蠟燈風折酒瓷香，不斷紞如禁鼓長。共數洛家江萬里，帝城算得是儂鄉。

送行未是同行日，憑我南書寄幾緘。與慰柘西隣舍問，宦游猶有一青衫。

校　記

〔一〕《沈氏家乘》無詩註。

箋

康熙三十五年（一六九六）作於里中。

柘西：沈皞日，見前箋。

案：是年春，與沈皞日京城言別。還里後，同沈不負賦詩寄懷。沈不負《老雲齋詩删》卷九《懷柘西》，當時同賦寄懷之作。

閱江樓：位於今南京市下關獅子山巔，立於揚子江畔，飲霞吞霧，是江南名樓之一。

紞如：擊鼓的聲音。《晉書·良吏傳·鄧攸》：『紞如打五鼓，鷄鳴天欲曙。』宋蘇軾《宿海會寺》詩：『倒牀鼻息四鄰驚，紞如五鼓天未明。』此句言二沈京城相遇，刻燭夜譚。

題客子春山絲竹圖

風鬟霧鬢神仙侶，爲爾沉吟圖畫間。行樂儘多絲竹地，可曾解得在春山。

石欄橋下水粼粼，翠竹朱藤畫好春。微恨出山消息近，弁車催載抱琴人。

箋

客子：沈季友（一六五二—一六九七），字客子，號南疑，又號茜村、秋圃。浙江平湖人。沈荃之子，陸棻之婿。康熙二十六年（一六八七）副榜貢生，任正黄旗教習，考授知縣，未及仕而歸。詩文清麗，近於晚唐。嘗受知於翰林院檢討毛奇齡，才名重都下。歸里後蒐討文獻，閉門著書。分纂《平湖縣志》，又輯《檇李詩繫》。著有《賦格》《學古堂詩集》《南疑集》《迴紅詞》等。

案：沈不負《老雲齋詩刪》卷九《題客子春山絲竹圖》，當時同爲沈季友題圖卷。

不雨禁殺北郵楊媪以薹心菜來餉方食東樂過小齋因約同賦

縣符斷肉屠門閉，五十衰翁不飽時。翻喜食單添至味，菜花分拆小青瓷。

箋

縣符：縣衙發出的文書、告示。

風雨答東樂

倦游何物歸無恙，有竹百竿溪水頭。爲報昨宵都作響，草堂已是十分秋。

箋

康熙三十五年（一六九六）六月作於里中。

案：沈不負《老雲齋詩删》卷九《風雨問訊南渟》二首，詩云：『遊走都非得已情，偶然脱屐闔雙荆。不堪未到秋風日，褐被擁眠看雨聲。』『敝廬風雨年年事，不似今年慉屑來。若使尚餘容枕地，便應多病也看開。』當時同題唱和之作。

風　定

惡風三日曉初定，編竹山扉不復扃。倚杖出邀樵牧伴，向南無數亂山青。

箋

康熙三十五年（一六九六）六月作於里中。

案：沈不負《老雲齋詩删》卷九《風定（六月十六日作）》，當時同題唱和之作。

讀江帆集

西州門外换征衫，十五年中詩幾函。知爾近來封事數，鬢絲不似在江帆。

箋

康熙三十五年（一六九六）作於里中。

江帆集：龔翔麟詩集名，其《田居詩稾》卷首朱星渚序：『越七年戊辰，游於江楚，著《江帆集》。其時，侍御已失怙，生事漸蹙，不得已而託之游。宜其爲詩愁思瑟縮，無油然灑然之意，而顧益縱横排奡，盤空駕險以出之。則其所得於中者，既閎且肆，而又假江山之助以壯其行墨也。』

案：沈不負《老雲齋詩刪》卷九《次南渟題江帆集韻》，詩云：『脱裝田舍浣塵衫，小冊長箋有數函。都是賀家腸斷句，就中先把得江帆。』當時同題唱和之作。

『十五年中詩幾函』句：康熙二十一年（一六八二）冬，岸登與龔翔麟别於江寧，至本年正十五年。

殘　月

拓窻殘月汪汪白，藥臼茶鐺事隔年。垂死更生真意外，夢回高枕一凄然。

與東樂夜話西湖舊游得絶句九首

多時不踏西湖曉，未肯忘情楊柳風。一自六飛扶輦過，雨行添種碧桃紅。

懸燈紅似夕陽收，寶所山前古寺樓。浴鼓一聲禪定後，練裙同試白榆秋。

十三學步鬌垂鴉，竹塢閒看碎米花。當日鈿車載亦可，翠釵今又墮誰家。

山游晚歇中天竺，衝鼻僧厨早笋香。酒榼穀携三日醉，吴鹽細捻作行糧。

中元嬉逐水燈船，不是杭人也不眠。夜半十番聽入破，裏湖漂出小紅蓮。

窈窕魚塘盧舍寺，寺門白石浸漣漪。放生碑仆魚逃去，月笛吹殘上釣絲。

十里風荷夜悄然，王郎曾此泊歸船。最憐湖上初生月，小閣蕭凉鏡裏懸。王郎謂古直，没二十年矣。

西江歸後放游節，有約長廊待阿儂。不盡當時留客意，袈裟風動石房松。悼秋公學徒蔡三。

故人曾有山莊約，謂蘅圃。我欲從之結一庵。尋到講鐘聲盡處，緑荷紅藕種湖南。

箋

康熙三十五年（一六九六）作於里中。

案：沈不負《老雲齋詩删》卷九《同南渟夜坐話西湖舊事得九絶句》，當時同題唱和之作。

六飛：亦作「六騑」。古時皇帝之車駕六馬，疾行如飛，故名。《史記·袁盎晁錯列傳》：「今陛下騁六騑，馳下峻山。」裴駰《集解》引如淳曰：「六馬之疾若飛。」此謂康熙皇帝南巡，駐杭州。

寶所山：又名寶石山，位於杭州西湖的北裏湖北岸，山頂立保俶塔，五代後周年間所建，又名寶所塔、保所塔。

中天竺：在杭州天竺山之稽留峰下。隋開皇年間，印度高僧寶掌禪師於此清净禪定，創立道場。南宋時，中天竺位居禪院十刹之首。明洪武初重建，敕名「中天竺寺」。清乾隆中改名「法净禪寺」。

十番：又稱十盤，十番鑼鼓，是福建、浙江、江蘇、廣東等地古老的民樂，集打擊樂與吹奏樂爲一體。浙江流行的『十番』音樂，大部分爲絲竹鑼鼓樂。樂曲大多速度徐緩，曲調古樸典雅，於昆曲音樂基礎上演變發展而成，具有明顯的昆曲風格。

王郎：王豸來，字古直，錢塘（今浙江杭州）人。

案：《黑蝶齋詞》有《桂枝香・寄題王古直鏡閣》一闋。

游笻：游人用的竹杖。

寄題柳慶集即次送行原韵今年春三月别於都門

瘴烟如霧復如塵，作伴曾無强近親。縱有一琴堪抱得，不將萬里更隨人。

探懷蕭瑟甚胡威，騎馬仍穿短後衣。脱向壚頭同一醉，夜寒不禁百觥飛。

柳州例是詩人地，愁思登樓未盡之。更到思吾溪上去，吟情何止萬千絲。柘西送别詩有『功名兒女皆閒事，只有吟情戀一絲』之句。

五畝桑科百尺潭，家家洗簇養春蠶。寄言貧老還鄉日，兒女牽衣儘不堪。

箋

康熙三十五年（一六九六），與沈不負同賦，爲沈皞日題《柳慶集》以寄之。

柳慶集：沈皞日詩集名。康熙二十三年至康熙三十四年，皞日先後任廣西來賓縣、天河縣知縣。來賓縣屬柳州府，天河縣屬慶遠府。沈皞日將十一年間所作詩結集，名曰《柳慶集》，陸棻爲之序。

案：沈不負《老雲齋詩删》卷九《次韻寄題柳慶集》，當時同題唱和之作。

『探懷蕭瑟甚胡威』句：此句謂沈皞日爲官廉正清貧。胡威，曹魏至西晉時期名吏。少有志向，厲操清白。與父親胡質以清廉互勵，聞於時。《晉書·胡威傳》：『後入朝，武帝語及平生，因歎其父清，謂威曰：「卿孰與父清？」對曰：「臣不如也。」帝曰：「卿父以何勝耶？」對曰：「臣父清恐人知，臣清恐人不知，是臣不及遠也。」帝以威言直而婉，謙而順。』

思吾溪：清《一統志》卷一七四：『思吾溪在天河縣南二里，源出縣西北界，東南流入宜山縣界，合小江水入龍江。』

簇：供蠶作繭的草簇，俗稱蠶山，多用竹、木、草等做成。

題唐墓才子亭四絶句

抔土蒼凉蔓草餘，何人於此結茨居。其墓毁没於野人草舍中。春游盡上生公石，有酒誰澆唐六如。

酒狂那有傷心語，惟許平生好友聞。爲問長洲文待詔，淚痕點點在停雲。

青衫不涅五陵塵，宿雨桃花墓上春。小刧偶然來玩世，摩碑好與署山人。

三吴才子埋魂後，誰見蕭蕭栝栢風。二百餘年尋廢址，一宵清話漫堂中。謂中丞宋牧仲先生。

箋

唐墓才子亭：唐寅墓，位於今蘇州市郊横塘鄉王家村。唐寅字伯虎，更字子畏，號六如居士，吴縣（今屬江蘇蘇州）人。明著名畫家，與沈石田、文徵明、仇英齊名畫苑，後人稱作『吴門四家』。并工書法、詩文，後人有『江南第一風流才子』之譽。

案：康熙三十二年（一六九三），蘇州百姓於桃花庵舊址掘地得明代胡瓚宗所書『唐解元墓』碑。江蘇巡撫宋犖聽聞後親臨拜碑，次年招士人贖地重修唐寅墓，墓側又建才子亭，自爲文祭之，諸名士題詠甚多，有《重表唐解元墓詩》一卷。

沈不負《老雲齋詩删》卷九《題唐墓才子亭四絶句》，當時同題唱和之作。

生公石：在今蘇州虎丘山下，相傳爲晉竺道生（生公）講經處，故名。大石盤陀徑畝，上下平衍，可坐千人，故又稱千人石。

文待詔：文徵明，原名壁，字徵明，後以字行，更字徵仲，號衡山，長洲（今屬江蘇蘇州）人。明著名書畫家，與唐寅、祝允明、徐禎卿合稱『吴中四才子』。正德末以歲貢生薦試吏部，授翰林院待詔，故名。

停雲：指文徵明書齋名停雲館。

漫堂：宋犖書齋名。宋犖（一六三四—一七一三），字牧仲，號漫堂，又號綿津山人，晚號西陂老人，河南商丘人。順治四年（一六四七），年十四，以大臣親子，入禁中爲三等侍衛。次年赴内院考試，拔第一。康熙三年（一六六四），授黄州府通判。八年丁母憂。十六年補理藩院判涥，遷刑部員外郎，二十二年，陞直隸通永道僉事。二十六年，任山東按察使，擢江西巡撫。三十一年調江寧巡撫。值屢次南巡，竭民力以事供張，得久任。四十四年内陞吏部尚書。四十七年以衰老乞休，以原官致仕。五十二年加太子少師，卒於家。著有《綿津山人詩集》《西陂類稿》《楓香詞》等。

秋夜懷桐石

古寺頻携手，離懷三隔年。病難抛藥盞，歸未訪秋船。夜雨高桐上，湖光疎柳邊。羡君有詩卷，閉户自留連。

夙昔曾爲客，亦嘗共裹裝。白衣燕市酒，青笠塞門霜。自此流年换，相看兩鬢蒼。獨眠老者分，紙閣未凄凉。聲來以訛聞嘲余買妾，故及之。

箋

康熙三十五年（一六九六）秋作於里中。

桐石：鮑駿，字聲來，號桐石，浙江平湖人。年少負才氣，嗜讀書，善詠五字句詩，游堯峰汪琬之門，問學數年。由增廣生入太學，以博學鴻詞薦，丁外艱不獲試而歸。服闋，遍遊五嶽。著有《台遊集》《桐石唱和詩》。

三月二十七日集十硯齋觀攝山秋望圖并舊藏畫蹟因憶瞻園所見墨林寫照圖迥别人間贋本今則失之矣蘅圃有詩見寄因次韻奉答

迢迢春明門，十五年再客。身隨雙芒鞋，踵决不擬釋。好友開軒窻，春陰共簷隙。堆床青玉軸，束縛如卷席。一一署籤題，熟視昏瞳迫。近世妄雌黄，好以今證昔。古人貴神理，今人貴形跡。形摹神則亡，惆悵見遺格。割此舊束絹，尺寸賤拱璧。最後仇實父，吴下數畫籍。余僅一見之，愧乏百緡易。其本出范寬，雪意極蕭索。一鏡寫照圖，皎若月生魄。墨林死百年，流落任所適。何似攝山松，冰霜遞炎赫。獵獵清風吹，詫我塵事役。豈無山水情，肯與烟霞隔。柱史鐫詩碑，相期結草宅。

箋

康熙三十五年（一六九六）秋作於里中。

案：詩題記述是年三月在京城龔翔麟寓所觀王翬所畫《攝山秋望圖》事，乃感憶舊日與龔氏之游處。

墨林：項元汴（一五二五—一五九〇），字子京，號墨林，浙江嘉興人。明代著名收藏家，鑒藏書畫名跡、鼎彝玉石甚夥，甲於海内，儲藏之所名天籟閣。

案：龔翔麟《田居詩稾》卷八《三月廿七日沈融谷覃九邵柯亭集十硯齋觀攝山秋望圖并家藏舊蹟次邵韻再送覃九》，岸登詩步其韻。

又卷九《墨林山人寫照圖》詩序云：『圖仇十洲所作，項氏傳家物也。徽賈計賺之，旋入某戚畹家。甲寅兵後，復散落徽州。辛酉，購諸白門燈市。未幾，復被豪奪。近聞已入神山，不復墮塵劫矣。憶其梗概，紀以斷句五章。』

『迢迢春明門』句：春明門，唐長安城東正門，後借指京城。康熙十八年至十九年，岸登客京師高士奇寓。至康熙三十四年冬，又至京師訪龔翔麟，其間正十五年。

仇實父：仇英(约一五〇一—约一五五一)，字實父，號十洲。明代畫家。居蘇州，從周臣學畫，知名於時。擅山水、花鳥，尤長人物。臨摹宋元名跡，落筆亂真。與沈周、文徵明、唐寅並稱『明四家』。

緡：穿銅錢的繩子。引申爲成串的銅錢。古時一千文爲一緡，猶一貫。

『墨林死百年，流落任所適』句：清順治二年(一六四五)，清兵破嘉興府城，項氏藏品被千夫長汪六水所劫掠，散失殆盡。

寄懷禾畘

路出樓桑北，歸來柘水東。到時猶淺夏，惜别又秋風。白稻霜餘熟，紅蝦市未窮。懷鄉亦不免，寄語仗南鴻。

曉仗衣香處，修門食晏時。官貧殊不惡，無事即攻詩。夢爾憐池草，還家祗鬢絲。去年西嶺雪，共被最相思。

箋

康熙三十五年（一六九六）秋作於里中。

禾畂：沈崑，見前箋。

案：是年春，岸登自京師還里，與沈崑別。至秋日，與沈不負作詩寄懷。沈不負《老雲齋詩删》卷九《寄懷禾畂》。

樓桑：樓桑里，東漢末劉備故里，在今河北省涿縣境。沈岸登去年自山西徐溝往京城途中曾經過樓桑。

次紅藕莊韻寄西畯

迢遞青莎屩，蕭條白笈書。薄游聊歲月，好友鎮離居。桐子踈窻落，籬花九日餘。相思無可寄，惟有一雙魚。

四百峰頭客，割雲乳竇來。自君分贈得，同我倦游回。巑岏搜難再，烟霞染未頹。門前一溪水，正好滌昏埃。西畯曾贈余端溪圓硯。

京洛論知己，寥寥嘆此行。故人惟柱下，念子不勝情。菽水真能樂，山亭近有名。竹垞新起曝書亭。翛翛百竿竹，落日古殳横。

箋

康熙三十五年（一六九六）秋作於里中，寄懷朱昆田。

紅藕莊：龔翔麟，見前箋。

案：龔翔麟《田居詩稾》卷八載《朱文盎貽書見訊因覃九歸作詩報之》三首，岸登詩次其韻。

西畯：朱昆田，見前箋。

雙魚：指書信。明楊慎《丹鉛總録·雙鯉》：『古樂府詩：「尺素如殘雪，結成雙鯉魚。要知心中事，看取腹中書。」據此詩，古人尺素結爲鯉魚形，即緘也，非如今人用蠟。《文選》「客從遠方來，遺我雙鯉魚」，即此事也。下云烹魚得書，亦譬況之言耳，非真烹也。』宋趙令畤《蝶戀花》詞：『隔水高樓，望斷雙魚信。』宋袁去華《東坡引》詞：『歸期望斷，雙魚尺素。』

割雲：採割硯石。唐李賀《楊生青花紫石硯歌》：『端州石工巧如神，踏天磨刀割紫雲。』

乳竇：石鐘乳洞，石穴。宋陸游《寄隱士》詩：『乳竇寒猶滴，岩扉夜不扃。』此指採硯石的坑洞。

柱下：『柱下史』的省稱，指御史。此謂龔翔麟。

『菽水真能樂』句：楊謙編《朱竹垞先生年譜》載朱彝尊是年事蹟曰：『夏，結曝書亭於荷花池南，爲遊憩之所。』

殳横：殳山與横山，嘉兴的两座小山名。朱彝尊《曝書亭集》卷九《鴛鴦湖櫂歌一百首》之九十八詩註曰：『余近移家長水之梅谿，殳山在其西，横山在其南，皆可望見。』

再用前韵寄蘅圃

詄蕩天門啟，無人肯上書。君懷一手版，長自對宸居。焚草何辭數，能詩洵是餘。酬恩原素志，非爲繞腰魚。

桃葉江頭别，梅花嶺外來。昨游年屢判，相對首頻回。聽雨湖山隔，騎驢塞日頹。塵衫難便脱，未敢厭紅埃。

歷歷青門路，相逢復送行。一燈深夜語，百種故人情。未暇偷詩格，空歸數藥名。秋山猶卧病，倚枕暮雲横。

箋

康熙三十五年（一六九六）秋作於里中。

蘅圃：龔翔麟，見前箋。

案：龔翔麟官御史，疏劾權臣熊賜履、趙良楝、趙士麟等，論列無所避，以是得直聲。第一首贊其清正。

手版：古時官吏朝見君王時所拿的笏板，又稱朝板。

腰魚：唐制，三品以上官員佩金魚袋，五品以上官員佩銀魚袋，六品以下官員無魚袋。後比喻官爵高顯。姚合《送右司薛員外赴處州》：『懷中天子書，腰下使君魚。』唐白居易《初除尚書郎脱刺史緋》：『無奈嬌癡三歲女，繞腰啼哭覓金魚。』

青門：漢長安城東南門，俗呼『青門』，後泛指京師城門。宋王禹偁《送榮禮丞赴宋都序》：『青門曉晴，皇華啟行。』

案：是年春，沈、龔二人在京城相聚，復又相别。參見前箋。

次桐石寄贈原韻

溪水流不盡，青山在屋頭。主人長自出，歸興正宜秋。柏葉染樵徑，罏香分釣舟。肯來同木榻，斗酒爲君謀。

箋

桐石：鮑駿，見前箋。

案：沈不負《老雲齋詩删》卷九《次桐石寄南渟韻》，當時同題唱和之作。

陸東郵移居郡城六里街屬余爲圖并題二絶句

陸生舊在東郵住，九點烟鬟三泖邊。爲贈移居圖一幅，載將山色小篷船。

廣宅良田未易謀，只須買屋此臨流。春波橋外如盆月，照見柴門老樹秋。

箋

陸東邨：陸琰卓，字藴崑，一字運鯤，號東邨，别號頽石翁，浙江平湖人。善書，學顔魯公得其體。著有《東邨隨筆》。

案：沈不負《老雲齋詩删》卷九《送東邨移居禾中》，當時同題唱和之作。

題小長蘆卷子五六七言三絶句

野樹落青影〔一〕，羃壢不知午。合携斗酒來，起着漁衫舞。

新蓋曝書亭子，坨南正有閒田。我意别裁東絹，戲拖墨竹便娟。

兩岸叢蘆無數葉，秋風嫋嫋一竿絲。看來未有君郎分〔二〕，只許先生學釣師。

校記

〔一〕『青影』：《讀畫齋偶輯》本（清顧修輯《讀畫齋題畫詩》附録《讀畫齋偶輯》中《朱竹坨先生小长蘆圖》載録題詩，上海圖書館藏）作『青陰』。

〔二〕『君郎』：《讀畫齋偶輯》本作『郎君』。

箋

康熙三十五年（一六九六）作於里中。

小長蘆卷子：朱彝尊晚號小長蘆釣魚師，并於康熙二十八年（一六八九）請禹之鼎畫《小長蘆圖》，爲朱氏父子的合像，卷上又有王士禛、屈大均等二十餘人各題五言、六言、七言絶句一首。

案：沈不負《老雲齋詩删》卷九《題竹垞先生小長蘆卷五六七言絶句三首》。

題王灄盧大寶巘栖圖

王郎年少曾相識，憶在長安紅軟街。從此馬牛風不及，滔滔何處踏青鞋。

我有湖東三畆宅，不曾屏足下柴關。空排屋角青青樹，未抵君家畫裏山。

七十翁歸何所樂，有巖栖即是仙家。春風黄鳥綿蠻語，採得筠籃白葛花。

山厨屈曲竹筒連，引入慈湖數斗泉。三脚小鐺看煮菽，白雲烘斷灄盧烟。

箋

王灄盧：王治皡，字白民，號灄盧，浙江慈溪人。澹於進取，以詩稱江淮間。

高巽亭招飲朗潤堂

梵筴翻簾影，詩籤印酒痕。逃禪無俟醉，覓句洵能言。未覺寒更短，何曾近市喧。三年一脱屨，明日北山村。

箋

康熙三十五年（一六九六）冬作於里中。

高巽亭：高輿（一六六八—一七一七），原名元受，字巽亭，號青璧，浙江錢塘（今浙江杭州）人。高士奇長子。年十三即工詩文。康熙三十九年（一七〇〇）進士，選翰林院庶吉士。康熙癸未（一七〇三），父士奇卒，上即命輿校《皇輿表》，事竣，授編修。尋命即家開局校刊《佩文齋詠物詩選》及《淵鑒類函》二書。書成赴補原官。後復奉旨纂《駢字類編》，未竣而卒於京師。著有《谷蘭齋詩集》《苑北集》《扈從熱河集》《北墅集》。

案：康熙十八年（一六七九），岸登客高士奇寓，爲高輿塾師。

乾隆《平湖縣志·隱逸傳》曰：『沈岸登字覃九，號南渟，一字黑蝶，布衣。……侍郎高士奇聞其名，延爲子輿師。無一私語干士奇，士奇嘗敬憚之。』

陸棻《雅坪詩藁》卷二四《和高巽亭梅花詩》，詩題註：『宫詹長君也。性醇謹，讀書，工吟咏，不預户外事。』

朗潤堂：高士奇晚居平湖，築北墅，朗潤堂爲其書齋名。

梵筴：又作『梵夾』，佛教經書。古佛書以貝葉作書，貝葉重迭，用板木夾兩端，以繩穿結，故稱。

東樂携水并徑山茶過西齋同煮得酲字

山墅寒猶劇，北風不住聲。甕氷浮面裂，爐火撥灰生。剩貯黄梅雨，分來紫笋萌。昨宵正沉頓，飽啜解餘酲。

箋

康熙三十五年（一六九六）歲暮作於里中。

東樂：沈不負，見前箋。

案：沈不負《老雲齋詩删》卷九《丙子歲盡過西齋煮茶》，詩云：『煮水貧家事，分嘗遣宿酲。乳花人面白，芒角酒腸清。闔户憐餘日，烘寒伴折鐺。西風門外柳，昨歲最關情。（去年南渟客都門，以詩懷之，有「滿眼離愁何所著，繫船株柳在溪邊」句。）』當時同題唱和之作。

徑山茶：又名徑山毛峰，緑茶中名品，産於今浙江省杭州市餘杭區西北境内之天目山東北峰的徑山，因産地而得名。

紫笋：茶名。唐張文規《湖州貢焙新茶》詩：『牡丹花笑金鈿動，傳奏吴興紫笋來。』宋陸游《病酒新愈獨卧蘋風閣戲書》詩，自註：『紫笋，蒙頂之上者，其味尤重。』

黑蝶齋詩鈔卷四

古今體詩（一五七首）

次涵中仲兄正月三日夜韻〔一〕

巑岏清溪柳，柳老圍已十。中有百年村，耕漁以自給。溪風颯颯寒，白袷不成襲。年來當征衫，肘露襟屨拾。徘徊客路岐，時作秋蟲泣。不知叩誰門，言辭拙且澀。居則但藜蒿，行亦謾原隰。那得負郭田，拋却白藤笈。兄才十倍登，一經尚悁邑。有口輒吸吸，箕舌不肯翕。只今髮已華，未脱清狂習。所少高陽徒，買酒招讌集〔二〕。富貴自乘車，貧賤且戴笠。寥寥雞鶩中，仗爾鶴獨立〔三〕。山花春正繁，紅雨桃蹊濕。門前繫船處，青蘚平階級。倘能乘興過，樵牧可拱揖〔四〕。

校記

〔一〕《沈氏家乘》詩題作『次涵中二兄正月初三日夜韻』。

〔二〕『讌集』：《沈氏家乘》作『燕集』。

〔三〕『爾』：《沈氏家乘》作『汝』。

〔四〕『拱』：《沈氏家乘》作『共』，又註曰『一作拱』。

箋

康熙三十六年（一六九七）正月初三日作於里中。

涵中仲兄：沈崃（一六三六—一七一一），字涵中，號古民，浙江平湖人。邑廩膳生，康熙庚午科歲貢生。博極群書，癖耽吟詠，爲人軒昂磊落。分纂邑志，網羅舊聞，人謂兼才、學、識三長。著有《長水雜詩》。

案：沈崃爲岸登從兄。沈不負《老雲齋詩刪》卷一〇《次涵中正月初三夜韻》，編次在是年，當時同題唱和之作。

正月四日過竹垞曝書亭

先生結亭五畝宅，斵削圭角摹圓庵。簾鈎不設闘旁牖，意取疎快無包含。竹垞有竹桑百本，竹可學釣桑宜蠶。葉稠竹暗樂事多，興來小坐青篔籃。昨年三館開史局，收拾掌故比彭聃。朝衫典了買書讀，譬若卯飲申猶酣。官貧馬瘦骨如堵，載以觳觫耕牛驂。歸藏長水懸車側，越縑和帙藤和函。六經攷義手一卷，疑闕亦許箋疏參。過眼書無未見者，晚年好古夫何貪。長安故人屬問訊，謂我一緉屐齒諳。封題與寄草堂詩，詩到先於人日三。梅花影疎數幾樹，小鴨船繫荷花潭。春畦生菜掀土坼，雪鬆雨滑霜加甘。堆盤忽憶青門事，黃芽市價敵魚鱐。沉思聚散但華髮，回燈照見頭鬖鬖。安得餘日負耒從，拓地盡種楩與柟。亭前並起六峰閣，閣外葺我團茆龕。一日一過一載酒，一回一醉相諧談。鵲山游子并寄語，杏花春雨歸江南。鵲山遊子，謂西畯。杏花春雨，先生所擬山房額也。

箋

康熙三十六年（一六九七）正月，過梅里訪朱彝尊。

竹垞：朱彝尊，見前箋。

曝書亭：朱彝尊宅園中所築亭子，在今浙江嘉興市郊區王店鎮。清楊謙纂《朱竹垞先生年譜》載康熙三十五年（一六九六）事蹟：『夏，結曝書亭於荷花池南，爲遊憩之所。有茭池、芋陂、桐堦、同心蘭砌、青桂叢、槐汧、繡鴨灘、落帆步諸景。』

案：朱彝尊《致南渟長兄札》：『別去忽大雪，歸途得無苦寒耶？弟於詰朝行矣。二金奉爲酒資，第色殊不佳，恃原之也。月正初旬望棹小舟一過梅花里，欲煩長兄相宅，亦送窮之一法。俟駕臨後始入郡也。勿虛凝望，荷荷。弟尊頓首。南渟長兄。（冲）』岸登通卜筮之術，此札即朱彝尊邀其過梅里相宅，因得相聚。

其時，朱彝尊去官居鄉里，潛心編纂《經義考》，故詩句云：『六經攷義手一卷，疑闕亦許箋疏參。』

彭聃：彭祖與老聃的並稱。傳説二人均極長壽。

六峰閣：清楊蟠編纂《竹垞小志》卷一：『六峰閣：六峰謂東西硤石，大小横山，殳、史兩峰也。閣在潛采堂後，青螺數點，俱在欄楯間。』

題高槎客小影

田田葉上水芙蓉，嫋嫋垂楊樹幾重。於此泊船消夏好，焦烟林外不關儂。

看來是否元真子，脱却漁衫上野航。多少人間圖畫本，緑蓑青笠只尋常。

箋

高槎客：高不騫（一六五七—一七四三），一名騫，字查客，又作槎客，號小湖，别號蓴鄉釣師，江南華亭（今屬上海市松江區）人。高層雲子。少負秉異，承家學，又師事竹垞先生。講求古學，長於考訂，不務習舉子業，故年近五十尚是布衣。挾詩文走四方，高士奇、戴名世等名公競相推轂，名稍著於東南。康熙四十四年（一七〇五）南巡，召試獻賦，賜官翰林院待詔。充國史館收掌官，纂《方輿考略》《月令輯要分注》。纂竣，乞歸葬母，遂不復出，優遊林泉，以詩文自娱，卒年八十七歲。著有《商榷集》《傳天集》《從天集》《羅裘草》。

立春日雨簡朱楫師

老懷只有春能遣，春未能晴雨亦佳。捲幔細看山尚在，攤書不惜眼頻揩。溪鳧自比沙中翼，江草初生屐底荄。有約米家船不到，呼燈期與話西齋。

箋

康熙三十六年（一六九七）正月作於里中。

立春日：檢張培瑜著《三千五百年曆日天象》，是年正月十二日立春。

朱楫師：朱桂孫（一六七二—一七一一），初名桐孫，字楫師，號巖客，浙江秀水（今浙江嘉興）人。朱昆田長子，朱彝尊孫。太學生，著有《巖客詩鈔》。

米家船：北宋書畫家米芾，常乘舟載書畫遊覽江湖，時人呼爲『米家船』。後世文人仿效，舶載書畫卷册，拜師訪友，登船賞鑒清談。

雪　晴

曉看漫村夜不聞，捎簷没瓦秖紛紛。當門微覺水添岸，吹面全憑風破雲。寒甚百蟲同一蟄，春回四體亦能勤。老年冷暖關憂喜，但乞陽和與十分。

箋

康熙三十六年(一六九七)正月作於里中。

案:沈不負《老雲齋詩刪》卷一〇《雪晴和南渟勤字韻》,詩云:『蕭蕭竹屋散餘醺,凍鼓聲清我樂聞。已遣斜陽掛疎木,盡教滄海撥濃雲。人求老伴敲門易,手把新詩出袖勤。却恐故山春漸好,又辭筍蕨着征裙。』當時同題唱和之作。

雪霽招東樂

藥爐杉火冷重煨,故向袁家屋外堆。縱是春風消得去,不知鄰叟約能來。梅花未肯爲寒殿,簷雀惟知作雪媒。無賴閉門終可惜,暫因斜照一徘徊。

箋

康熙三十六年(一六九七)正月作於里中。

東樂:沈不負,見前箋。

案:沈不負《老雲齋詩刪》卷一〇《再雪晚霽南渟以詩見招次煨字韻》,詩云:『直身乍免曲身煨,昨日南窗始一開。正喜黄蜂如約至,未容粉蝶打團來。閉門坐睡冰生箪,隔屋招呼雪作媒。好與西齋留故事,炙泉相對嚥簷梅。』當時同題唱和之作。

雜拈唐宋人五言句足以七字得絶句十一首

青山忽已曙

門外青山忽已曙，籬邊黄月尚微明。不知拄杖閒來久，今日携從何處行。

當門覓柳栽

正好當門覓柳栽，只依茆屋轉溪隈。年年自嘆長爲客，留望歸船繫纜來。

夕陽無限好

歸鴉木末栖無定，村巷人家未下關。惟有夕陽無限好，額黄長見水南山。

先催凍笋生

雨夜昏昏不肯明，春聲終好是秋聲。小園搶地無多竹，爲我先催凍笋生。

罾船聚小潭

楊柳青時睡正酣，兒孫兩兩共三三。冬舂飯熟呼翁起，箇箇罾船聚小潭。

看山屋外眠

看山屋外眠無厭，盡見白雲來去踪。來自松間月初挂，去於海上日高舂。

吹香到別家

疎影新移三兩樹，山之斜角水之涯。柴荆不入春風目，故意吹香到別家。

荷葉卷新醅

細槳輕篙撥水開，醉攀荷葉卷新醅。楊花變幻青萍子，曾作田田小樣來。

不起花邊坐

水墅村橋足散愁，未能信脚逐春遊。愁時不起花邊坐，山碧桃紅人白頭。

青錢買野竹

愛揀青錢買野竹，客來看竹費逢迎。新年脚力無多健，且折一枝扶我行。

春來夢少靈

日影未斜安枕簟，鼻鼾不待竹燈青。槐鄉洵有封侯兆，只是春來夢少靈。

箋

康熙三十六年（一六九七）春作，與沈不負同題賦詠唱和。

案：沈不負《老雲齋詩删》卷一〇《丁丑春日雜拈唐宋人五字句足以七絶得詩十一首》，爲當時同題唱和之作。

青山忽已曙：唐韋應物《幽居》詩句。

當門覓柳栽：宋戴復古《癸卯歲旦》詩句。

夕陽無限好：唐李商隱《登樂游原》詩句。

先催凍笋生：宋蘇軾《新年五首》其一詩句。

罾船聚小潭：宋陸游《南沮水道中》詩句。

看山屋外眠：唐姚合《閒居晚夏》詩句。

吹香到别家：宋梅堯臣《春日東齋》詩句。

荷葉卷新醅：宋王安石《題友人郊居水軒》詩句。

不起花邊坐：宋王安石《懷古二首》之二詩句。

青錢買野竹：唐杜甫《北鄰》詩句。
春來夢少靈：宋戴昺《次韻晚春二首》之二詩句。

垂頭屏息如持釣日夕齋中擁短蓑東樂屋漏句也今年丁丑以葺屋既成詩見示次韻二首

屏息齋中真好句，數椽今喜見新裁。簷深最覺春眠穩，屐響仍爲舊雨來。瀟洒不求他處竹，横斜能少向時梅。一蓑自此從人着，乞我滄江把釣回。

誅茅蓋屋雨初乾，收拾漁衫居始安。出户歌聲村叟和，撥簾燈影夜窻單。往還未買鳩頭杖，守望猶存犢鼻竿。爲話昨年風事惡，斷垣無際海天寬。

箋

康熙三十六年(一六九七)作於里中。

東樂：沈不負，見前箋。

案：沈不負《老雲齋詩删》卷一〇《余舊有東田苦雨句垂頭屏息如持釣日夕齋中擁短蓑從孫肅度寄書慰問云書屋落成惜擁蓑好句不復聞矣詩以答之》，岸登詩次韻和之。

鳩頭杖：又稱鳩杖首，是將杖頭做成斑鳩鳥形狀的手杖。鳩杖在古時是長者地位的象徵，年始七十者，由皇帝賜給。

犢鼻竿：《晉書·阮咸傳》：『咸字仲容。父熙，武都太守。咸任達不拘，與叔父籍爲竹林之遊，當世禮法者譏其所爲。咸與籍居道南，諸阮居道北，北阮富而南阮貧。七月七日，北阮盛曬衣服，皆錦綺粲目。咸以竿掛大布犢鼻於庭，人或怪之，答曰：「不能免俗，聊復爾耳。」』後用爲貧而豁達的典實。犢鼻，即犢鼻褌，粗布短褌。《史記·司馬相如列傳》裴駰《集解》引韋昭曰：『犢鼻褌，今三尺布作，形如犢鼻。』

桐石翁以便面索畫且云將遊都下乞詩爲贈復以五言二首

石徑草逾緑，頳桐花亦開。是君高枕處，記我借書來。屢約同聽雨，難邀數舉杯。黄金名最古，秋思在賢臺。土人呼黄金臺爲賢臺。

頭禿如槌筆，多時少作緣。幾曾飜水墨，寫得好江天。矗矗數株樹，疎疎一抹烟。只應懷袖去，驅馬當蘆鞭。

箋

康熙三十六年（一六九七）作於里中。

桐石翁：鮑駿，見前箋。

嚴視公以畫竹名鹽官來湖中有詩見懷答以三絶句并送其遊魏塘然余與視公未嘗謀面也

桐江漁舍對青山，曾向君王脚後還。近日釣竿無足數，自應抛却到人間。

墨君堂有好詩篇，竹已無傳詩尚傳。解得見詩如見竹，不妨從未識梓川。

竹法後來誰斷起，梅花道士亦其尤。滔滔天下投何處，合向吴圭舊里游。

箋

嚴視公：嚴岳，字視公，號止峰，浙江海鹽人。諸生。能詩，善書法篆刻，獨探古文八體之變。工山水，筆姿蒼秀，寫竹得文同筆意。

鹽官：鹽官鎮，舊爲浙江海寧縣治所在地，今隸屬浙江海寧市。

魏塘：魏塘鎮，舊爲浙江嘉善縣治所在地，今已調整爲嘉善縣魏塘街道。

『墨君堂有好詩篇』句：宋文同《墨君堂》詩：『嗜竹種復畫，渾如王掾居。』

梅花道士：吴鎮，字仲圭，號梅花道人，浙江嘉善人。元代畫家，擅畫山水、墨竹、梅花。與黄公望、倪瓚、王蒙合稱『元四家』。

午睡

攤書難撥人間事，倚枕聊爲世外翁。野屩陸沉方過雨，山扉咿軋每因風。單眠不似宵窻苦，一飯多于卯酒功。覺後更携木上座，夕陽初月影西東。

老翁

老翁憒懣時時作，能免旁人失咲無。牛馬從呼安用責，兒孫有命不嫌愚。中乾易觸肝家病，百忌難醫肺府蘇。那得坐忘真學問，簞瓢食飲一生俱。

潛谿陸藴崑索和草堂詩如韻答寄十二首

平生絶愛丘爲句，五字堪吟到日斜。湖上日高雞犬静，此中合住作詩家。爲槜李人。

携錢買得小茆堂，築板新增避世墻。莫替主人愁逼側，春來巢燕不相妨。

寶華白月夜如盤，内相林亭舊石壇。一束讀書還剩藁，子孫能讀爲研丹。陸宣公宅爲寶華尼寺。公潛溪遠祖也。

離羣與子相思最，可及梅黄雨裏來。惟恐到門翻興盡，青蓑白笠放船囬。

溪翁插柳上春時，踠地長條恨較遲。加我數年田舍樂，柴門携手故人宜。

瀲瀲春波新雨過，長橋觀水好扶欄。天隨子寄漁船便，爲爾詩中補釣竿。
百斛清泉洗山骨，摩挲嘗自比圭璋。打圍紅袖無君分，只有烏絲闌紙香。
紅衫騎竹君能記，茶弗軒中弄筆龕。無限十年華屋夢，淒然周北對張南。
酒軍詩敵吾儕事，老去都無一擅場。猶媿故人來問訊，答書未遣出横塘。
瓦池竃墨聊供畫，潑雨烘雲不肯停。嚮也呵冰當歲晚，貽君堂上一螺青。
磨耗朝曦與夕氷，新詩清到骨稜稜。應同一片韓陵石，每使人懷温子昇。
三間瓦屋有家風，兄與機雲一例窮。惆悵拆居鴛水後，故園荆樹夕陽中。

箋

康熙三十六年（一六九七）作於里中。

陸藴崑：陸琰卓，見前箋。

案：沈不負《老雲齋詩删》卷一〇《東邨以潛溪草堂詩屬和次原韻》《寄和潛溪草堂詩後復枉書及二絶委索家南渟句再次前韻十二首》，爲同時唱和之作，編次在是年。

丘爲：唐詩人丘爲，嘉興人。玄宗天寶初擢進士第，累官太子右庶子。奉養繼母，以孝聞。年八十餘致仕，母猶無恙。其詩大抵爲五言，格調清幽淡逸，多寫田園風物，爲盛唐田園山水詩派作者之一。與王維、劉長卿友善。卒年九十六。

打圍：玩骨牌遊戲。清平步青《霞外攟屑·釋諺·打圍》：『骨牌之戲有曰打圍者。』

『淒然周北對張南』句：宋葛立方《減字木蘭花・章甥築地相望作》詞：『張南周北。謾説清漳搖紺碧。何似幽棲。甥舅相望共一溪。』

螺青：一種近黑的青色，此藉以喻稱水墨山水。明陶宗儀《輟耕録・寫山水訣》：『畫石之妙，用藤黄水侵入墨筆，自然潤色。不可多用，多則要滯筆。間用螺青入墨，亦妙。』

『應同一片韓陵石』句：唐張鷟《朝野僉載》卷六：『梁庾信從南朝初至北方，文士多輕之。信將《枯樹賦》以示之，於後無敢言者。時温子昇作《韓陵山寺碑》，信讀而寫其本，南人問信曰：「北方文士何如？」信曰：「唯有韓陵山一片石堪共語。」』

温子昇：北魏文學家。年二十二補御史。後歷奉朝請、行臺郎中、散騎常侍等職。受業于劉蘭等，博綜百家，爲文清婉，蕭衍稱其爲曹植重生。

機雲：晉陸機、陸雲兩兄弟的並稱。南朝梁劉勰《文心雕龍・時序》：『岳湛曜聯璧之華，機雲標二俊之采。』此借指陸氏兄弟才華出衆。

西征凱旋歌三首次邑侯王東巘韻

舞階聖世偶陳師，萬里蕭邊拓墨兹。逐走恩寬全乳鹿，獻俘禮備卜豐犧。曲翻清籞詞臣筆，畫閃和門大將旗。七十二車嚴警蹕，百神同護至尊時。

西琛東賮爭輸闕，越翠南珠賀跋朝。不似姬年驅虎兕，定知虞囿斥鶖鶚。歌臺猛士無煩守，化國薰風豈待招。自此垂衣封武庫，樂章擬進九成韶。

不勞設險復防關，後舞前歌振旅還。苜蓿遠來歸上厩，臙脂更出洗重山。從教雪戍三城靜，亦忝春農十畝閒。草野紀詩傳盛事，愧無健筆可凌顔。

箋

康熙三十六年（一六九七）作於里中。

王東巘：王瑋，江南武進（今江蘇常州）人。康熙二十年（一六八一）舉人（榜姓吴），爲朱彝尊所拔士。康熙二十七年（一六八八）中進士。康熙三十四年（一六九五）任平湖知縣，『蒞政期年，俗阜人和，百廢釐整』。後官至廣西蒼梧道參議。

案：康熙二十九年（一六九〇）至康熙三十六年（一六九七），康熙皇帝三次率軍西征，討伐厄魯特蒙古準噶爾部，擊潰其主力。是年三月，其首領噶爾丹暴病而亡，喀爾喀蒙古遂併入大清版圖。平湖知縣王瑋因賦《西征凱旋歌》頌揚，岸登與同邑諸子亦有應和之作。

陸菜《雅坪詩藁》卷三一《西征凱歌八章》；陸奎勳《陸堂詩集》卷五《西征凱歌集唐宋句和王明府東巘》；沈不負《老雲齋詩删》卷一〇《西征凱旋詩次韻》，皆當時唱和之作。

西琛東賮：指獻貢的珍寶財貨。《魏書·匈奴劉聰等傳序》：『辮髮之渠，非逃則附；卉服之長，琛賮繼入。』

姬年：唐李嶠《錢》詩：『漢日五銖建，姬年九府流。』

鸋鴂：鳥名。《詩·豳風·鴟鴞》，毛《傳》：『鴟鴞，鸋鴂也。』陸璣疏：『鴟鴞似黄雀而小……幽州人謂之鸋鴂，或曰巧婦，或曰女匠；關東謂之工雀，或謂之過羸；關西謂之桑飛，或謂之襪雀，或曰巧女。』

題月波吹笛圖

乍脱塵衫便放船〔一〕，小朱十在卓篙邊〔二〕。月波樓外秋何似，疎柳長蘆夜悄然。

微風初動水生鱗〔三〕，瑟瑟紋湖淡墨皴〔四〕。長笛自吹篷葉底〔五〕，不令人識倚樓人〔六〕。

校　記

〔一〕『便放船』：《月波吹笛圖》畫卷本（禹之鼎《月波吹笛圖》畫卷，卷後有沈岸登題詩墨蹟。故宫博物院藏）、《讀畫齋偶輯》本（清顧修輯《讀畫齋題畫詩》附録《讀畫齋偶輯》中《朱西畯先生月波吹笛圖》載録題詩。上海圖書館藏）作『自刺船』。

〔二〕『小朱十在卓篙邊』：《月波吹笛圖》畫卷本、《讀畫齋偶輯》本作『卓篙小泊始凉天』。

〔三〕『初動』：《月波吹笛圖》畫卷本、《讀畫齋偶輯》本作『吹動』。

〔四〕『紋湖』：《月波吹笛圖》畫卷本作『湖紋』；《讀畫齋偶輯》本作『湘紋』。

〔五〕『自吹』：《月波吹笛圖》畫卷本、《讀畫齋偶輯》本作『一聲』。

〔六〕『不令人識』：《月波吹笛圖》畫卷本、《讀畫齋偶輯》本作『倦游不作』。《月波吹笛圖》畫卷本題詩後署款曰：『惰畊村叟清溪沈岸登。』

箋

康熙三十六年（一六九七），應朱昆田之請爲題畫卷。

月波吹笛圖：此圖係禹之鼎爲朱昆田繪像，圖幅上月色幽淡，層樓巍立，四周嘉樹，垂柳掩映。煙波中一葉扁舟，一子布衣似漁翁，坐於船尾，横笛而吹，以應昆田『笛漁』之號。題署曰：『《月波吹笛圖》，戊辰春仲月，廣陵禹之鼎。』畫卷現藏北京故宫博物院（楊新主編《故宫博物院藏文物珍品大系·明清肖像畫》收録禹之鼎《朱昆田月波吹笛圖像卷》，上海科學技術出版社二〇〇八年第一版）。前端嚴繩孫題引首，畫幅右上有朱昆田自題詩及查嗣瑮題詩，查詩有註曰：『月波即煙雨樓俗訛也。』卷後紙仍有朱昆田題詩三首曰：『朱三十五住吾州，爲戀蓴鱸買釣舟。我亦還家作漁父，夜凉吹笛月波樓。』『吴儂種水是生涯，朝對荷花暮芡花。蟹舍郎當漁屋小，垂楊影裏占鷗沙。』『禹郎畫筆近來無，邀寫鴛鴦一片湖。不見當年黄子久，由拳曾作讀書圖。取朱希真《漁父》詞意作三絶句，索廣陵禹尚基畫。昆田。』又有惠周惕、張大受、沈進、金介復、李良年、蔡耀、梁佩蘭等五十餘家題跋。

小朱十：指朱昆田，其《笛漁小稾》卷首高層雲序曰：『秀水朱供奉竹垞先生，以文章名海内垂四十年。今其令子文盎，復以才稱京師，呼爲「小朱十」。』

長句送借山和尚結茆匡廬并爲之圖[一]

上人廬山去，索我廬山詩。我聞廬山峰頭有五老，未曾謀面心相期。蒼烟羃𠞰入我夢，艤船似到宫亭湄。正是山僧炊飯熟，五百箇寺攢蜂脾。東林古杏千樹赤，十里五里花風吹。於菟已逝不復守，杏子没脚仙人遺。泉珠迸石撥苔看，忽然手落青笻枝。上人去踏香爐頂，蘆綿荻絮裝寬緇。重陽節過風雨數[二]，白藤笠子簷深垂。山中黄葉盡覆地，應咲借公來何遲。爲道廬山圖未成，圖成未肯輕相貽[三]。我非慳此贏水墨，苦心位置山茆茨。湖上悠悠秋水白，紅橋疎柳短長絲。却憶并州官閣裏，明燈對榻爭枯碁。

校記

[一]《沈氏家乘》詩題作『長句十四韻送借山和尚結茅匡廬兼爲作圖』。

[二]『節』：《沈氏家乘》作『又』。

[三]『未肯』：《沈氏家乘》作『不肯』。

箋

康熙三十六年（一六九七）九月左右作於里中。

借山和尚：釋元璟，字借山，號紅椒，又號晚香老人。初名通圓，字以中。浙江平湖人。化成庵僧，爲道忞再傳弟子。英年好學，才情清俊。遍參濟宗諸名宿，歷十六寒暑始得虛空撲落，知其本分事已透徹穩當。嘗寓超果寺西來堂，受業于華亭翁蟄園，其詩派本出雲間。後與松江諸名士唱和，能標舉頡頏其間。居杭州時，曾結西溪吟社，所與酬倡者皆一代勝流。康熙四十二年（一七〇三）聖祖南巡，詣吴門接駕。入京供奉，詩名大噪，公卿皆與訂交，敕賜棲心寺額并砥石硯一方。後南歸，晚節頹放。平生遊歷南北，足跡半天下。詩體屢變而愈新，以清雅爲宗，時有秀句，清初諸老咸推重之。著有《完玉堂詩集》。

案：釋元璟《完玉堂詩集》卷首附刻岸登題辭，卷一有《過沈覃九邨居兼别次山》《重過清溪似東樂南渟》《題沈南渟畫扇》諸詩，可知二人交往頗密。

沈不負《老雲齋詩删》卷一〇《次答借山上人見訪之作》《廬山歌送借公》《重陽後七日借公重入清谿索詩話别流連盡日即事書情得四絶句奉寄》《叠廬山歌韻贈借公》《送别一首》《次答借公題拙稿韻》《改字一首答借公（東樂舊字東田）》《借公留帽爲别前詩未寄復蒙一絶再答》，皆爲元璟過訪清溪時往還酬答之作。

汪文柏《古香樓吟藁》卷二《題廬山圖送借山上人二首》。

陸奎勳《陸堂詩集》卷五《送借公結廬廬山》。

李奇峰席上用樹好頻移榻雲奇不下樓分韵得好字

少日學揮染，山水每意造。愕散忘其年，弄筆以至老。聞有寫山翁，樓居結構好。急喚春波船，櫓摇嗔不早。梧桐出層簷，葉大如翠葆。影落几案間，客到喜絶倒。縱觀百雜碎，翁畫册也。過眼皆畫藁。一石或一水，一樹或一草。使我應接疲，對食失梨棗。安得剡溪藤，乞翁淡墨掃。翁先有營丘，雪麓寄懷抱。抽毫訂深盟，相期勉乎道。

箋

李奇峰：李琪枝（一六二二—一七〇〇），字雲連，號奇峰，浙江嘉興人。庠生。李日華孫，李肇亨次子。工畫，能傳家學，善墨梅墨竹，所作山水筆墨簡淡，清古秀逸，與太倉王氏鼎足江東。著有《清異續録》三卷。

樹好頻移榻雲奇不下樓：唐李商隱《寓興》詩句。

剡溪藤：即剡溪紙，見卷三《唐叔虞祠用王介甫和平甫舟中望九華山二首韻》箋語。後稱名紙爲剡藤。

營丘：指宋畫家李成，營丘人，以山水畫知名。宋陸游《舍北晚眺》詩之一：『樊川詩句營丘畫，盡在先生拄杖邊。』

過李辰山寓舍題其龕壁辰山華亭人隱於醫者也

買書如不及，萬卷散交知。身後名無定，人間葚未期。藥塵風自舞，簾影日空遲。誰復能來此，長吟感舊詩。

三泖無多路，能歸舊有廬。偶然甘柘水，終老負鱸魚。厮養憑誰活，門人肯獨居。一抔應未少，淚草滿庭除。

箋

康熙三十六年（一六九七）冬作於里中。

李辰山：李延是，見前箋。

案：是年十一月，李延是卒於平湖，岸登過其寓悼之。

朱彝尊《曝書亭集》卷七八《高士李君塔銘》：『歲在丁丑冬十有一月，予至平湖，則君已疾革。視之，猶披衣起坐，出所著《□□□□□》《南吴舊話録》，暨所撰詩古文曰《放鷴亭集》，並以付予，且命弟子以所儲書二千五百卷畀焉，其餘散去。平居玩好，一瓢一笠，一琴一硯，悉分贈友朋。越二日，終。遺命弟子，用浮屠法，盛尸于龕，焚其骨，瘞之塔。』查慎行《敬業堂詩集》卷二三《聞李辰山藏書多歸竹垞》，故詩句云『買書如不及，萬卷散交知』。

沈不負《老雲齋詩删》卷一〇《哭辰山先生四首》，其一詩註曰：『余方伏枕，先生招余出，晤曰：「遲子數日矣。」自此長別。此易簀前二日事。』

陸菜《雅坪詩藁》卷三一《輓會友李辰山》，詩註曰：『明末事實，辰山著有信史。聞其諸稿已授朱竹垞太史，後又以零星殘帙寄余。』

挽茜村

鄉人皆惡何須較，國士無雙豈自欺。消得嚴家珠一串，唱他紅豆一生詞。『鄉人皆惡，國士無雙。』茜村自署堂聯。

餘子紛紛不挂胷，南疑一卷伴游筇。鷓鴣好句閒吟過，惆悵花南聽講鐘。『花南愁聽講鐘聲。』鄭鷓鴣《落第》詩也。

箋

康熙三十六年（一六九七）歲暮作於里中。

茜村：沈季友，號茜村，見卷三《題客子春山絲竹圖》箋語。

案：沈季友生卒年有數説。鄧之誠著《清詩紀事初編》曰：『卒於康熙三十七年，年四十七歲。』是爲『一六五二—一六九八』，江慶柏編著《清代人物生卒年表》、張宏生主編《全清詞·順康卷補編》如之。龔肇智著《嘉興明清望族疏證》載其生卒年爲『一六五二—一六九三』或『一六五四—一六九九』。張宗友著《朱彝尊年譜》中沈氏小傳定爲『一六五四—一六九九』。然按本集編次，挽詩似在康熙三十六年（一六九七）歲暮作，則其卒年當在是年。

沈不負《老雲齋詩删》卷一〇《病中哭客子二絶句》，詩云：『秦郎才調賀郎詞，梅子黄時腸斷時。夜雨難聽晴又惱，家人怪道病翁癡。』『老淚似珠難禁瀉，客來多嘆息家英。東匊力疾過湖去，自此無心要入城。』依編次在康熙三十七年（一六九八）初春。俟考。

陸棻《雅坪詩藁》卷二四有《哭沈倩南疑》。

陸奎勳《陸堂詩集》卷五有《長句輓沈南疑》。

讀嘉樹堂遺藁悼譚舟石太守

嘉樹堂前樹凋謝，拂塵爲讀故人詩。休衙但喫藏魚飯，想見登州太守時。

箋

譚舟石：譚吉璁（一六二四—一六八〇），字舟石，嘉興人。明五經進士譚貞良長子。年十四通五經，旋補學官弟子。弱歲以文貢入國子監。明亡後，入京師，以國子監生試第一，授弘文院撰文中書舍人。善詩文，勘經史。仕九年，遷延安府同知，治榆林，成《延綏鎮志》二十四卷。康熙十七年（一六七八）應博學鴻儒徵。既至，遷登州知府。著有《爾雅綱目》《肅松録》《歷代武舉考》《嘉樹堂集》《鴛鴦湖櫂歌》。

案：譚吉璁爲朱彝尊表兄。康熙九年（一六七〇）前後，岸登與譚吉璁相識於京城。後又有《金縷曲·寄譚舟石郡丞在榆林》，詞曰：『憶前年、酒壚擊筑，和歌燕市。』二人爲詩酒之交。

新年口號

虀鹽繒米疊追呼，爲問元朝得避無。又惱隣翁扶杖出，叩門如索去年逋。
今年寒接大冬來，籬角緗梅未發荄。惟有詩腸先得氣，陽和律轉作饑雷。
曈曈日影富人屋，柏葉桃枝盡插門。憑仗春風開凍硯，新來學得感恩言。
當杯衰頰不勝紅，難諱人前六十翁。閲世白頭誰更黑，年年曆日買山中。
十五春宵結綵繒，縣墻榜説太平徵。竹篝挂壁膏油盡，此是儂家守歲燈。
相逢説病新年忌，更覺人情厭説貧。倘冀矜憐愚亦甚，世間何限乞墦人。
兒能出作婦能餉，翁力猶堪抱阿孫。捲起學堂書本子，看他長大着猪褌。
軟沙小塞非翁意，隔歲沉吟雙素書。或贈翁衰閉户可，翁鬚未雪已山居。
種柳沿門三尺强，絲長能得抵春長。光陰不足三文值，消領終須在故鄉。
在後無窮難指算，眼前得失等雲烟。老懷不是詩能遣，流水空山得偶然。

箋

康熙三十七年（一六九八）正月作於里中。

案：是年岸登六十歲，故詩句云：『當杯衰頰不勝紅，難諱人前六十翁。』

詩腸：宋劉辰翁《臨江仙》詞：『舊日詩腸論鬥酒，風流懷抱如傾。』

綵繒：立春日用五色絹帛製成小旌旗、燕、蝶、花等形狀，簪於髻上，以示迎春。宋宋祁《春帖子詞·皇后閣十首》其一：『春前已歲换，歲後始春來。綵燕隨宜帖，繒花鬥巧開。』

乞墦：《孟子·離婁下》：『（齊人）之東郭墦間，之祭者乞其餘。不足，又顧而之他，此其爲饜足之道也。』謂向祭墓者乞求所餘酒肉。後以『乞墦』指乞求施舍。

題金聖歎詩墨濟南劉中丞幕客某請乩仙作詩有云石頭城外草芊芊多少愁人泉下眠惟有金生眠不得孤魂夜夜聽啼鵑後書人瑞二字知爲聖歎也

數行詩墨剩吟箋，未少人間知己憐。死後尚貪春草句，夜臺辛苦託乩仙。

箋

金聖歎：金人瑞（一六〇八—一六六一），字聖歎，吴縣（今江蘇蘇州）人。明末清初著名文學家、文學批評家。爲人孤高，率性而爲，以才子自居，狂放不羈。於《水滸傳》《西厢記》《左傳》等書及杜甫諸家唐詩皆有評點。又篤信神佛，擅長扶乩降靈，自稱佛教天台宗祖師智顗弟子的轉世化身，托名『泐庵法師』。順治十八年（一六六一）以『哭廟案』被處死。有《沉吟樓詩選》《唱經堂才子書彙稿》傳世。

案：沈不負《老雲齋詩删》卷一〇《題聖歎遺墨》詩云：『唱經堂上音聲絶，遺墨紛紛散似烟。始悟陶公多令子，不因凍餒失流傳。』

又《濟南劉中丞幕客有扶乩者得一絶句云石頭城上草芊芊多少愁人泉下眠惟有金生眠不得斷腸夜夜聽啼鵑後書人瑞二字知爲聖歎也》，詩云：『石城新句自堪憐，金子胸中未廓然。身後姓名成底用，卻狗兒女作乩仙。』皆當時同題唱和之作。

題自畫富春山行小卷

富春山色井西畫，潮定帆欹不受風。烏桕萬株明似雪，浹沙一段夕陽紅。

箋

井西：黄公望（一二六九—一三五四），字子久，號大癡，晚號井西道人。擅畫山水，有《富春山居圖》最爲知名。與吴鎮、倪瓚、王蒙合稱『元四家』。

過查夏重居

當門鬟翠綰成雙，横漲東頭小木杠。如此溪山誰有得，暫分雨色到船窗。

箋

查夏重：查慎行（一六五〇—一七二七），初名嗣璉，字夏重，號查田，改字悔餘，晚號初白老人，浙江海寧人。先從學於黃宗羲，諸經中尤精通《易》。又從朱彝尊遊。康熙三十二年（一六九三）中舉，四十二年進士，授編修。入南書房，充武英殿書局校勘，後歸里。雍正間，受弟嗣庭獄株連被捕，旋特赦獲釋，歸後即卒。詩學東坡、放翁，嘗補注蘇詩。自朱彝尊去世後，爲東南詩壇領袖。著有《周易玩辭集解》《敬業堂詩集》《敬業堂文集》《得樹樓雜鈔》《陪獵日記》《人海記》等。

横漲：橋名，在海寧查氏寓居旁。朱彝尊《曝書亭集》卷一四《紫藤花下醉歌同查上舍弟嗣瑮賦》中『明年期爾横漲橋』句自註：『上舍所居。』

曝書亭梅花

黄蜂粉蝶未應知，雪後蕭然放白時。好句逋翁都占盡，園林半樹更無詩。
舊友誰擔酒榼來，風香吹過小池隈。春陰莫悵花寒甚，細看渾身生紫苔。
天氣陰晴無約束，畫師巧拙在稀稠。山亭未了梅花意，收拾横枝添小樓。

箋

康熙三十七年（一六九八）春，過梅里訪朱彝尊，適值曝書亭梅花開，賦詩詠之。

逋翁：林逋，字君復，錢塘（今浙江杭州）人，北宋詩人。刻志爲學，經史百家無不通曉。性孤高自好，喜恬淡，有不娶不仕之志，隱居杭州西湖，結廬孤山，又遍種梅樹，常畜兩鶴爲伴，惟以詩酒盤桓其間，與客唱和爲樂，人謂『梅妻鶴子』。後人稱爲和靖先生，輯有《林和靖先生詩集》四卷。

仙遊茅筆歌

仙人騎鯉把緑幢，洞門扃鐍埋雲瀧。黄茅無種剗又活，白泉决决青苔矼。筆工剜薛以彙拔，發洩靈秀存軀腔。鋭頭如削不肯秃，高屋長帽何其龐。斜行便作曹蠅小，其質雖細力鼎扛。狸毛鼠鬚不復逞技巧，唾叱中山之兔如村尨。苕溪盛行散卓樣，紫毫滿袖言哤哤。牓牌稱述實則非，裝刻管榻欺愚舂。宣人諸葛最名家，當時若見心能降。譬之國風十五收曹鄶，一歌一謡亦足比名邦。竹垞翰林好奇者，束載藤笈還秋江。坐我白木榻，飲我花甆缸。酒酣出贈分兩雙，森若對陣横戈鏦。竹垣百個夜颯颯，短檠一尺續春釭。年來眼眵手木强，飽食便腹空膖肛。學書不成畫師老，安用鉅筆長如杠。莫若懷歸畫瘦字，紅樫田舍闢南窻。

箋

康熙三十七年（一六九八）春作於里中。

仙遊茅筆：清陸廷燦《南村隨筆》卷四『茅筆』：『閩興化仙遊縣出茅筆。雲草生九仙山，取草截之，長短如筆，束縛之似管，鋭其頭，首尾相連，宛然筆也。』

案：朱彝尊《曝书亭集》卷一七《仙遊茅筆歌酬徐檢討釚》，詩句云：『垂虹亭長嗜奇癖，一牀載得還吴艚。分我一管已足豪。』徐釚以仙遊茅筆贈朱彝尊。岸登過梅里時，朱彝尊分贈兩隻，又各賦詩篇詠之。

送寶升入粤

嶺外仙羊路，阿兄曾客焉。海人居雪外，江雨送春前。螺鈿杯盛酒，桄榔樹泊船。兹行感疇昔，揮手約歸年。

爾去西坑過，人人索紫雲。染烟可畫石，對客解書裙。大槩旁人意，先期游者分。梅花庾家白，折處記相聞。

箋

康熙三十七年（一六九八）春作於里中。

寶升：沈之鉅（一六七三—？），字寶升，浙江平湖人。邑庠生。沈起雷次子。

案：沈之鉅爲岸登侄子。同卷後又有《得寶升三水信兼有寄肅度姪鈃兒詩憶其入粤時齋前梅花方落也》。

沈不負《老雲齋詩删》卷一〇《和南渟送寶升入粤二首》。

西坑：今廣東肇慶市，古稱端州，東郊羚羊峽一帶出産硯石。西坑爲硯石坑洞之一。清錢澄之《端溪石硯歌》題註曰：『端溪出石硯，有三種：巖山爲上，西坑次之，後磨又次之。』

紫雲：借指硯石。唐李賀《楊生青花紫石硯歌》：『端州石工巧如神，踏天磨刀割紫雲。』

書裙：典出《宋書·羊欣傳》，羊欣父爲烏程令，欣年十二，時王獻之爲吴興太守，甚知愛之。欣嘗著新絹裙晝寢，獻之見之，『書裙數幅而去』。

野意齋盆豆

種豆書齋裡，相看野意真。爲盆惟老瓦，縛架有湘筠。細莢踈踈翠，餘花故故新。亦堪供菽水，先薦北堂親。

箋

野意齋：沈甸之書齋名，見前箋。

案：沈不負《老雲齋詩删》卷六有《盆豆爲野意齋賦》。

菽水：菽，豆類。語出《禮記·檀弓下》：『子路曰：「傷哉，貧也。生無以爲養，死無以爲禮也。」孔子曰：「啜菽飲水盡其歡，斯之謂孝。」』後常以『菽水』指晚輩對長輩的供養。

北堂：古指居室東房的後部，爲婦女洗滌之所，也意指母親的居室。語本《詩·衛風·伯兮》：『焉得諼草，言樹之背。』毛《傳》：『背，北堂也。』

西湖十二首

桃花望幸柳花催，次第青紅繡作堆。春雨叚橋輦路濕，鞋錢支賜殿軍來。

山腰横看直如繩，草碾花迎上一層。寶所對湖青疊疊，盡收晚翠聚眉稜。

養樹接花真快哉，槖駝遠致不凡材。阿誰不落春風後，魂返林家處士梅。

麯絲細細壓塵輕，寒食風光薄薄晴。行過南山更深處，廝跑甘乳白於餳。

建安三月貢新茶，載上芹溪逆水槎。龍井今年供御便，紅籃早已染囊紗。

篾筐竹擔進時鮮，樊口櫻桃玉版禪。還有烏菱同白芡，秋來更換御書錢。

西泠女伴採蓴絲〔二〕，瞥見緣竿作水嬉。兩兩三三打槳去，避人深泊水僊祠。

小樓聽雨廢春眠，山外青山有杏田。紫韵紅腔都唱遍，賣花許趁過湖船。

荻線編圍石築渠，罾家合於此那居。着蓑醉酒無如樂，花港新生在藻魚。

喚渡嘈嘈暮復朝，南峰送客北峰要。若從冷處尋滋味，天竺溪流獨樹橋。

湖南佛寺三百六，隱隱華鯨隔水中。只欠長干街上見，塔燈風動影玲瓏。

兩堤烟柳萬絲陰，堤外誰爲漁父吟。欲向君王乞水宅，緑頭牌啟住湖心。

校記

〔一〕『西泠』：原刻本作『西冷』，徑改。

題周虞衡琴山遺照十二首

石泉流似嚮清琴，長伴先生抱膝吟。展卷悵如當日見，漫山松子落秋陰。

握蘭不復羨爲郎，畫省歸來上野航。兩岸山桃花爛熳，緑蓑衫色染滄浪。

涉江容與捲簾櫳，消得年光鬢佩中。三十六陂何處泊，畫船吹出藕花風。

箬青篷底寫烏絲，江濶天低雁斷時。風景客船差髣髴，中年聽雨竹山詞。

憔悴行吟鬢已皤，山空寂寂白雲多。若耶溪水雲門寺，歸去辭翻薤露歌。

雪深不隔故人歡，指點青猨過急湍。除是華原能畫手，寫山那得十分寒。

洞簫船尾聽同聲，秋水如銀鏡面平。裙屐舊曾相識遍，揚州水部是難兄。

深紅淺紫皆秋色，窟水宅山結一村。採摘自來無俗客，重陽風日弄諸孫。『宅山窟水』，先生自題樓額。

羯末封胡好弟昆，一時相對破衰痕。十年再宿山茨下，每見攤書秋樹根。長人弟兄皆從余游，計別已十餘年矣。

約畧同游是酒徒，百錢挂杖買清酤。畫師着意三毫頰，神理能傳如此圖。諸圖惟此最肖。
此老胸中萬事灰，宦遊踏遍軟紅埃。高陽舊侶如萍散，應許東林入社來。
愛從田舍驅黄犢，不署僊郎舊日銜。行樂畫圖看歷歷，其中無一着朝衫。

箋

周虞衡琴山：周襄緒，字還梅，號琴山。官至工部虞衡清吏司郎中。見卷一《江梅》箋語。

握蘭：蘭，香草。漢應劭《漢官儀》卷上：『（尚書郎）握蘭含香，趨走丹墀奏事。』後以『握蘭』指皇帝左右處理政務的近臣。唐楊炯《常州刺史伯父東平楊公墓誌銘》：『入踐郎官，含香握蘭。』

『畫省歸來上野航』句：漢尚書省以胡粉塗壁，紫素界之，畫古烈士像，故别稱『畫省』，亦稱『粉省』『粉署』。唐王邅等《建安寺西院喜王郎中邅恩命初至聯句》：『跡就空門退，官從畫省遷。』此句云周襄緒去官歸隱鄉里。

『中年聽雨竹山詞』句：南宋詞人蔣捷，有《竹山詞》，《虞美人·聽雨》一闋爲名作，上片曰：『少年聽雨歌樓上。紅燭昏羅帳。壯年聽雨客舟中。江闊雲低、斷雁叫西風。』

薤露歌：古樂府《相和曲》名，古代的挽歌。晉崔豹《古今註》卷中：『《薤露》《蒿里》，並喪歌也。出田横門人，横自殺，門人傷之，爲之悲歌，言人命如薤上之露，易晞滅也，亦謂人死，魂魄歸乎蒿里。』唐孟雲卿《古挽歌》：『薤露歌若斯，人生盡如寄。』

華原：范寛，字中立，宋代大畫家，陝西華原（今陝西銅川耀州區）人。後世以『范華原』稱之。

羯末封胡：東晉謝氏四兄弟的小名。後用以稱美兄弟子侄之辭。《晉書·列女傳·王凝之妻謝氏》：『（謝道韞）初適凝之，還，甚不樂。安曰：「王郎，逸少子，不惡，汝何恨也？」答曰：「一門叔父有阿大（謝尚）、中郎（謝據）；群從兄弟復有封胡羯末，不意天壤之中乃有王郎。」羯謂謝玄，末謂謝川，封謂謝韶，胡謂謝朗，皆小字也。』

長人弟兄：周襄緒長子周俠，字長人，順治十六年（一六五九）生，太學生。次子周仍，字乃人，順治十七年（一六六〇）生，太學生。（清周鼎編纂《山陰前梅周氏宗譜》卷二九，清光緒二十年刻本）

案：康熙九年（一六七〇）前後，岸登客周襄緒幕，爲其二子之塾師。

用翁拾遺承贊句足以二語示兒子之鉼

力學燒丹二十年，辛勤始得遇真僊。無將藥鼎輕拋擲，成敗論人今古然。

人家不必論貧富，惟有讀書聲最佳。此景平生難領畧，阿翁辛苦着芒鞋。

箋

翁拾遺承贊：翁承贊，字文堯，莆陽人。唐乾寧三年（八九六），以進士第三名選爲探花使，授京兆尹參軍，累遷右拾遺，户部員外郎。工詩，與當時黄滔、徐寅齊名。

『力學燒丹二十年，辛勤始得遇真僊』句：翁承贊《寄示兒孫》詩句。

『人家不必論貧富，惟有讀書聲最佳』句：翁承贊《書齋謾興》詩句。

用江村栢西贈答韻作村居感懷二首

清溪十里去湖濱，因是村窮俗尚淳。入夕牛羊能識主，叩門水火亦通隣。佳辰一咲看山過，舊徑誰來有雨頻。寬布作衫芒作屩，逢迎幸少未同人。

當頭端正月初凉，一帶茆簷面土墻。酒爲易賖瓶亦滿，髭因全白鬢隨蒼。畫師已老憐樗散，詩卷無多咲慢藏。病起且將愁并釋，醫經惟此是單方。

箋

康熙三十七年（一六九八）左右作於里中。

江村：高士奇，號江村。見卷三《高少詹江村招飲病不能赴率成四絶句并以志别》箋語。

栢西：沈皞日，見前箋。

案：沈皞日《栢西精舍詩餘序》：『歲丁丑八月，余亦隨竹窗宫詹歸里門，僦居鳴珂里，三徑既荒，百事俱廢。南渟時過從，跼蹐斗室，架無餘帙，容膝粗安，撫今懷昔，感觸彌深。』去年秋，高士奇與沈皞日自京城歸鄉里居，與岸登時相過從，賦詩贈答。

寄蘅圃

櫓摇不及健檣帆，小郭津樓初日銜。一舸更携桃葉妹，七人偏記阮家咸。青蒲薦軟書隨上，紅藕花繁風自監。爲説江州倦司馬，幾時得見着朝衫。

長水儒臣來往疎，更無跫響到吾廬。多愁藥裏頻求艾，伴老燈窻只借書。暗柳又殘懷聚散，春衣可典感居諸。山茨悔不邀君過，自此蓬蒿懶未除。

箋

蘅圃：龔翔麟，見前箋。

阮家咸：阮咸，字仲容，西晉陳留尉氏人。阮籍侄。歷仕散騎侍郎。解音律，善彈琵琶，性放任不拘，不交人事，唯終日弦歌酣飲。與阮籍等人交遊，爲『竹林七賢』之一。

江州倦司馬：唐詩人白居易曾被貶爲江州司馬，所作《琵琶行》：『就中泣下誰最多，江州司馬青衫濕。』後因以『江州司馬』代稱白居易，亦借指失意的士人。

中秋霖雨不止即事二首

今年田畯説豐穰，風過村郵秔稻香。不是梅黄黐横雨，最愁禾熟遇愆陽。秋萍泛梗原無定，烏鵲依枝一倍傷。欲向天公細商畧，何如賽社滌春塲。

蕭蕭終日意凄迷，打到柴門又拍堤。嘗愛山中修屐齒，近隨廡下學雞栖。秋聲太苦非關樹，人事無聊似食齏。老者光陰猶足惜，新詩因觸故情題。

箋

康熙三十七年（一六九八）左右作於里中。

雞栖：語本《詩·王風·君子于役》：『雞棲于塒，日之夕矣，羊牛下來。』

病起

牛溲馬勃等豨苓，本草凉温未覺靈。饑欲死如方朔傳，去能息愧漆園經。比隣鵝鴨從人惱，編户柴荆只自扃。悟得無生真快意，黑甜一枕抵黄寧。

箋

牛溲馬勃：唐韓愈《進學解》：『玉札丹砂，赤箭青芝，牛溲馬勃，敗鼓之皮，俱收並蓄，待用無遺者，醫師之良也。』牛溲即牛溺，明李時珍《本草綱目·獸一·牛溲》：『牛溺，氣味苦辛，微温無毒，主治水腫、腹脹、脚滿，利小便。』馬勃即馬屁勃，俗稱牛屎菇、馬屁泡，菌類植物，亦可入藥。牛溲馬勃均爲下賤無用之物，然運用得宜，亦可以變爲有用之材。

豨苓：又名猪苓，地烏桃，菌類植物，塊色黑如猪糞，故名。可入藥。

『饑欲死如方朔傳』句：方朔，漢東方朔的省稱。其爲人詼諧善辯，相傳爲歲星化身。《漢書・東方朔傳》：上知朔多端，召問朔：『何恐朱儒爲？』對曰：『臣朔生亦言，死亦言。朱儒長三尺餘，奉一囊粟，錢二百四十。臣朔長九尺餘，亦奉一囊粟，錢二百四十。朱儒飽欲死，臣朔飢欲死。臣言可用，幸異其禮；不可用，罷之，無令但索長安米。』

漆園經：莊子《南華經》。唐齊己《新秋雨後》詩：『逍遥向誰説，時註漆園經。』漆園，莊子爲吏之處。

黑甜：酣睡。宋蘇軾《發廣州》詩：『三杯軟飽後，一枕黑甜餘。』自註：『俗謂睡爲黑甜。』

黄寧：謂黄庭之道修煉成功。《黄庭内景經・百穀》：『何不食氣太和精，故能不死入黄寧。』梁丘子註：『黄寧，黄庭之道成也。』

范蠡祠次劉觀察韻

霸越亡吳兩大夫，扁舟獨不費踟躕。西施網取終荒誕，君子軍還尚有無。向晚夕陽連古寺，當年芳草出平湖。計然餘策吾安用，半畝瓜疇半芋區。

箋

觀察：清代對道員的尊稱。

緑溪草堂次劉觀察韻

南湖烟雨太蕭閒，住水何云勝住山。大有林廬尋到此，能辭車馬憩其間。吟成七字花邊句，認得三毫畫裡顔。不是故人來看竹，一尊誰話舊清斑。

病　起

七尺枯藤手自將，何如田舍足相羊。殘山剩水皆生意，度曲拈詩是下塲。梧葉已聞籬外落，稻花應到屋頭香。中書髮秃抛塵几，用短從來勝用長。

箋

相羊：《楚辭・離騷》：『折若木以拂日兮，聊逍遥以相羊。』洪興祖補註：『相羊，猶徘徊也。』

病中

性何較嬾逢時拙，骨僅能存與病偕。枕上加餐翻作惡，手中答札只云佳。期功頻灑春時淚，謂季常、宗環，俱于今年春没。針灸難施老者骸。忽憶舊情欲斷酒，生前曾泥拔金釵。

箋

期功：古代喪服的名稱。期，服喪一年。功，按關係親疏分大功和小功，大功服喪九月，小功服喪五月。南朝梁慧皎《高僧傳·明律·釋知稱》：『每有凶故，秉戒節哀，唯行道加勤，以終朞功之制。』

『生前曾泥拔金釵』句：元稹《遣悲懷三首》其一：『顧我無衣搜畫篋，泥他沽酒拔金釵。』

東湖曲

東湖舊是我家湖，青柘愔愔儼畫圖。一自孝廉船泊後，酒邊意氣近來無。吾家孝廉小山公不事生産，飲於錦衣宅，以東湖相贈。〔一〕

湖上頻携硯北裝，塔圩兩岸跨虹梁。年來折盡垂楊柳，猶有倡條踠地長。

畫舫斜陽急管絃，賀家曲子串珠圓。十番聽過龍王廟，明月初生晒網邊。湖人賀方洲以曲擅場〔二〕，今不可得矣。

移家雁浦買漁舟，卧看春潮門外流。自分不來城郭住，夢中猶着一層樓。〔三〕雁浦，先方伯南郊題額，余以名齋。

羅公祠畔放生池，〔四〕池水飛綿逐釣絲。不似南湖魚樂國，斷碑殘雨颯凄其。〔五〕

離離宿草寺田限，鸜鵒新龕白石堆。老子尚能扶杖到，主人不見放鷴來。放鷴主人李延是葊處。〔六〕

獨山十里去城東，人載載，土音作在。〔七〕連檣趂晚風。黄葉僧歸村樹暝，落霞分影半帆紅。

菱絲荻絮眼前多，但欠銀盤一點螺。無處更餘買隱地，只留漁笛管烟波。

校記

〔一〕『飲於錦衣宅』：《沈氏家乘》作『偕陸氏泛舟』。

〔二〕『賀方洲』：康熙刻本《東湖曲》（朱彝尊等撰《東湖曲》一卷，清康熙刻本，上海圖書館藏）作『賀芳洲』。『擅場』：《沈氏家乘》作『擅長』。

〔三〕『猶着』：康熙刻本《東湖曲》作『還着』。

〔四〕『羅公祠』：康熙刻本《東湖曲》作『盧公池』。

〔五〕『颯』：《沈氏家乘》作『色』。

〔六〕《沈氏家乘》無『放鷴主人』四字。

〔七〕『載，土音作在』：《沈氏家乘》作『音在』。

箋

康熙三十九年（一七〇〇）秋作於里中。

東湖：又名當湖、柘湖，亦爲浙江平湖之别稱。秦置會稽郡，次年建海鹽縣。入漢，縣治塌陷成湖，名爲當湖。晉隆安五年（四〇一）改曰東武湖，又稱東湖，雅名鸚鵡湖。

案：是年九月，朱彝尊過平湖訪高士奇，倡作《東湖曲》，岸登與沈皞日、陸奎勳、沈修齡等當湖諸子皆賦此題，後彙刻《東湖曲》一卷，載朱彝尊、高士奇、沈皞日、沈岸登、陸奎勳、陸競烈、沈修齡、陸世耒、陸奇勳、陸邦烈、沈峽十一人所作《東湖曲》各八首。

胡昌基輯《續檇李詩繫》卷四「胡湄」條下引《陸豫山筆記》：「庚辰九月十七日，朱竹垞太史來當湖。江村先生招飲，采風班演《黨人碑》。太史首席，次即余，次則余姻家胡君晚山及陸張烈、沈京齋、胡國琦、袁鳴岐、胡是維、寶臣、赤城諸人。」

朱彝尊《曝書亭集》卷一九庚辰詩《東湖曲》。

陸奎勳《陸堂詩集》卷六載「庚辰三月至丙戌二月」詩，有《和竹垞翁東湖曲八首》，依編次作於本年。

硯北：謂几案面南，人坐硯北。借指從事著作。

羅公祠：徐志鼎《東湖櫂歌》：「棲心寺下水沉沉，垂柳思思冒緑潯。」詩註曰：「化成庵本羅公祠，本朝康熙四十六年敕賜『棲心』。」

獨山：港口名。位於今浙江平湖市東南沿海，南瀕杭州灣。

陸堂移居二首

參佐橋邊宅，三間自昔聞。風流今未墜。塵市不妨君〔一〕。圖畫隨宜設，琹樽可樂群。只勞村叟夢，相望一程雲〔二〕。余家清溪，去城二十里。〔三〕

我有田間舍，紅橝花放初。未能長自卧〔四〕，欲過讀君書。路出寫蘭北，謂寓園。寫蘭，堂名。〔五〕庭閒看竹餘。春風吹更入，終覺陋山居。

校記

〔一〕『塵』後《沈氏家乘》註曰：『一作城。』

〔二〕『程』後《沈氏家乘》註曰：『一作層。』

〔三〕《沈氏家乘》無詩註。

〔四〕『長』：《沈氏家乘》作『常』。

〔五〕《沈氏家乘》無詩註。

箋

康熙三十九年（一七〇〇）作於里中。

陸堂：陸奎勳（一六六五—一七四〇），字聚緱，一字坡星，浙江平湖人。陸世楷長子。朱彝尊題其居曰陸堂，即以爲號，又號南田。早年喜讀醫卜、術算、兵書，工文字，能詩。年長後，隨叔父陸萊游京師，學識廣博，名噪公卿間。四十後，一意治經。康熙五十八年（一七一九），江西巡撫白潢聘其修通志，以生員資格與翰林院編修查慎行同列主纂。翌年鄉試中舉；康熙六十年始成進士，改翰林院庶吉士。散館，授檢討，與修《明史》，充《浙江通志》總裁，撰擬制詔多稱旨。不久，以病乞休歸里。著有《陸堂易學》《陸堂詩學》《今文尚書説》《陸堂詩集》《陸堂文集》等。

案：陸奎勳《陸堂詩集》卷六《橋西新詠》序曰：『舊居城南，徙至三登橋西，非得已也。』有《移居陸堂詩五首》，編次在是年（庚辰）三月。

得寶升三水信兼有寄肅度姪鈃兒詩憶其入粤時齋前梅花方落也

江梅落後臨當別〔一〕，片片粘衣更逐船〔二〕。籬外花期如約在，嶺頭香信有書傳。詩成夢草何能爾，路擾驚波亦偶然。書中以海警爲念，故及之。歸計衹當謀負郭，一鞭我已悮丁年。

校記

〔一〕『當』：《沈氏家乘》作『堂』。

〔二〕『粘』：《沈氏家乘》作『沾』。『更』：《沈氏家乘》作『又』。

箋

康熙三十九年（一七〇〇）作於里中。

寳升：沈之鉅，見前箋。

三水：位於廣東佛山市境西北部。明清時置三水縣，今爲廣東佛山市三水區。

肅度姪：沈黼熊（一六七二—一七三三），譜名敦義，字肅度，浙江平湖人。岸登族姪。秀水縣學增廣生。淹貫古學，下筆爲文手不停綴，尤工填詞。晚歲自號老著庵主。

鈃兒：沈之鈃，岸登子，見前箋。

負郭：典出《史記》卷六九《蘇秦列傳》。司馬貞《索隱》：『負者，背也，枕也。近城之地，沃潤流澤，最爲膏腴，故曰負郭也。』

丁年：成丁之年，亦泛指壯年。《文選·李陵·答蘇武書》：『丁年奉使，皓首而歸。』李善註：『丁年，謂丁壯之年也。』

上元夜夢蘅圃龔侍御過索檇李余餉以楊梅醒成長句十六韻寄志別懷

福州荔枝傳以人，君謨作譜推方宋。秀州檇李傳以地，尋相未入職方貢。清溪土薄氣不昌，乞種年年空抱甕。安得封題四千里，南床餉客手傳弄。別君再見元宵月，君念我因入我夢。一冠柱後高峩峩，滿堂喝采忽闐閧。寒暄敘後襍誹諧，索果狂呌屋頭動。紅樫田舍只三間，請君少坐却傔從。藤花爲栅水爲闌，家雞野鶩游處共。咄嗟烹割治山庖，君顔不怡我語詷。檢筐忽得超山鶴頂紅，驪珠纍纍亦足盤餐用。以此代彼名謂殊，梅李庶幾相伯仲。砉然兩扇柴門開，曉風入户春禽哢。留君不住翻惆悵，馬嘶惟覺耳啕啕。老子頽唐怕寫書，江魚信斷江水凍。後夜仍期夢見君，相思未少青驢控。

箋

康熙四十年（一七〇一）正月作於里中。

蘅圃龔侍御：龔翔麟，見前箋。

案：龔翔麟《田居詩稾》卷八《老友沈覃九辛巳元夕夢余索檇李餉以楊梅醒作長歌見寄久未爲報壬午冬復寓書訂以開春相訪未幾忽得凶問舊好淪亡中心摧悼爰檢遺詩追和其韻酹酒以哭之》。

檇李：中國李名品之一，産於浙江嘉興、桐鄉一帶，果大色豔，香如醴、甘似蜜，爲李中珍品。清楊謙纂《梅里志》卷七『物産』：『檇李，産里北七里東瑶巷，每顆有爪痕，相傳西施指掐是也。』

君謨：蔡襄，字君謨，福建路興化軍仙游縣（今福建省仙游縣）人。北宋四大書法家之一，亦爲茶學專家，著《茶録》。又嘗撰《荔枝譜》，凡七篇：其一原本始，其二標尤異，其三志賈鬻，其四明服食，其五慎護養，其六時法制，其七别種類。

職方：泛指國家疆土。

超山：位於今浙江杭州市餘杭區塘栖鎮，係天目山餘脉。

次江村學士過南田韻

並船出南郊，野水漲春暮。若爲濠上觀，頓愜田間趣。嫩竹高於人，清陰緑在樹。此中静者居，乃有行轍路。白石叠橋齒，平池曲流注。當窻補短垣，兩板接跬步。客到十日留，枕簟有如固。昨來籬菊爛，凉飇發商素。今陪東山游，俯仰狎鱗羽。長瓶倒宿酒，褋敘親與故。紅藥三四叢，妍日烘晴露。却咲富貴花，曾無金鈴護。拂拂紫荷田，香吹風入户。誰能獨領畧，攤書却紛務。未少溺與沮，耦耕當屢赴。

箋

康熙四十年（一七〇一）三月作於里中，同高士奇、高輿父子過訪陸奎勳。

江村學士：高士奇，號江村，見前箋。

南田：陸奎勳，號南田，見前箋。

商素：謂秋季。《初學記》卷三引南朝梁元帝《纂要》：『秋曰白藏，亦曰收成，亦曰三秋、九秋、素秋、素商、高商。』

鱗羽：《南齊書・高逸傳・宗測》：『性同鱗羽，愛止山壑，眷戀松筠，輕迷人路。』唐白居易《續古詩十首》之九：『飛沉一何樂，鱗羽各有徒。』

次高巽亭翰林過南田韻

艤棹及餘春，藤花出水濱。風暄三月暮，溪緑一痕新。曲徑聯高屐，沿流抱脆緡。沙鷗機事息，迎得佩魚人。

出郭數間屋，爲園半畝池。白衫亦許到，紅藥未嫌遲。闌亞香堪把，花深坐有差。夕陽偏戀影，臨别故相隨。

箋

康熙四十年（一七〇一）三月作於里中，與上一題同時所作。

高巽亭：高輿，見前箋。

脆緡：釣魚的綫繩。唐陸龜蒙《頃自桐江得一釣車以襲美樂煙波之思因出以爲玩俄辱三篇復抒酬答》之三：「病來懸著脆緡絲，獨喜高情爲我持。」

「沙鷗機事息」句：謂高士奇乞休歸里。

「迎得佩魚人」句：謂高輿去年中進士，選翰林院庶吉士。《新唐書・車服志》：「開元初……五品以上檢校、試、判官皆佩魚。」

山中

山中人老解看山，興盡隨拖竹杖還。明月慣生僧定後，宿雲長在樹中間。青松澗冷惟虛籟，紫蕨厨香只瘦顔。不分嚮來無券買，乞錢心事近闌删。

家柘西候補入京師留宿鴛鴦湖上別後作小律送之兼寄蘅圃御史

南湖十日泊吴船，不挂征帆燕尾連。等得垂楊絲踠地，麴風吹老作香綿。

嗚珂華屋一層層，寄食渾如粥飯僧。二十三年前夢覺，西窻分影夜篝燈。余自嗚珂里移家清溪，已二十三年矣。庚辰春，柘西叔留余同晨夕，迄辛巳夏。平生聚首之久無過此者。

囊詩壓擔出榕門，不謂除書滯故園。四載唱酬生活淡，村居百首破愁痕。

紅藕花時好洗塵，玉河醉酒且停輪。十三絃撥銀箏柱，猶有樽前顧曲人。

箋

康熙四十年（一七〇一）夏作於里中。

家柘西：沈皞日，見前箋。

案：沈皞日入京師候補，岸登賦詩送別，又有懷龔翔麟。《沈氏家乘》卷一七載沈皞日《舟中和南渟送行原韻》存二首，其一曰：『伏櫪心猶戀薊門，商無生計老田園。可憐淮上蛾眉月，曾否紅樫共一痕。』其二曰：『閒步長橋塔五層，紅椒庵近訪詩僧。閉門更作天涯話，雨夜香醪雪夜燈。』

月夜登南湖樓

不眠因爲上南樓，湖影微茫一鏡收。隔水夜歸挑菜屐，叢沙風閣捕魚舟。燈昏緑字碑仍斷，雲曳青簾串上留。徙倚未銷離別恨，月中思與故人遊。

五　日

如此光陰老覺頻，眼看佳節逐年陳。插旗畫槳仍爭渡，縛艾紅絲肯健人。多病底須符厭勝，得閒差有酒添巡。懵騰午簟青蒲滑，門外秧風瑟瑟勻。

箋

康熙四十年（一七〇一）五月五日作於里中。

符厭勝：舊時民間一種避邪祈吉習俗，使用法術、咒符或祈禱以達到制勝所厭惡之人、物或魔怪的目的。

漱石軒同人送春余不能赴遥分嘲字十二韻

垂老無知己，春光是故交。到愁添白髮，歸惜餞青郊。石憶分曹坐，門應取次敲。鴨桃紛接葉，鵝柳亂抽梢。蝶趚花鬚減，蜂爭壁粉凹。紫荷田外舞，紅豆酒邊拋。捲幔鶯調舌，窺園竹解苞。定除三徑草，欲借一枝巢。此興憑同遣，將詩只自嘲。遠無長鬣寄，懶借小胥鈔。風好憐懷袖，日長愧繫匏。年年送春去，春去掩衡茅。

箋

康熙四十年（一七〇一）夏作於里中。

長鬣：長鬚。唐李賀《酒罷張大徹索贈詩時張初效潞幕》：『長鬣張郎三十八，天遣裁詩花作骨。』

繫匏：語出《論語·陽貨》：『吾豈匏瓜也哉，焉能繫而不食？』匏瓜味苦，故繫置不用。後用『繫匏』比喻隱居未仕或棄置閒散。

衡茅：簡陋的居室。晉陶潛《辛丑歲七月赴假還江陵夜行塗口》詩：『養真衡茅下，庶以善自名。』

賦得嗜好與俗殊酸鹽

懶性無能營口腹，山中寂寂閉書龕。乞醯叩户微妨直，下豉充庖亦類貪。何取熊魚如我欲，不將蔬水强人甘。紛紜俗好難摩揣，一飯閒來獨自參。

箋

賦得：古時科舉之試帖詩，因詩題多摘取古人成句，故題前均冠以『賦得』二字。同樣也應用於應制之作及詩人雅集分題。後遂以『賦得』作爲一種詩體，即景賦詠亦往往以『賦得』爲題。

嗜好與俗殊酸鹽：唐韓愈《酬司門盧四兄雲夫院長望秋作》中詩句：『雲夫吾兄有狂氣，嗜好與俗殊酸鹹。』『鹹』此作『鹽』，或别有所本。

乞醯：向鄰家借醋。宋謝枋得《乞醯》詩：『平生忍酸寒，鼻吸醋三斗。先民恥乞字，乞醯良可醜。』

冬夜過潛采堂值西畯葚日記之

月黑夜投梅花里，足未及户重門開。堂前高燭光熒熒，主人扶杖訝我來。揖入西牖色慘淡，誰與哭者聲何哀。客未敢問主亦默，起繞庭柱三徘徊。乃云汝友掌穀死，三年卜兆無儲財。帷荒草草今夜具，以祔南阡得一坏。子來執紼感夢耶，不期造次慰蒿萊。又云太歲月日時，長生死墓費疑猜。我昔曾有葚經説，欲箝衆口息蚊雷。脱若山祇恚甚任咎讁，亦不預計我後爲公台。銘旌既發薤歌停，先生忽解雙頤咍。呼童熱酒且餉客，手執蟹跪倒深杯。垞南風雨横作陣，欲破窻紙飛燈灰。人生長别如此宵，明年淚土生青苔。

箋

康熙四十年（一七〇一）冬作，時過梅里訪朱彝尊，值亡友朱昆田葬日，賦詩記之。

潛采堂：朱彝尊書齋名，在嘉興王店鎮曝書亭内。清楊蟠編纂《竹垞小志》卷二：『潛采堂在南垞之北，荷花池上，爲先生藏書之所。』

西畯：朱昆田，見前箋。

案：前年十月，朱昆田病卒，至此下葬，正三年。

掌穀：朱昆田小名。《秀水朱氏家譜・世系表五・朱昆田》：『初名掌穀，字文盎，號西畯，太學生。』

執紼：送葬時幫助牽引靈柩。《後漢書・獨行傳・范式》：『式因執紼而引，柩於是乃前。』後來泛指送葬。

蒿萊：野草。唐岑參《送杜佐下第歸陸渾别業》詩：『還須及秋賦，莫即隱蒿萊。』

蚊雷：語出《漢書・中山靖王劉勝傳》：『衆喣漂山，聚蟁成靁。』顔師古註：『蟁，古蚊字；靁，古雷字。』言衆蚊飛聲有若雷也。』此喻衆説紛紜，爭辯不休。

銘旌：豎在靈柩前標誌死者官職和姓名的旗幡。

『先生忽解雙頤咍』句：頤，面頰，腮。解頤，謂開顔歡笑。語出《漢書・匡衡傳》：『匡説《詩》，解人頤。』顔師古註引如淳曰：『使人笑不能止也。』咍，歡笑。

東城小集分題得鄧尉觀梅一首

東湖種楊柳，不曉種梅花。美人在空谷，乃許吴儂誇。鄧尉四十里，僧廬襍人家。十分五分開，樹樹落峰霞。勾我白袷留，壓我烏簷斜。譜入慢詞曲，彈以箏琵琶。此興不可遏，迢遰春山賒。九十過二三，花事如紛麻。清寒俗卉妬，少頃桃欲花。急與船孃期，柁樓轉蘭牙。

箋

康熙四十一年（一七〇二）初春作於里中。

鄧尉：山名，又名玄墓山，俗名光福山。在今江蘇蘇州市吴中區光福鎮附近。相傳東漢太尉鄧禹隱於此，故名。以種植梅花著稱，自古爲探梅勝地。早春梅花盛開，形成『香雪海』，有『鄧尉梅花甲天下』之說。

北村

不住南邨住北村，南溪流到北溪門。老夫照見鬚眉活，却愛溪清有咲痕。

寶升過黑蝶齋夜話時歸自南海

重陰十日初開霽，及爾停船夕景收。雨過溪雲微漏月，詩成山墅不逢樓。梅花遠驛春無恙，燭炧深窻夜欲愁。邛竹一枝閒不得，温爐絮帽話前遊。

箋

康熙四十一年（一七〇二）春作於里中。

竇升：沈之鉅，見前箋。

邛竹：竹杖。《文選·左思·蜀都賦》：『於是乎邛竹緣嶺，菌桂臨崖。』李善註：『邛竹，出興古盤江以南，竹中實而高節，可以作杖。』

感春四首用昌黎韻

春來冉冉自何所，桃花李花開處處。當門歷歷九點山，一峰欲盡一峰阻。斜風細雨意不忺，閉門咄咄與花語。白頭何似少日游，蜂狂蝶恣春如許。

老眼不願見花時，看花似霧空傷悲。安得挽住陽春脚，揮戈更以長繩維。扶桑浴日翻海水，揚沙飛沫黿鼉吹。茫茫一墮渺無跡，我欲一手援出之。赤章十上帝不報，徘徊閶闔我始疑。將毋誠懇未得申，或者呼籲非其辭。山寒釀雨又釀雪，瑟縮布被哺糟醨。一日一斗盡百斛，凌兢瘦骨當肥癡。讀書求解涉機巧，束置高閣焚亦宜。晚食安步保真性，勞生穰穰嗟爲誰。

晴鳩啼晴出，雨鳩啼雨卧。鳥語本無心，安知我性惰。門前紫藤花，簌簌忽吹墮。榔栗倦不支，春風悵無奈。

春愁重疊懷故人，鴨頭水暖出長鱗。寒温懶作尋常書，書來不答不我嗔。十風五雨米狼戾，樂歲無補顔原貧。枵然硬語盤空腹，詩脾不健亦無神。村居有題署九十，比物賦事脱埃塵。剖符者去和歌少，獨吟使我失所親。闐闐昨夜殷其雷，竹根迸土抽梢新。錦綳一束百錢值，明朝出郭换燒春。

箋

昌黎：唐詩人韓愈，字退之，自稱『郡望昌黎』，世稱『韓昌黎』。韓愈《昌黎先生集》卷三《感春四首》，岸登詩步其韻。

赤章：即《赤松子章曆》，後因以借指道家向天官禱告禳災的章本。《梁書·沈約傳》：『乃呼道士奏赤章於天，稱禪代之事，不由己出。』

閶闔：《楚辭·離騷》：『吾令帝閽開關兮，倚閶闔而望予。』王逸註：『閶闔，天門也。』亦泛指宫門或京都城門。

糟醨：薄酒。宋司馬光《酬永樂劉秘校庚〈四洞〉詩》：『又非鄭伯有，壑谷甘糟醨。』

狼戾：謂散亂堆積。《孟子·滕文公上》：『樂歲，粒米狼戾。』趙岐註：『樂歲，豐年；狼戾，猶狼藉也。』

『村居有題署九十』句：謂與沈不負唱和作《村居》九十首事，參見卷二《邨居詩》箋語。

剖符：古代帝王分封諸侯、功臣時，以竹符爲信證，剖分爲二，君臣各執其一，後因以『剖符』『剖竹』爲分封、授官之稱。

錦綳：喻作竹笋。宋楊萬里《看笋六言》：『只愛錦綳滿地，暗林忽兩三莖。』

蜜香紙閣訊余近狀答之〔一〕

少年髀肉不曾肥，布襆猶裝短後衣。塞馬失來遊已倦，沙鷗盟過事全非。春流屋角叉魚去，晚食山中採蕨歸。爲報西溪新漲緑，横添獨木飯牛磯。

校記

〔一〕『蜜香紙閣』：《沈氏家乘》作『遐庵』。

箋

康熙四十一年（一七〇二）春作於里中。

蜜香紙閣：岸登族侄沈修齡齋室名。沈修齡（一六七一—一七三四），字遐庵，號葦鄉，浙江平湖人。郡庠生。自少英敏，年未弱冠即遊於庠。博綜群書，工詩古文詞。重修清溪家譜，立言有體，舉例分條，劇有古法，遠近講宗法者皆取則焉。久困棘闈，因棄舉子業，與同里名流結社課詩，得千餘首。尤善爲長短句，陸奎勳太史雅重之，謂有姜白石之風，專與陸培相唱和，著有《蜜香紙閣詞》。

沙鷗盟：謂與鷗鳥爲友，喻隱退。宋黄庭堅《登快閣》詩：『萬里歸船弄長笛，此心吾與白鷗盟。』

用誠齋語作起句題畫悼道登開士

濃處全濃枯處枯，維摩曾此寫山圖。輪囷樹脚寬閑甚，着得棳衣篛帽無。

箋

誠齋：南宋詩人楊萬里，字廷秀，號誠齋。首句『濃處全濃枯處枯』，宋楊萬里《銜命郊勞使客船過崇德縣三首》其一詩句。

道登：《續高僧傳》卷六《魏恒州報德寺釋道登傳》：『釋道登，姓芮，東莞人。聰警異倫，殊有信力。聞徐州有僧藥者雅明經論，挾策從之，研綜《涅盤》《法花》《勝鬘》。後從僧淵，學究《成論》。年造知命，譽動魏都，北土宗之。』

開士：菩薩的異名。以能自開覺，又可開他人信心，故稱。後用作對僧人的敬稱。《釋氏要覽》卷上：『經中多呼菩薩爲開士。前秦苻堅賜沙門有德解者號開士。』

維摩：梵文Vimalakīrti，音譯維摩羅詰，略稱維摩或維摩詰，意譯爲『净名』或『無垢塵』。佛經中一位大乘居士，爲佛典中現身説法、辯才無礙的代表人物。後常用以泛指修大乘佛法的居士。

輪囷：盤曲貌。《文選・鄒陽・獄中上書自明》：『蟠木根柢，輪囷離奇。』李善註引張晏曰：『輪囷離奇，委曲盤戾也。』

南田看牡丹分韵

洛譜名無匹，詩人與作雙。佳遊記隔歲，重過巇篷窻。雨屐印苔井，香風廻木杠。向來編小户，未醉欲先降。

箋

康熙四十一年（一七〇二）三月穀雨時節，與沈皞日、釋元璟等集陸奎勳吟香齋，賦雨中牡丹詩題扇。

南田：陸奎勳，見前箋。

案：朱彝尊選録、陸奎勳編次《洛如詩鈔》卷五《吟香齋即席賦雨中牡丹》題下附刊沈皞日、沈岸登、孫眉光、胡紹安、釋元璟、陸競烈諸人各五律一首。其後有陸奎勳跋：『壬午春，懶真大兄拉予同作，牡丹主人遇甚雨，各賦一詩録於素扇。』

陸奎勳《陸堂詩集》卷六《穀雨節招同人集南田分賦雨中牡丹得九佳》。

陸奎勳《陸堂文集》卷二〇《跋雨中牡丹詩》。

檢張培瑜著《三千五百年曆日天象》，是年三月廿四乙巳穀雨。

立夏前一日風雨不止静寄山房獨坐二首

惜春蚤起送春行，春去纔餘一日程。愁裹欲留好鳥舌，静中惟覺落花聲。心齋寂寂書帷下，鼻觀微微檀炷清。聽過斜風更聽雨，老懷難遣故人情。時得紅藕莊信。

春蠶三起又三眠，老圃剛剛豆莢圓。暗雨連宵成客夢，紅樫一月滯歸船。疊來破硯催科政，未斷香厨粥飯緣。我意更尋無熱地，細參蔬笋過詩禪。湖東借公約余過其禪室，阻雨未果。

箋

康熙四十一年（一七〇二）四月作於里中。

立夏前一日：四月九日。檢張培瑜著《三千五百年曆日天象》，是年四月十日辛酉立夏。

鼻觀：鼻孔。亦指嗅覺。宋陸游《登北榭》詩：『香浮鼻觀煎茶熟，喜動眉間鍊句成。』

催科：催收租稅。

無熱：佛教語。色界第四禪中的天名。謂無三災之患，故以爲名。

借公：釋元璟，字借山，見同卷《長句送借山和尚結茆匡廬并爲之圖》箋語。

夏雲升哀辭

嗟君貧已甚，一飯入重泉。世外殘碁局，人間幾屋椽。老無妻子累，死有友朋憐。蕭瑟梧桐句，論詩當愧焉。

雨中寶升過談去後同雲隱僧撿畫

蕭蕭瑟瑟下禪扃，今雨能同舊雨聽。紫荈味殘茶鼎歇，緑錢痕濕紙窗冥。消磨屐齒跫然響，領畧山圖木了青。不恡虀鹽分飯鉢，蒲團差勝短長亭。

箋

康熙四十一年（一七〇二）夏作於里中。

寶升：沈之鉅，見前箋。

紫荈：指採摘時間較晚的茶。晉郭璞《爾雅》：『早採者爲茶，晚取者爲茗，一名荈。』

緑錢：青苔的別稱。《文選》中沈約《冬節後至丞相第詣世子車中作》詩：『賓階緑錢滿，客位紫苔生。』李善註引崔豹《古今註》：『空室無人行，則生苔蘚，或青或紫，一名緑錢。』

題朱楫師採蓴圖

盛盆戢戢小魚活，曾記江湖載酒詞。好句不逢能畫手，水圖描出紫蓴絲。

箋

朱楫師：朱桂孫，見前《立春日雨簡朱楫師》箋語。

戢戢：魚張口貌。唐杜甫《又觀打魚》詩：『小魚脱漏不可記，半死半生猶戢戢。』

江湖載酒詞：朱彝尊詞集名《江湖載酒集》。

送柘西叔之任辰州

山疊黔江外，溪流武水中。去探書有穴，曾表柱名銅。氣暖雁仍到，官窮詩益工。新涼發遥吹，滿袖葛衫風。

兩鬢青如昨，十年得此遊。不知南夢渡，幾驛到辰州。問政山城簡，迎人江樹秋。岳陽摇櫓看，有句合逢樓。

梟梟百竿竹，年年小阮家。倦遊頻歲改，老别又天涯。霜熟黄柑子，風香碧杜花。神仙多吏隱，支竈煮丹砂。

臨岐意何限，相勸一深卮。漫折湖東柳，留他管去思。壓裝燕市草，懷友柘西詞。故舊皆朱紫，莫愁薦達遲。

箋

康熙四十一年（一七〇二）夏作於里中。

柘西叔：沈皡日，見前箋。

案：是年，沈皡日改補辰州府同知，將由里門赴任。岸登与釋元璟有詩送行，沈皡日亦有詩留別。金人望《浪淘集詩鈔》有詩題序曰：「《楚遊》者，乃先生（指沈皡日）改補辰陽司馬，壬午夏由里門之任，至次年二月易簀前所撰也。」可知其赴任在是年夏。

《沈氏家乘》卷一七載沈皡日詩《將之辰州留别親友》。

釋元璟《完玉堂詩集》卷一《送沈茶星赴辰州用南渟韻》，詩註曰：「茶星歸里一載未赴任，昨于南田牡丹開時始得暢聚。」

辰州：辰州府，今湖南懷化市北部地方。明改辰州路爲辰州府，隸湖廣布政使司。清康熙三年（一六六四），改屬湖南布政使司，轄四縣：沅陵縣、瀘溪縣、辰谿縣、漵浦縣。

武水：沅江支流，發源於湖南花垣縣雅酉鎮，流經吉首，於瀘溪縣武溪鎮匯入沅江。

「曾表柱名銅」句：朱彝尊《曝書亭集》卷四六《溪州銅柱記跋》：「右銅柱記。楚王馬希範與溪州刺史彭士愁立誓，范金爲柱，命掌書記天策府學士李弘臯作記。柱高一丈二尺，入地六尺，重五千斤，環以石蓮花臺。在今辰州溪蠻境上，去府治百餘里，以是罕有摹拓本流傳于世。」

「十年得此遊」句：清陸棻《柳慶集序》題註曰：「《柳慶集》，妹丈沈柘西所著。柘西初知廣西來賓縣事，調繁天河，歷俸十一年。陞直隸天津衛同知，原任總河，于成龍題授史彩，遂困積薪，需次未補。」自康熙三十四年（一六九五）需次待補，至此又八年，沈皡日方得補辰州同知。

朱紫：謂朱衣紫綬，即紅色官服，紫色綬帶，指古代高級官員的服色或服飾。

解衣行賦謝高巽亭翰林

一寒不能辦茸衫，當暑亦未謀絺葛。有時瑣瑣謁公卿，於分絶殊毋乃越。炎官朱褌紅帕首，出卯入酉病增渴。焦烟壓帽火頳肩，流漿如醡葡萄醱。禪堂竹鼓朝逢逢，熱羨灸手畏捧鉢。蒲葵交扇張髯吹，竹巾革帶皆棄撥。我友高子羲皇人，壯年掞藻官早達。邇乞長假東湖湄，臭味夙忝芝蘭末。北窻飯我更解衣，墨絲色與紅紫奪。海南新樣織官機，輕明花影雙眼豁。不煩刀尺穩稱身，長短等於青莎襏。刻燭報以無斁詩，搜腸苦澀吟見跋。明朝惰畊歸清溪，不辭竟去禮疎脱。卷懷德意什襲藏，光彩空遭田父喝。

箋

康熙四十一年（一七〇二）作於里中。

解衣：語出《史記·淮陰侯列傳》：『漢王授我上將軍印，予我數萬衆，解衣衣我，推食食我。』謂解衣帶相授，借指對相知之人關心照護。

高巽亭：高輿，見前箋。

絺葛：葛布，俗稱夏布，用絲做經，棉綫或麻綫等做緯織成的布，可做夏服。

炎官：神話中的火神。唐吴筠《遊仙》詩之一：『赤帝躍火龍，炎官控朱鳥。』韓愈《陸渾山火和皇甫湜用其韻（湜時爲陸渾尉）》詩：『炎官熱屬朱冠褌，髹其肉皮通髀臀。』

出卯入酉：謂晨出晚歸。卯時，早晨；酉時，傍晚。

逢逢：象聲詞，鼓聲。《詩·大雅·靈台》：『鼉鼓逢逢，矇瞍奏公。』

羲皇人：即太古時人，又比喻無憂無慮，生活閒適的人。晉陶潛《與子儼等疏》：『常言五六月中，北窗下卧，遇凉風暫至，自謂是羲皇上人。』唐孟浩然《仲夏歸漢南園寄京邑耆舊》詩：『日耽田園趣，自謂羲皇人。』

掞藻：鋪張辭藻，施展文才。唐蕭穎士《贈韋司業書》：『今朝野之際，文場至廣，掞藻飛聲，森然林植。』

『臭味夙忝芝蘭末』句：謂性情相投，感情深厚。宋方回《讀孟君復贈岳仲遠詩勉賦呈二公子》詩：『臭味崇芝蘭，情誼篤鶼鰈。』

紅紫：猶朱紫，見上一首箋語。

無斁詩：《詩·周南·葛覃》：『爲絺爲綌，服之無斁。』

黑蝶齋詩鈔補遺

挽慶叔

癸酉劉泳亡，甲戌沈寅死。荒村人煙稀，又奪兩窮士。北堂白髮親，抱孫哭其子。長則已候門，幼者纔毁齒。簞瓢不永年，賢哲何相似。緬彼天路高，報施有如此。迢迢一封書，隔歲訃千里。昨夜夢見之，寒暄語不已。晨風忽吹散，颯然一溪水。以汝歸山邱，余令懷桑梓。余昔漫浪遊，移家庚午始。與結鵝鴨鄰，比户只一咫。商略補牛欄，斜廊入犬豕。髯頭一樵童，赤脚一竈婢。嘗日互守望，客到同驅使。有時出東湖，雞鳴呼其起。劇錢買農船，餘必修甘旨。春盤黏餳白，秋菜壘芋紫。盪水收紅菱，穿林摘青柹。衮師異樣驕，咳吐抹書几。或爭棗與栗，逼近闑老耳。雖無兼味陳，能博渾舍喜。承顔病亦歡，斯道長已矣。門前藤花開，折花誰奠爾。惟有東樂翁，招魂修竹裏。明年春明門，努力東行李。倘及禁煙歸，撥灰贈錢紙。

箋

康熙三十四年（一六九五）作於山西徐溝。

慶叔：當即沈寅，爲岸登鄰翁。

案：去年，沈寅病卒。隔歲，岸登在山西接聞訃訊，作詩挽之。

甘旨：甘美的食物。清蒲松齡《聊齋志異·九山王》：『俄而行酒薦饌，備極甘旨。』

春盤：古代風俗，立春日以韭黄、果品、餅餌等簇盤爲食，或饋贈親友，稱春盤。

餳白：用米或雜糧加麥芽或穀芽熬成的糖。北魏賈思勰《齊民要術·餳哺》：『煮白餳法：用白芽散櫱佳，其成餅者則不中用。用不渝釜，渝則餳黑。』

兖師異樣驕：唐李商隱幼子名兖師，商隱有《驕兒詩》：『兖師我驕兒，美秀乃無匹。』後遂用爲對嬌兒的美稱。

承顏：順承尊長的顏色，謂侍奉尊長。《晉書·孝友傳序》：『柔色承顏，怡怡盡樂。』

（以上一首録自沈應奎等纂《清溪沈氏六脩家乘》卷一七，清光緒十二年追遠堂刻本）

王先生石谷過瞻園喜賦短律爲步蘅圃韻請正時余將歸長水兼以志别也

不共紅羅鬭酒杯，翻從菊砌數花來。留君十日休教去，秋枕何勞街鼓催。

鄉心纔束半肩裝，落拓如儂底事忙。剪取一江菱葉水，蕭蕭楓子作疏凉。

斛黛囊螺較墨官，釣船須着五湖寬。憑添滿角山樵色，扶杖高寒絶頂看。

箋

康熙二十一年(一六八二)八月作於江寧。

王先生石谷：王翬，見前箋。

案：龔翔麟《田居詩稾》卷三《喜王石谷至》，岸登詩步其韻。是年岸登留江寧。八月，王翬來遊，遇於瞻園。岸登倩作《江邨圖》，并得觀其所畫《攝山秋望圖》。時岸登將歸里門，賦詩相贈，兼以志别。

《詩鈔》卷一《張子亮席上别蔡蒼霖因寄烏目山人王石谷》：『自我游白門，於畫得石谷。倩作江邨圖，落落數間屋。』

又卷三《虞山王石谷爲錢塘龔氏寫攝山秋望圖壬戌八月見自江南藩治之瞻園再觀於都下十硯齋余方南歸因賦二截句誌别》。

斛黛囊螺：宋王灼《再次韻》詩：『從今百斛收螺黛，學取風流半額眉。』螺黛，古代婦女用來畫眉的一種青黑色礦物顔料，出波斯國。

(以上三首録自王翬輯《清暉贈言》卷一，清康熙刻本，上海圖書館藏)

題秋蘭圖和韻

畫盆小雨潤凉沙，密洒香芽葉葉斜。莫放秋槃紅穗冷，夜來留照未開花。

誰載椰帆如葉艇，欺風欺露絶堪憐。珠娘見慣應惆悵，況是江南豆雨天。

十八么鬟綰結新，玉釵簪水底相親。尋思舊日香巖句，腸斷春帆閣裏人。

眉樣新蟾錦砌開，一簾分影破愁顔。名園珍惜開猶少，肯逐秋花伴小山。岸登。

箋

康熙二十一年（一六八二）九月作於江寧。

案：是年八月，王翬過江寧客瞻園，遇岸登，事見前一題詩箋語。王翬又爲龔翔麟作《秋蘭圖》，龔、沈賦詩題畫。

圖幅上龔翔麟題詩四首：『淺種宣盆護軟沙，風前整整復斜斜。只因燕口添濃炫，誤却魚魫試好花。』『年年朱檻蟬紗裏，一夜西風便可憐。小簟輕裯凉夢轉，枕函香到鴈來天。』『渴雨纔抽一箭新，凉螢冷蜨便相親。名花不戀生官閣，難得長逢似故人。』『玉舟在手莫教閒，爲尔零香一解顔。安得珠江三百本，滿攜秋舸到家山。』『秋蘭止放一枝，偶成四絶句，索南渟和韵，石谷作圖。時壬戌九月，用香巖宗伯舊韻。翔麟。』

豆雨天：農曆八月時下雨稱『豆花雨』。宋吳元可《鳳凰臺上憶吹簫・秋意》：『更不成愁，何曾是醉，豆花雨後輕陰。』

香巖：龔鼎孳（一六一六—一六七三），字孝升，號芝麓，合肥人。明崇禎七年（一六三四）進士，官兵科給事中。入清降新朝，官至尚書。詩文與吴偉業、錢謙益並稱爲『江左三大家』。

案：龔鼎孳《定山堂詩集》卷四三《盆蘭年年作花今秋更早口占四絶句》，岸登與龔翔麟詩皆步其韻。

眉樣新蟾：新月。宋賀鑄《菩薩蠻》詞：「眉樣學新蟾，春愁入翠尖。」

小山：喻指桂花。南朝庾信《枯樹賦》曰：「小山則叢桂留人。」

（以上四首録自王翬作《秋蘭圖》圖幅上題詩墨跡，《中國古代書畫圖目》第四册四一七頁。詩題爲編者所擬）

題廬山行脚圖

萬里芒鞵踏旅塵，竺支可許是前身。他時擬結匡山社，共坐蒲團説勝因。

野鶴閒雲不可招，懶將生計問漁樵。儂家一綫清溪水，輸爾紅藤杖底瓢。

箋

此二首爲李符題畫。

案：圖上有李符自識曰：『歲己酉，客洱海，訪碧雞山道士，有神術，謂余前身是廬山種菜僧，居長自念他生不願爲富貴人，故子今世僅得智慧與壽耳。聞其言恍若有悟，便作結茅東林想。道士曰：「子尚有江湖之緣，俟至二十五年後可矣。」予識之勿忘。今遇虞山楊生，善寫貌，索繪是圖以見志。瓢背篆癸酉字是予入山之年也。康熙壬戌上冬，桃鄉農自識。』

己酉是康熙八年（一六六九）；壬戌是康熙二十一年（一六八二）；癸酉是康熙三十二年（一六九三）。岸登題詩當在圖成稍後之時。

此圖又有曹貞吉、高層雲、朱彝尊、孫眉光、龔翔麟、高士奇、沈皞日、沈季友、朱昆田、金介復、真炯等題詩。

朱彝尊題詩又載於《曝書亭集》卷一〇，題作《同里李符遊於滇遇碧雞山道士謂曰子前身盧山行脚僧也後十年當仍歸盧山符乃畫盧山行脚圖俾予題詩二首》，編在康熙十六年（一六七七），編年誤。朱昆田題詩又載《笛漁小槀》卷二，題作《題耕客行脚圖二首》。

（以上二首録自顧修輯《讀畫齋題畫詩》附録《讀畫齋偶輯》中《李分虎先生廬山行脚圖》載録題詩，清嘉慶元年東山草堂刻本，上海圖書館藏。詩題爲編者所擬）

題畊客行脚圖

三千餘派谷簾泉，流過屏風九疊邊。不是山僧也作想，莫論種菜隔生緣。
癸酉入山如約不，挂瓢還欲爲君留。桃鄉花放春能笑，枉自抛從五老遊。

箋

畊客：李符，見前箋。

案：此二首亦爲李符題《行脚圖》，與前詩所題者當是别幅也。《瞻園唱和》中載龔翔麟、朱昆田、沈皞日、李符與岸登題畫詩。

李符《香草居集》卷五《自題行脚圖》三首：『頭面清癯骨相屯，水田衣好稱吾身。祇愁不會談公案，何處僧盧著此人。』『生來行脚愛坡陀，肯怕山高水遠何。身外不須留長物，破瓢壞笠尚嫌多。』『悟得前生也是禪，碧鷄隱者話因緣。草鞵只合尋盧嶽，重問山頭種菜田。（十五年前客洱海，碧鷄山道士謂予前生是盧山種菜僧。）』參前一題詩箋『歲己酉，客洱海』，以十五年推之，此三首應作於康熙二十三年（一六八四）左右，岸登題詩當在稍後之時。

谷簾泉：泉在廬山主峰大漢陽峰南面康王谷中，從澗谷噴湧而出，似水簾傾瀉入潭。

屏風九疊：九疊屏，又名屏風疊，在廬山三疊泉之東北。懸崖壁立，宛如屏風，故名。

五老：五老峰，廬山名峰。五峰形如五老人並肩聳立，故稱。唐李白《登廬山五老峰》詩：『廬山東南五老峰，青天削出金芙蓉。』

白門留送桃鄉農

莫愁艇子净無塵，荻葉花時豆雨旬。休遣柁樓一笑顧，青衫黄面倦遊人。

分襟不及上河梁，轉覺東岡別路長。歸計未邊先有約，預騎秧馬入桃鄉。

箋

康熙二十二年(一六八三)冬作於江寧。

桃鄉農：李符，見前箋。

案：是年冬，李符與龔翔麟將一同北上京師，岸登賦詩送行。《瞻園唱和》中有李符詩《南渟賦二絶句送余北行依韵奉答》，又有龔翔麟詩《長至後二日與畊客共治北裝西畯買舟先歸東華塵土西湖風月况味不同矣因次前韵寄南渟菘塍嬾人》。朱昆田《笛漁小稾》卷五《寄南渟即和南渟送畊客韻二首》亦與此二首同韻。

(以上四首録自朱彝尊、沈皡日、沈岸登、李符等撰《瞻園唱和》，清康熙刻本，上海圖書館藏)

題竹垞並頭蓮詞後

紅玉雙擎漢卺杯，温風別費翦刀裁。定知茅屋詞人在，故向亭陰作意開。

朋㦤雙調綺羅香，比似蕢洲篴譜强。有約重過聽按曲，鬧紅一舸話斜陽。

（以上二首録自朱彝尊《曝書亭集》卷二八《綺羅香·康熙丁丑六月舍南池上紅蓮作並頭花賦以紀異》後附録沈岸登題詩，清康熙五十三年刻本）

箋

康熙三十六年（一六九七）六月作於里中。

竹垞：朱彝尊，見前箋。

案：曝書亭池上紅蓮並蒂，朱彝尊以花奉郡守黄家遴，又賦《綺羅香》詞二首紀異，并屬友人唱和，爲一時盛事。岸登爲此題詩。

葛金烺《愛日吟廬書畫録》卷三著録『朱彝尊八分瑞蓮詞册』，有吴修識語曰：『一時和此詞者數十人，名《瑞蓮集》，斯事尤爲吾鄉故實。』

題汪柯亭墨蘭

吾家庭草但紛披，孰是幽香空谷姿。今日剡藤圖上見，欲從子墨話相思。
憑君築室開東牖，盡種沅湘紫玉條。更釀桐川千斛水，待余把醉讀離騷。

箋

汪柯亭：汪文柏（一六五九—一七二五），字季青，號柯庭，又作柯亭，安徽休寧人。汪森之弟，亦僑居浙江嘉興桐鄉。官北城兵馬司指揮。工書畫，勤校勘，擅詩文，精賞鑒。築古香樓，蓄藏書畫甚富。有《柯亭餘習》。

子墨：漢揚雄文章中虚構的人名，後泛指辭人墨客。《文選・揚雄・長楊賦序》：『聊因筆墨之成文章，故藉翰林以爲主人，子墨爲客卿以風。』

紫玉條：宋向子諲《浣溪沙・寶林山間見蘭》：『緑玉叢中紫玉條，幽花疏淡更香饒。』

（以上二首録自汪文柏輯《汪柯亭彙刻賓朋詩》中《同心言》卷，清康熙刻本，上海圖書館藏）

湯餅辭

多時不放桐谿櫂，有客傳來湯餅詞。正苦閉門無句覓，丹山雛鳳爲催詩。

我欲桃花潭上去，款門來看最嬌兒。石麟叶夢何須問，所喜而翁鬢未絲。

箋

康熙三十年（一六九一）九月作。

案：是年九月，汪文柏復得一子，諸親友作詩賦祝賀，集爲《湯餅辭》一卷。岸登亦賦詩賀之。據《汪柯亭彙刻賓朋詩》中《西河慰悼詩》卷首題敘曰：『録始於庚午七夕，刻成於辛未重九，翌日司城復舉一子，名曰兆熊。逋翁之事或亦有之也。同人嘗和浴兒歌，另成一集以爲詩壇美事。』

丹山雛鳳：唐李商隱《寄韓冬郎兼長之員外》詩：『桐花萬里丹山路，雛鳳清於老鳳聲。』

石麟：《南史·徐陵傳》：『年數歲，家人攜以候沙門釋寶志，寶志摩其頂曰：「天上石麒麟也。」』後以『石麒麟』作爲對幼兒的美稱。

叶夢：符合夢中所見。叶通『協』。

（以上二首録自汪文柏輯《汪柯亭彙刻賓朋詩》中《湯餅辭》卷，清康熙刻本，上海圖書館藏）

同蔡遠士朱西畯過汪碧巢草堂夜宿聯句

狹港紆百折，叢篠出荒縣。沈岸登覃九。孤竿矗青旆，迤邐沙頭店。蔡曜遠士。水門僅容舠，碕岸妨拽簽。朱昆田西畯。草草日中市，薪菜走小販。岸登。自非詩人居，此地誰結援。曜。連綿騎月雨，佳約成右券。昆田。火急脱泥屐，如雷兩手抃。岸登。粲然一笑欣，頓覺消積念。碧巢風雅宗，詩句稱朗練。曜。性不耐喧闐，買地築吟院。賣聲不入耳，塵境等寫佃。昆田。捎簷竹百個，遶屋水三面。麂眼屏周遮，曜。鵝石徑宛轉。湖嵌焦墨皴，岸登。洛本鮮支渲。芍藥抽釵葶，昆田。芭蕉襞幃片。盤魚種短鬌，曜。籠鳥聽新囀。高齋雅具陳，所喜無一欠。采椀竹酒鈎，岸登。筠牀玉花簟。陶盤兔褐甌，曜。烏几紅絲硯。椶皮縛長拂，昆田。松樹織輕扇。旛綴護花鈴，岸登。蘜懸釣魚線。春筵取次開，漆盝攜笋饌。曜。十分瀉宣甆，風動紅鱗閃。痛飲訝卷波，惡嚼笑填塹。昆田。珍味瑣細羅，促席更小宴。岸登。良會信足樂，終夜了不惓。曜。十年幾晤對，鬢的驚歲箭。昆田。我儕淡蕩人，同結鄉鄰願。投名入詩社，晨夕常相見。曜。待作草堂圖，横幅埽東絹。岸登。

箋

康熙二十二年（一六八三）春作，時往桐鄉訪汪森。

蔡遠士：蔡耀，見前箋。

朱西畯：朱昆田，見前箋。

汪碧巢：汪森（一六五三—一七二六），初名文梓，字晉賢，號碧巢。原籍安徽休寧，僑居浙江桐鄉。拔貢，康熙三十二年（一六九三）出任廣西桂林通判，調太平知府，遷知河南鄭州事，會丁母憂未赴官。服闋，補刑部山西司員外郎，擢户部江西司郎中。年六十一，告歸。晚歲家居，以著述自娱。工詩詞，情文具備，超然絶俗。兄汪文桂、弟汪文柏亦工詩，稱爲『汪氏三子』。與嘉興周篔、沈進相切磋，既而又與黄宗羲、朱鶴齡、朱彝尊、潘耒諸賢相商榷，學業益進。營碧巢書屋以當吟窠，築華及堂以宴賓客，建裘杼樓以蓄典籍，插架琳琅，校勘不輟，藏書甲於浙中。於是海内名士踵至，詩名益盛。著有《小方壺存稿》十五卷、《月河詞》、《桐扣詞》、《碧巢詞》各一卷，同朱彝尊合纂《詞綜》，又輯録《粤西詩載》《粤西文載》《粤西叢載》。

案：此首附載於汪森《裘杼樓詩稾》卷六，依其編次，岸登與朱昆田、蔡耀過訪事在是年春。

（以上聯句詩一首録自汪森《裘杼樓詩稾》卷六《沈覃九蔡遠士朱西畯同過草堂夜宿聯句依韻奉詶附原倡聯句》，清康熙刻本，上海圖書館藏。詩題爲編者所擬）

獅子燈聯句

縛竹肖白澤，士奇。燒燈籠綵樹。毿毛剪紙齊，丹林。峻尾團絲豎。張吻狀峆岈，圖河。拳腰勢傴僂。跳踉具體微，士奇。睒睗點睛努。奔泉驥方渴，丹林。抉石猊偏怒。轉機運鈎爪，圖河。牽繩躍叢莽。不定閃明膏，沈岸登。相將鬧腔鼓。雪後月交輝，士奇。風前霓乍吐。爛若鼇架山，丹林。光如犀照浦。耽耽睨星毬，圖河。皎皎爍鹽虎。何藉控蠻奴，岸登。頓教驚里姥。縮伸變强項，士奇。躑躅成栗股。搏象力更雄，丹林。食牛勇可賈。蒙茸低互顙，圖河。斑斕勝翠羽。松棚影動摇，岸登。罽毯態仰俯。雜遝亂銀花，士奇。熒煌射金縷。瞿曇座始離，丹林。蒼蔔林曾聚。魚龍助鼓盪，圖河。簪舄紛儔伍。椌楬聽漸繁，岸登。鑿落飲無數。技誇傴師巧，士奇。名須郭璞詁。見跋燭屢换，丹林。分曹鬮再賭。人海散喧囂，圖河。歌筵忘賓主。聯吟學寒郊，岸登。開徑愧貧詡。漫傳晉殿樽，士奇。却類虞廷舞。鯨鏗鐘漏稀，丹林。繡錯辭章古。競病苦難詣，圖河。溲勃敢謬取。長瓶既欹倒，岸登。虚檐漸明煦。即物聊寄託，士奇。屬和徵藝圃。丹林。

箋

康熙三十年（一六九一）正月十五日夜作於里中，時同高士奇、顧圖河、王丹林觀獅子燈，聯句賦詩。

案：此首載高士奇《歸田集》卷七，卷首標註『辛未正月起至二月止』。

丹林：王丹林，字赤抒，號野航，浙江仁和（今浙江杭州）人。拔貢生，官中書舍人。善畫工詩，羈留都下，諸巨公交口推重，王士禛、高士奇皆有贈言。著有《野航詩集》。

圖河：顧圖河（一六五五—一七〇六），字書宣，號穎研，江都（今江蘇揚州）人。少負異禀，好學嗜古。淹洽經史，工古文辭，書法得虞褚風格。方爲諸生，名已噪，與史申義友善齊名，時稱『維揚二妙』。康熙三十三年（一六九四）舉一甲第二名進士，授翰林院編修，充日講官，直南書房。入館數月，即乞假歸，里居十年。出視湖廣學政，抵任三月，卒於官。著有《雄雉齋集》。

（以上聯句詩一首録自高士奇《清吟堂全集》中《歸田集》卷七，《清代詩文集彙編》一六六册，影印清康熙朗潤堂刻本）

壽何侍御元英

東閣寒梅放，諸九鼎。西山霽雪澄。騷人日初度，譚瑄。朋酒歲相仍。頌魯期難老，彝尊。歌豳信有徵。名先柱下史，沈皡日。官亞殿中丞。禮自猶龍擅，吴浩。謠聽避馬曾。城南瞻斗極，沈岸登。薊北凛霜稜。敢諫虞箴在，九鼎。籌時國寳增。文宜蠲瑣細，瑄。弊力埽榛艿。水旱謀誠切，彝尊。徵輸法可承。廟廊需至理，皡日。駔驓必深懲。疇昔雙龍闕，浩。逶迤四牡乘。桂林啣羽節，岸登。勾漏問丹秤。嶺外收區册，九鼎。舟中慕李膺。含香持國計，瑄。聚米佐軍興。允矣資喉舌，彝尊。良哉寄股肱。人倫誰比似，皡日。意氣益飛騰。八顧三君並，浩。千金一諾憑。聮詩過沈范，岸登。愛客邁春陵。勝日交珠履，九鼎。高齋冒紫藤。對門深徑轉，瑄。開閣小山層。畫得滄洲趣，彝尊。書傳草聖能。連蜷師衛蠆，皡日。妙麗奪曹蠅。籛帙縱横列，浩。爐煙遠近蒸。庭閒看玉樹，岸登。道重比朱繩。謬喜枌榆託，九鼎。相親色笑恒。一行來獻兕，瑄。萬里此籯縢。月尚今年滿，彝尊。觴同舊里稱。頌椒春序近，皡日。懷核舞筵登。青眼人人識，浩。朱顔歲歲凝。不辭五雲裏，岸登。長對九枝燈。九鼎。

箋

康熙十一年(一六七二)十二月作於京師。

何侍御元英：何元英（一六三一——一六七九），字蕤音，浙江秀水（今浙江嘉興）人。順治乙未進士，授行人。督户部糧務，擢雲南道御史，巡視河東鹽政，以敢言稱。再擢通政參議，以疾歸。有《南臺奏疏》。

案：此首載於朱彝尊《竹垞文類》卷一四，《曝書亭集》卷七亦載之，編次在康熙九年（一六七〇）庚戌，句下未註聯句者姓名，則全首以爲朱彝尊作，非六人聯句之詩，皆誤。《竹垞文類》刊刻較早，保存更多原始創作因素，故從其標注，此詩當爲六人之聯句。康熙九年，沈皞日并未到京。康熙十一年，數人始聚於京師，故聯句詩應當作於此時。次年春，沈皞日又去往南雄。

《曝書亭集》卷一〇又有《壽何少卿元英》，詩句云：『日邊初度春尤近，雪後今宵月最圓。弟子鞠車來不少，相留判飲到新年。』可知何元英生日在十二月十五日。

（以上聯句詩一首録自朱彝尊《竹垞文類》卷一四《聯句詩》，清康熙刻本，上海圖書館藏）

附録

姪黼熊跋

伯父南渟先生蚤歲賦遊，垂四十年。然或一歲，或未及一歲即返，返未久復出。人謂『先生盍淹久於外，數年得三徑資以歸，可無事游矣』。先生笑而頷之，然終不改。性不慕榮利，視貴遊蔑如，所與交若長水竹垞朱先生父子、桃鄉李先生、錢塘田居龔先生而外，無幾人也。所作詩古文辭隨手散失。壬午，將復游京師，命黼偕弟鈃檢篋笥所存零星賸稾，得古今體詩若干首。先生手自删定，存什之五，授黼録成卷帙。是冬，即下世。弟鈃於哀毁之餘，蒐輯先生未定遺稿爲補遺一卷，合之得五卷，走錢塘乞龔先生序之。開雕有日矣，爲好事者竊去。忽忽五六年，復謁龔先生，以副本見遺，得謀鋟版。嗚呼，今而後可無懼失墜也已。

案：以上跋文原底本中已不存，今從陸惟鍌纂《平湖經籍志》卷一二録出。

（陸惟鍌纂《平湖經籍志》三十六卷，平湖陸氏求是齋民國二十六年刻本暨稿本，上海圖書館藏）

《四庫全書總目》卷一八四别集類存目十一

《黑蝶齋詩鈔》四卷，浙江巡撫採進本

國朝沈岸登撰。岸登字覃九，號惰耕邨叟，平湖人。是集乃康熙壬午岸登殁後其從子黼熊所編，共詩四百四十餘首。其詩瘦削無俗韻，而邊幅微狹，亦緣於是。

黑蝶齋詞

黑蝶齋詞序

詞莫善于姜夔。宗之者，張輯、盧祖臯、史達祖、吴文英、蔣捷、王沂孫、張炎、周密、陳允平、張翥、楊基，皆具夔之一體。基之後，得其門者寡矣，其惟吾友沈覃九乎？覃九鮮交游，故無先達之譽，又所作詞不多，人或見其一二，輒忽之。然其《黑蝶齋詞》一卷，可謂學姜氏而得其神明者矣。《白石詞》凡五卷，世已無傳。傳者惟《中興絶妙詞選》所録，僅數十首耳。今覃九年方壯，爲之日久，其篇章必數倍於姜氏。盡出以示人，人未有不好之者。序其端，竊自喜屬和之有人，并以見予賞音之獨早也。秀水朱彝尊。

黑蝶齋詞總評

厲鶚《樊榭山房文集》卷四《紅蘭閣詞序》曰：近日言詞者，推浙西六家，獨柘水沈岸登善學白石老仙，爲朱檢討所稱。張君龍威于岸登爲後輩，其詞清婉深秀……直與白石爭勝於毫釐。求詞于柘水，前有《黑蝶》，後有《紅蘭》，質之鄉曲諸公，當無不以予言爲然也。

又《張今涪紅螺詞序》曰：檇李，今詞鄉也。自朱竹垞太史導其源，李秋錦、魏水村諸公和之。而柘上二沈同姓著稱，南渟以秀澹勝，融谷以婉縟勝。於時一篇始出，四方傳唱，敏若風雨，雖茶檣酒幟、井眉椒壁間，偉男髫女，皆能道其名字。

沈初《編舊詞存稿作論詞絶句十八首》之十七曰：清溪梅里知名士，二沈名於二李偕。高韻一時推黑蝶，就論詩筆也清佳。

陳廷焯《雲韶集》總評曰：覃九長調固佳，小令尤神明乎白石。

謝章鋌《賭棋山莊詞話》總評曰：覃九詞勝於其叔。

張雲錦《當湖百詠》曰：浙西爭説六家詞，黑蝶風流擅一時。零落更憐閒水墨，空林黄葉幾枯枝。（沈南渟先生有《黑蝶詞》，其水墨逼真子久、雲林。）

陸栱斗《當湖竹枝詞》曰：紅樫田舍枕清溪，黑蝶閒情自品題。三絶至今珍翰墨，詞名傳遍浙江西。（布衣沈南渟，居紅樫田舍，工詩書畫，時稱三絶。著《黑蝶詞》，爲浙西六家之一。）

徐志鼎《東湖櫂歌》曰：二沈新詞擅浙西，丹青零落已難稽。何人爲續《東湖乘》，摎剔餘聞付棗梨。（沈岸登著《黑蝶詞》，畫學董文敏，著《古今體詩韻鈔》《春秋紀異》，未刻。沈崐，字玉山，著有《禾聃詞》，善畫枯木竹石。《東湖乘》係盧刺史生甫著。）

盧前《望江南·飲虹簃論清詞百家》論沈岸登詞曰：神明得，覃九足稱奇。張史原來分一體，碧山未可與肩齊。此語久然疑。

施蟄存《花間新集》評曰：『覃九煉句下語，頗能閒雅，自是浙派高手。然朱竹垞稱其得白石之神明，毋乃過情之譽。白石、黑蝶，蹊徑全別。白石隱秀，黑蝶流轉；白石寄興幽微，黑蝶意在言下。右小令八首，梅溪、碧山之亞。』

點絳唇 紅橋

紅板橋頭〔一〕，酒旗摇曳花村裏。緑楊如薺。兩岸疎籬綴。羅袖生凉，簾影荷風細。清歌起。半篙秋水，一抹平山翠。

校記

〔一〕『橋頭』：《瑶華集》（中華書局一九八二年版，據清康熙間天藜閣刻本影印。《瑶華集》共選録沈岸登詞十一闋）、《沈氏家乘》（沈應奎等纂《清溪沈氏六脩家乘》，清光緒十二年追遠堂刻本。《沈氏家乘》卷一九共選録沈岸登詞三十四闋）作『橋西』。

箋

康熙十年（一六七一）秋作於揚州。

案：其時岸登從朱彝尊遊處，學爲倚聲，宗法姜夔。

朱彝尊《曝書亭集》卷三〇有集句詞《玉蝴蝶·同沈覃九再登平山》：『秋雲不雨長陰（盧綸）。積翠靄沉沉（王維）。繫馬又登臨（朱灣）。風吹秋更深（周朴）。暗蛩生暮色（無可），寒磬滿空林（劉長卿）。沈約瘦愔愔（李商隱），憑高獨苦吟（韋莊）。』亦當時紀遊而作。

紅橋：在江蘇揚州北門外。清吴綺《揚州鼓吹詞序》：『紅橋在城西北二里。崇禎間，形家設以鎖水口者。

朱欄數丈，遠通兩岸，雖彩虹卧波，丹蛟截水，不足以喻。而荷香柳色，雕楹曲檻，鱗次環繞，綿亘十餘里。春夏之交，繁絃急管，金勒畫船，掩映出没其間，誠一郡之麗觀也。』

平山：宋慶曆八年（一〇四八），歐陽修建平山堂於揚州西北瘦西湖北蜀岡上，因登堂可以望見江南諸山，故以平山爲名。

集評

陳廷焯《雲韶集》評曰：如畫。字字鎮紙。白石化境。

臨江仙 再過紅橋

記得停橈柳岸，柁樓斜罥魚罾。玉纖無力倦還凭。緑紗窗護，中有簟如冰。　羅襪舷深不見，明珠珮解何曾。凉波空自碧千層。水葓花外，斜照落疎藤。

箋

康熙十年（一六七一）秋作於揚州。

集評

陳廷焯《雲韶集》評曰：幽艷絶俗。寫景亦是他人道不出。

好事近　康山。舊係康對山别業

花徑石闌斜，落日千家城闕。寒思春蕪一片，露蒜山晴雪。　武功去後有高臺，容我醉明月。已是鄉心無那，更管絃悽切。

箋

康熙十年（一六七一）冬作於揚州。

案：朱彝尊《曝書亭集》卷八有《雪齋同周儀部襄緒對酒康山》詩，編次在康熙十年冬。又岸登《黑蝶齋詩鈔》（後簡稱《詩鈔》）卷四《題周虞衡琴山遺照十二首》詩註曰：『長人弟兄皆從余遊，計别已十餘年矣。』可知周襄緒爲朱、沈二人之東主，岸登爲周氏子弟之塾師。

康山：康山在揚州郡城徐寧門内，相傳爲開運河時積土所成。

康對山：康海（一四七五—一五四〇），字德涵，號對山，陝西武功人。明弘治十五年（一五〇二）狀元，任翰林院修撰，以詩文名列『前七子』之一。

蒜山：又名筭山，在鎮江城西三里長江口，相傳三國時周瑜與諸葛亮曾在此謀劃拒曹操之策，故名。

武功：此代指康海。

集評

陳廷焯《雲韶集》評曰：精秀逼人。曲折深婉。

酹江月 步韻送曹顧庵學士還南溪

征帆江北，又江南一曲，萸灣深入。雁齒紅橋疎柳巷〔一〕，聽唱新詞猶澀。瓜步寒潮，蒜山晚渡〔二〕，幾點霜鷗濕。重陽過了，拂雲石燕猶蟄〔三〕。試問姹女壚頭，酒錢細數，誰把金魚給。别後南溪溪畔路，賦罷蠻牋爭拾。老圃觀梅，輕舟載鶴，勝向花磚立。十洲五嶽，畫圖看滿瓊笈。

校記

朱彝尊《曝書亭集》（《四部叢刊》本，據清康熙五十三年刻本影印）卷二五《百字令·和韻送曹子顧學士還南溪》詞後附録沈岸登詞。

〔一〕『疎柳巷』：《曝書亭集》《沈氏家乘》作『深柳巷』。

〔二〕『渡』：《沈氏家乘》作『度』。

〔三〕『猶蟄』：《曝書亭集》《沈氏家乘》作『初蟄』。

箋

康熙十年（一六七一）冬作於揚州。

曹顧庵：曹爾堪（一六一七—一六七九），字子顧，號顧庵，浙江嘉善人。順治九年（一六五二）進士，改庶吉士，授編修。官至侍講學士，因事罷歸。曹氏博聞强記，多識掌故，工詩詞文。著有《杜鵑亭稿》《南溪文略》《南溪詞》等。

案：其時，曹爾堪自京師南還歸里，道經揚州，與朱彝尊重逢。朱、沈二人賦同韻詞送別。朱彝尊《百字令·和韻送曹子顧學士還南溪》：『十年相別，又相逢攜手、旗亭同入。試話長安歌酒伴，客久鄉音翻澀。正好歸帆，溪南如畫，紅葉新霜濕。衡門深閉，三冬且學龍蟄。　猶剩百八株桑，一千頭橘，酒債還堪給。萬里山川歸腹笥，不用巾箱收拾。三影新詞，八叉麗句，箏鴈參差立。衍波題就，白藤閒織書笈。』

茱萸灣：又名茱萸灣，位於揚州城東北郊灣頭鎮，以盛長茱萸樹得名，爲運河入揚州的北面門户。

花磚：唐時内閣北廳前階有花磚道，冬季日至五磚，爲學士入直之候。唐白居易《待漏入閣書事奉贈元九學士閣老》詩：『彩筆停書命，花磚趁立班。』

永遇樂　揚州除夕，和竹垞韻

何事飄零，天涯除夕，幾度羈旅。今夜邗江，去年燕市，客淚雙垂縷。銀燈初卸，金壺頻咽，不寐更籌閒數。更誰聽、揚州歌吹，撥火寒爐無語。　淒凉東閣，官梅初發，對酒看人兒女。三十年來，鏡中緑鬢，都被儒冠誤。清溪白屋，團圞兄弟，夢裏分明曾去。正相思、關山南北，夜闌疎雨。

箋

康熙十年（一六七一）除夕作於揚州，和朱彝尊詞韻，時羈旅客愁，有飄零之慨。

案：朱彝尊《竹垞太史手定詞藁》中有《消息・辛亥揚州除夕》一闋，即當時同岸登守歲而作，詞云：『除日他鄉，八年於外，依舊羈旅。老去慵歌，愁來易醉，白髮空千縷。盤椒頌罷，林鴉散後，燈火揚州無數。縱相攜、賓朋守歲，誰喜愁人同語。　爐灰撥盡，遥憐今夜，定有無眠兒女。井税難輸，隣逋共索，轉悵歸期誤。蘆簾紙閣，田衣山屐，准擬春船先去。漏聲催、才成鄉夢，又打窻雨。』

竹垞：朱彝尊，字錫鬯，號竹垞，見《詩鈔》卷一《中山府與朱檢討别八年音問缺然三用前韻》箋語。

邗江：位於今江蘇揚州市邗江區。春秋時吴王夫差開邗溝以通江淮，又築邗城於此。隋開皇十八年（五九八），改廣陵縣爲邗江縣。

清溪：位於今浙江平湖市林埭鎮東北，沈氏一族世居於此。

集評

陳廷焯《雲韶集》評曰：其意擊碎唾壺，而其詞温厚，絶不激迫，深得風人之旨。

蝶戀花　立春日同竹垞賦

是處梅花香近遠。點點苔枝，漏洩春光淺。嘆息年華看又换。踏歌聲裏揚州遍〔一〕。睡起雲屏山六扇。羅帳無人，一任東風捲。細馬馱來嬌滿面。凭闌小語聽猶顫。

校記

朱彝尊《曝書亭集》卷二五《蝶戀花·揚州早春同沈覃九賦》詞後附録沈岸登此詞。

〔一〕『踏歌聲裏』：《曝書亭集》《沈氏家乘》作『踏歌聲按』。

箋

康熙十一年（一六七二）正月六日作於揚州，與朱彝尊同賦，和其詞韻。

案：是年正月六日立春。朱彝尊《曝書亭集》卷二五《蝶戀花·揚州早春同沈覃九賦》：『十里雷塘歌吹遠。柳巷人家，蘸水鵝黄淺。游子春衣都未换。鈿車早已東城徧。　妝冷罷遮蟬雀扇。最恨微風，不放珠簾卷。斜露翠蛾剛半面。心飛玉燕釵頭顫。』

細馬馱來：喻指美女。李白《對酒》詩：『蒲萄酒，金叵羅，吴姬十五細馬馱。』

平湖樂 懷雁浦舊居

吾家雁浦草堂西。繞屋梅花細。楊柳絲絲釣船艤。舊長堤。關河南望三千里。雪晴池館，故園此日，尊酒有誰携。

箋

康熙十一年（一六七二）正月作於揚州。

雁浦：《詩鈔》卷四《東湖曲》之五：『移家雁浦買漁舟，卧看春潮門外流。自分不來城郭住，夢中猶着一層樓。』詩註曰：『雁浦，先方伯南郊題額，余以名齋。』

雪晴池館：南宋蔣捷《女冠子・元夕》：『蕙花香也。雪晴池館如畫。』

採桑子

桃花馬首桃花放，小雨初收。草緑山郵。春色年年獨自愁。東風一帶河橋柳，柳外朱樓。不上簾鈎。定有愁人樓上頭。

箋

桃花馬：指馬身上毛色白中有紅點花紋，狀似桃花。唐杜審言《戲贈趙使君美人》詩：『紅粉青娥映楚雲，桃花馬上石榴裙。』

集評

陳廷焯《雲韶集》評曰：如讀唐人之詩。風致固佳，筆力尤勝。

陳廷焯《詞則》評曰：『定有』妙，與幼安『白鳥無言定是愁』並能使無情處都有情也。

釵頭鳳

晶簾控。花陰動。西隣舊日曾窺宋。青鸞悄。窗紗窈。阿環來未，密香須到。早。早。早。

烟鬟重。湘裙縱。何時待賦朝雲夢。銀河皎。紅墻繞。明珠十斛，買他偕老。少。少。少。

箋

窺宋：喻女子傾心於意中人。宋即宋玉。《文選》卷一九《登徒子好色賦》：『玉曰：「天下之佳人莫若楚國，楚國之麗者莫若臣里，臣里之美者莫若臣東家之子。東家之子，增之一分則太長，減之一分則太短，著粉則太白，施朱則太赤。眉如翠羽，肌如白雪，腰如束素，齒如含貝。嫣然一笑，惑陽城，迷下蔡。然此女登牆窺臣三年，至今未許也。」』

青鸞：代指妝鏡。

阿環：上元夫人，小名阿環，傳爲西王母小女、三天真皇之母，居三重天宮中之上元宮，統領十方玉女名録。

密香：西王母之侍女，名郭密香。

明珠十斛：喻以重金買歌姬。宋樂史《緑珠傳》：『緑珠生雙角山下，美而豔……晉石崇爲交趾采訪使，以真珠三斛致之。』唐喬知之《緑珠篇》詩：『石家金谷重新聲，明珠十斛買娉婷。』

浣溪沙

自在珠簾不上鈎。篆煙微潤逼香篝。薄羅衫子疊春愁。　乳燕寒深渾不語，落花風定也難收。謝娘且莫倚西樓。

箋

謝娘：唐名歌妓謝秋娘，後來泛指歌妓。

集評

陳廷焯《雲韶集》評曰：『疊春愁』妙。凄婉。凄而不婉便失詞人之正。

陳廷焯《詞則》評曰：凄警語，微嫌小樣。

案：此評『薄羅衫子疊春愁』一句。

望江南

江南月，三五正團圞。驚起乳鴉啼不住，斷腸人在小闌干。飛上玉釵寒。　相思淚，碧海未曾乾。還記夜深頻送我，半輪山角掛征鞍。何處更同看。

菩薩鬘

梨花滿地東風惡。平蕪一片煙如幕。着意柳條低。香芹污燕泥。　春潮兩岸拍。最誤歸時客。望斷小樓人。挑燈聽夜分。

滿江紅　渡揚子

鐵甕城開，記三國、孫郎曾霸。依舊見、清江幾點，翠峰如畫。盡日盤渦輕燕掠，有時過雨垂虹跨。看微茫、葭菼劃晴沙，風吹亞。　波萬頃，驚濤瀉。舟兩槳，中流打。漸危磯路轉，妙高臺下。隱隱樹從京口斷，纖纖月上瓜洲乍〔一〕。愛夜深、燈火近揚州〔二〕，征帆卸。

校記

〔一〕『瓜洲』：《黑蝶齋詩餘》作『瓜州』。

〔二〕『揚州』：《黑蝶齋詩餘》作『楊州』。

箋

康熙十一年（一六七二）作，時渡江將再赴京師。

鐵甕城：又名京（京口）城、子城，在今江蘇省鎮江市京口區，三國時期東吳古都。城周迴六百三十步，內外城固以磚壁，號鐵甕城。

孫郎：三國時吳大帝孫權。

妙高臺：在鎮江金山寺伽藍殿後，宋元祐僧佛印鑿崖爲之，高逾十丈，上有閣，一稱曬經臺。

解珮令 贈七七〔一〕

紅牙頻拍，錦筵乍啓。夜厭厭、燈暈星河碎〔二〕。記聽歌聲，曾隔院、催人夢起。驀相逢、一碧紗窗裏。　遥山橫黛，晚雲簇髻，剪瞳人、一雙秋水。有限深杯〔三〕，便真箇、教儂沉醉。一回醒、一番憔悴。

校　記

〔一〕『贈七七』：《瑶華集》作『贈歌者七七』，《沈氏家乘》作『贈歌者七人』。

〔二〕『燈暈星河碎』：《瑶華集》《沈氏家乘》作『河傾星碎』。

〔三〕『有限』：《沈氏家乘》作『有恨』。

箋

此闋與歌妓遊冶而作。

翦瞳人、一雙秋水：語出唐李賀《唐兒歌》：『骨重神寒天廟器，一雙瞳人翦秋水。』後世多以『雙瞳翦秋水』喻女子眼神清澈美麗。

十拍子　來青軒

霽雪纔消竹色，午鐘迸起松聲。尚有巢烏巖際落，怪道游人樹杪行。一峰蘭若晴。　飛白乍看宸翰，來青舊識軒名。不見隔雲緹騎合，但聽流泉壞道鳴。悽然物外情。

箋

康熙十一年(一六七二)冬作於京師,時客居西山,冬雪初霽,尋訪舊跡,有故國興亡之慨歎。

來青軒:在今北京西山香山寺内,依崖而建,登軒四望,青翠萬狀,故名來青。明萬曆帝祭陵歸來,經此親賜匾額。故詞中曰『飛白乍看宸翰,來青舊識軒名』。

飛白:書法中一種特殊筆法,筆劃中絲絲平行露白,似枯筆所寫,轉折處墨痕濃聚突出,多在書寫大字榜書時使用。

宸翰:帝王之親筆墨蹟。

沁園春 香囊[一]

剪就并刀,縫取神鍼,薄言纈之。愛篆消金鴨,未熏先透,佩添珠衱,欲卸同持。窄窄微綃,慣藏心字,只有湘裙六幅知。愁盈把,向檀郎暗解,滿貯相思。　定情宜有新詩。通叩叩、桑中路側時。任携將燭下,頻頻私視[二],繫他肘後,步步長隨。莫是偷來,休教賭却,留待紅羅複帳垂。須珍重,賽千絲結網,網住西施。

校　記

[一]『香囊』:《瑶華集》作『賦香囊』。

〔二〕『私視』：《瑶華集》作『私覰』。

箋

并刀：并州出産的剪刀。并州，唐代屬河東道，爲今山西太原一帶，其地精于冶煉，自古以製造鋒利刀剪著稱。

愛篆消金鴨：篆，指焚香時所起的煙縷。金鴨，指鴨形的銅製香爐。宋石孝友《蝶戀花》詞句曰：『金鴨未銷香篆吐。』

檀郎：晉潘岳姿容美好，嘗乘車出洛陽道，路上女子慕而圍之，擲果盈車。潘岳小字檀奴，後因以『檀郎』爲女子對愛慕男子的美稱。

桑中：語出《詩經·鄘風·桑中》：『期我乎桑中，要我乎上宫，送我乎淇之上矣。』後以『桑中』指代男女幽會之地。

江城子　送顧左公之白門

隋堤繫纜水平沙。板橋斜。那人家。記得門前、一樹有枇杷。喚起當壚同對酒，紅燭護，緑窗紗。　津帆容易隔峰霞。秣陵花。白門鴉。錦瑟凄凉、一度感年華。三十六鱗渾不見，惟有夢，到天涯。

箋

康熙十一年（一六七二）冬作於京師。

顧左公：顧瀛，字湘靈，泰州人。才性敏捷，一目十行，終身不忘。爲詩文不屬草，頃刻數千言，若宿搆者。博極群書，海内以才子目之。

白門：即江寧（今江蘇南京）。

隋堤：隋煬帝大業元年重濬汴河，開通濟渠，沿河築堤，故名。在北宋，隋堤乃來往汴京的必經之路，後世遂以隋堤指稱往京城之要津。

三十六鱗：鯉魚別稱，唐段成式《酉陽雜俎・鱗介篇》：『鯉，脊中鱗一道，每鱗有小黑點，大小皆三十六鱗。』宋葛立方《韻語陽秋》卷一六：『段成式以雲藍紙贈温庭筠，有詩云：「三十六鱗充使時，數番猶得裏相思。」謂鯉魚三十六鱗，充使謂憑鯉魚寄書也。』

踏莎行　送嘉善陳雲銘之青浦

沙擁層冰，烟籠別浦。夜深凉月盧溝渡。天涯九日記啣杯，當筵落帽曾同賦。　千里蓴羹，五茸楓樹。歸帆行盡江南路。高齋只作故鄉看，柳塘花暖應飛度。

箋

康熙十一年（一六七二）冬作於京師。

案：朱彝尊《曝書亭集》卷八有《送陳鈦之青浦》詩，編次在壬子年，詩句云：『憶同九日登高讌，益信陳琳最善文。』是年九月九日，陳鈦與岸登、朱彝尊登高集飲。入冬，陳鈦别去，二人又各賦詩詞送行。

陳雲銘：陳鈦，字雲銘，浙江嘉善人。

青浦：今上海市青浦區，南與松江區、金山區及浙江嘉善縣接壤。

盧溝渡：盧溝河上之渡口，今北京市豐臺區永定河。

九日：農曆九月九日重陽節，舊俗於此日登高飲酒。

落帽：重九登高典故。出《晉書》卷九八《桓温列傳·孟嘉》：『裒問亮：「聞江州有孟嘉，其人何在？」亮曰：「在坐，卿但自覓。」裒歷觀，指嘉謂亮曰：「此君小異，將無是乎？」亮欣然而笑，喜裒得嘉，奇嘉爲裒所得，乃益器焉。後爲征西桓温參軍，温甚重之。九月九日，温燕龍山，僚佐畢集。時佐吏並著戎服，有風至，吹嘉帽墮落，嘉不之覺。温使左右勿言，欲觀其舉止。嘉良久如廁，温令取還之，命孫盛作文嘲嘉，著嘉坐處。嘉還見，即答之，其文甚美，四坐嗟歎。』

五茸：春秋時吴王獵場，又稱五茸城，在今上海市松江區西。

真珠簾 簾〔一〕

緑筠剪取烟江畔。依然是、帝子啼痕紅染。細節理千絲，愛玉鈎長綰。象蔑犀釘初上了〔二〕，勝一片、湘雲纖軟。深院。更白珠連綴，翠羽橫卷。最恨陌上鈿車〔三〕，被春風搖曳，暗藏人面。惆悵碧紋迴，有冷波吹練。鎮日珊瑚慵不起，便串斷、蜻蜓誰管。銀蒜。休誤了歸來，畫梁雙燕。

校記

〔一〕詞調『真珠簾』：《瑶華集》作『珍珠簾（薲洲譜）』，《沈氏家乘》作『珍珠簾』。『簾』：《瑶華集》作『咏簾』。

〔二〕『象蔑』：《瑶華集》作『象篾』。

〔三〕『最恨』：《瑶華集》作『最怨』，《沈氏家乘》作『最怕』。

箋

象蔑：以象牙劈成蔑絲，磨平打光後編織而成。

便串斷、蜻蜓誰管：語出李商隱《河陽詩》：『曉簾串斷蜻蜓翼，羅屏但有空青色。玉灣不釣三千年，蓮房暗被蛟龍惜。』

銀蒜：銀制的簾鈎，形似蒜條，故名。北周庾信《夢入堂内》詩：『幔繩金麥穗，簾鈎銀蒜條。』清倪璠注：『銀鈎若蒜條，象其形也。』

菩薩蠻 集調名咏梅

春風嬝娜春光好。望梅南浦尋芳草。疎影一痕沙。行香滿路花。　笛家曲玉管。側犯清商怨。飛雪滿羣山。箇儂愁倚闌。

箋

全詞集用詞牌名十六個：《春風嬝娜》《春光好》《望梅》《南浦》《尋芳草》《疎影》《一痕沙》《行香(子)》《滿路花》《笛家》《曲玉管》《側犯》《清商怨》《飛雪滿羣山》《箇儂》《愁倚闌》。

集評

謝章鋌《賭棋山莊詞話》評曰：其《菩薩蠻·詠梅集調名》云：『疎影一痕沙。行香滿路花。』又云：『飛雪滿羣山。箇儂愁倚闌。』粘合既工，並饒遠韻。

柳梢青 病起[一]

簾鈎低揭。凍禽窗外，往來催雪。藥裏看殘，詩愁漸老，這番寒怯。　驀然多少鄉心，待説與、何人聽説。一點風燈，數聲蘆管，滿庭霜葉。

校記

〔一〕《黑蝶齋詩餘》無詞副題。

箋

康熙十一年（一六七二）冬作於京師。

集評

陳廷焯《雲韶集》評曰：『這番』妙。寫凄涼之景，令人魂銷。

渡江雲　送葉元禮之睢州

小寒纔過也，天風斷柳，蕭瑟冷河橋。正千金賣賦，何事匆匆，歲晚出燕郊。荆高酒伴，向壚頭、且貰松醪。縱笑擁、雙鬟同醉，未抵別魂消。　迢迢。征途此去，脩竹荒烟，是梁園舊好〔一〕。吟不盡、愁雲馬首，積雪山腰。羊車叔寶風流在，問洛陽、紅袖誰招。空憶汝、相思折取梅梢〔二〕。

校記

〔一〕『舊好』：原本作『舊地』，據《黑蝶齋詩餘》改。

案：本調以宋周邦彦詞爲正體，《欽定詞譜》曰：『此調後段第四句例用仄韻，亦是三聲叶，乃一定之格。宋元人俱如此填。』岸登原本『地』字屬失韻，因改。

〔二〕『梅梢』：《黑蝶齋詩餘》作『梅稍』。

箋

康熙十一年（一六七二）冬作於京師。

葉元禮：葉舒崇（一六四〇—一六七八），字元禮，號謝齋，别號宗山，江南吴江人，寄籍浙江平湖。年十三，補弟子員。爲人英敏博雅，美丰儀，時人以衛玠相喻。入北雍，名噪都下。倦遊京雒，嘗與僕人痛飲燕市，有『青山埋骨黄罏邈，紅豆關心緑髮殘』之句。康熙十四年（一六七五）中順天鄉試，十五年成進士，授内閣中書舍人。十七年舉博學鴻儒，三相國交章薦之，待試闕下，病卒於京邸。元禮爲葉紹袁孫，與從叔葉燮並有文譽，有『大小阮』之目。著有《宗山集》《謝齋詞》。

案：清汪懋麟《百尺梧桐閣集》卷一〇壬子詩《送葉元禮之睢陽》編次在是年十月所作《病後移坐南廂適錫鬯過訪》之後。岸登《渡江雲》詞首句：『小寒纔過也。』又編次在《踏莎行・送嘉善陳雲銘之青浦》後，可互證皆此時在京師作。

朱彝尊《曝書亭集》卷八亦有《送葉上舍舒崇之睢陽》詩，而編次在康熙十年（一六七一）辛亥，其詩句云：『幾回落拓來燕市，秋草金臺共夕曛。』『若見當壚勸酒人，也應憶我長安路。』此詩當作於秋冬之際的京師。而康熙十年秋冬之際，朱彝尊在揚州，故編年誤。此當以汪懋麟集中編次爲是。

睢州：今河南省商丘市睢縣。

千金賣賦：喻葉舒崇具司馬相如之文采，在京師見知於卿相。

荆高：戰國荆軻與高漸離。後泛指任俠行義之人。

松醪：由松肪或松花釀製的酒，亦泛指酒。

羊車叔寶：典出《晉書·衛玠傳》：『衛玠字叔寶，年五歲，風神秀異。祖父瓘曰：「此兒有異于衆，顧吾年老，不見其成長耳。」總角乘羊車入市，見者皆以爲玉人，觀之者傾都。』唐孫元晏《詠史》曰：『叔寶羊車海内稀，山家女婿好風姿。江東士女無端甚，看殺玉人渾不知。』

案：徐釚《本事詩》卷一一載朱彝尊《流虹橋紀事送葉元禮歸吴江》，詩題下有小註曰：『吴江葉舒崇元禮美丰姿……後至會稽，每入市，窺簾者夾道。時宋副使琬觀察越中，曰：「是將看殺衛玠。」因召之入署。』

一痕沙　題畫

倚樹茅亭不翦。帶水平沙乍遠。嵐翠入寒空。有無中。　留待春船載酒。添箇隣翁携手。醉擁石苔眠。可忘年。

桂枝香　寄題王古直鏡閣

棟雲靉靉。傍西子湖邊，曲堤瀟灑。曾記六橋煙景，舊游都在。菱花一片朝光冷，點青螺、兩峰橫黛。何年占取，鷗沙鷺渚，柳梢花外。　有多少、畫橈同載。負出水曹衣，當風吴帶。夢裏屏山，慣聽漁歌欸乃。天涯游子歸還未，預相期、筍厨蝦菜。疎簾盡捲，添他高枕，醉眠吾愛。

箋

王古直：王豸來，字古直，浙江錢塘（今浙江杭州）人。

鏡閣：王豸來之杭州寓所。

案：朱彝尊《曝書亭集》卷二五《醉花間·送王古直還西湖》詞句云：『愁君去。送君去。君去西湖住。小閣鏡中懸，是月初生處。』

六橋：指杭州西湖蘇堤上之六橋，名曰映波、鎖瀾、望山、壓堤、東浦、跨虹，宋蘇軾所建。

出水曹衣，當風吴帶：北齊曹仲達、唐吴道子皆善畫佛像，曹筆法剛勁稠迭，而衣服緊窄，猶如剛從水中出來一般；吴則筆勢圓轉靈動，而衣服飄舉，所繪人物衣帶宛若迎風飄曳之姿，故後人稱『曹衣出水，吴帶當風』。

賣花聲

三畆舊柴扉。一半疎籬。春來長定雨霏微。楊柳絲輕蘭葉小，鸂鶒雙飛。　花徑未全非。鄉夢依依。天涯兄弟幾時歸。可惜年年芳草色，緑遍漁磯。

集　評

陳廷焯《雲韶集》評曰：雅秀。秀而有神，味之不盡。

步蟾宫　席上和錫鬯韻〔一〕

雪花未净侵階滑。奈小小、鴉頭羅韈。惱人三五月朦朧，數不定，風鬟十八。　歌闌纔把觥籌撤。聽去也、一聲愁殺〔二〕。尊前相對尚無言〔三〕，又那得、相思書札。

校　記

朱彝尊《曝書亭集》卷二五《步蟾宫·席上同沈六贈伎》詞後附録沈岸登此詞。

〔一〕『席上和錫鬯韻』：《沈氏家乘》無『韻』字。

〔二〕『愁殺』：《曝書亭集》《瑶華集》《沈氏家乘》作『愁煞』。

〔三〕『尚無言』：《曝書亭集》《瑶華集》《沈氏家乘》作『且無言』。

箋

康熙十二年（一六七三）初春作於京師，時春雪未消，與朱彝尊同酒讌，席上賦艷詞同韻。錫鬯：朱彝尊，見前箋。

案：朱彝尊《步蟾宫・席上同沈六贈伎》詞云：『越羅垂地湘裙匝。淺露著、鞵幫紅狹。尋常已是不分明，況一點、紗籠殘蠟。玲瓏骰子抛時霎。遥勸酒、觥船纔壓。月高先自下階行，又何處、爲雲巫峽。』

集評

陳廷焯《雲韶集》評曰：婉麗如此。麗而有則，字字雅湛，真竹垞之匹也。

陳廷焯《詞則》評曰：豔詞亦饒筆力，真竹垞之亞也。

案：此評末二句。

如夢令

纔見緑楊飄絮。又見頳桐垂乳。三十六鴛鴦，盡在藕花深處。飛去。飛去。生怕晚來煙雨。

箋

赬桐：又稱貞桐花，爲馬鞭草科大青屬灌木，産於南方。花冠、花梗均爲紅色，形如珊瑚，花期由夏日延至秋日，别稱『百日紅』。宋陸游《思政堂東軒偶題》詩：『唤起十年閩嶺夢，赬桐花畔見紅蕉。』自註『赬桐，嘉州謂之百日紅』。

三十六鴛鴦：元伊世珍《琅嬛記》引宋佚名《謝氏詩源》，言東漢大將軍霍光於園中鑿大池，植五色睡蓮，養鴛鴦卅六對，望之燦若披錦。後世多以鴛鴦喻男女之情。

集評

陳廷焯《雲韶集》評曰：言中有物。

陳廷焯《詞則》評曰：意餘於言。

案：此評『三十六鴛鴦』至結尾。

青門飲 送諸駿男之大名

五鹿春沙，百花晴檻，計程猶是，帝京三輔。嫩柳鞭絲，斜陽帽影，碧草依然南浦。且莫匆匆别，試同尋、上元游侣。香車寶馬，暗塵明月，儘堪君住。　况有盈尊清醑。便醉擁紅粧，聽歌金縷。良會無多，酒人能幾，忍使驪駒催去。卧閣漳河畔，正緑水、芙蓉深處。從今兩地，相思千里，夢魂辛苦。

箋

康熙十二年（一六七三）春作於京師。

諸駿男：諸九鼎，一名曇，字駿男，號鐵闇，浙江錢塘（今浙江杭州）人。才巨學贍，貫穿經史百家之言，有《諸鐵庵集》。

大名：今河北省邯鄲市大名縣，清初屬直隸行省大名府，爲直隸省總兵駐地。

五鹿：即五鹿墟，又名沙鹿，春秋時晉國邑城，在今河北省大名縣東。

三輔：本指西漢時治理京畿地區三個職官的合稱，亦指其所轄地區。後世泛指京城附近地區爲三輔。

驪駒：《漢書·王式傳》：『謂歌吹諸生曰：「歌《驪駒》。」』顏師古註：『服虔曰：「逸《詩》篇名也，見《大戴禮》。客欲去，歌之。」文穎曰：「其辭云：驪駒在門，僕夫具存；驪駒在路，僕夫整駕。」』後因以爲告別歌。

清平樂 玉泉山寺

石橋煙樹。幾道風泉注。濕盡春沙愁馬度。山路原來無雨。　夕陽一片香臺。小亭東有門開。縱使昏鴉百過，何妨倚杖徘徊。

箋

玉泉山：京城西山東麓支脈，山因泉得名。泉水自山間石隙湧出，水卷銀花，宛若玉虹，有『玉泉垂虹』之稱，爲『燕京八景』之一。清《一統志》：『玉泉山在宛平縣西北二十五里，玉泉出山下，山麓有寺，所謂玉泉寺也。』

南鄉子 卧佛寺

亂石擁山田。行遍凉沙不見泉。驅馬獨來林際寺，金仙。也倦津梁盡日眠。　古栢翠籠烟。新月如弓乍引弦。何處霜鐘聲斷續，諸天。尚有藤蘿絶壁懸。

箋

卧佛寺：今北京市十方普覺寺，位于西山北壽牛山南麓。寺始建於唐貞觀年間，原名兜率寺，又名壽安寺、永安寺。後殿有香木佛，又有元代鑄銅佛，皆卧像，故别稱卧佛寺。

金仙：唐李白《與元丹丘方城寺談玄作》詩：『朗悟前後際，始知金仙妙。』清王琦註：『金仙，謂佛。』

諸天：佛教語，指護法衆天神，亦泛指天界。

月華清　退谷[一]

臥佛山坳，退翁亭角，春風已掃巖磴。指點斜陽，引我馬蹄幽興[二]。見十里、五里青松，映將花、未花紅杏。人静。但炊煙樹杪，萬峰齊暝[三]。　載酒閒房深處，縱赤米黃虀，也須酩酊。記得題詩[四]，粉壁依然苔徑。更坐起、榻下沉沙，共招尋、水邊鳴磬。清鏡。照皇州一氣，冷波千頃。

校記

〔一〕『退谷』：《瑶華集》作『晚入退谷留宿僧舍』。
〔二〕『幽興』：《瑶華集》作『清興』。
〔三〕『齊暝』：《瑶華集》作『都暝』。
〔四〕『記得』：《瑶華集》作『記』。

箋

退谷：今北京市西山櫻桃溝，位於臥佛寺西北方向，爲清初孫承澤所築别業。清《一統志》：『孫承澤，字北海，大興人。明崇禎辛未進士，仕至刑科給事中。國朝順治間，歷官吏部侍郎。乞休，築退谷於西山。』

退翁：即孫承澤（一五九三—一六七六），字耳北，一作耳伯，號北海，又號退翁、退谷，山東益都人。收藏書畫，精賞鑒，著有《春明夢餘録》《天府廣記》《庚子銷夏録》等。

赤米：也稱桃花米，指劣質粗糙的米。《國語》：『今吴民既罷，而大荒薦饑，市無赤米。』韋昭註：『赤米，米之奸者。』

黄虀：鹹醃菜。宋朱敦儒《朝中措》詞：『自種畦中白菜，醃成甕裏黄虀。』

減字木蘭花 洪光寺栢徑

峰盤十八。翠蓋陰連苔磴滑。人影西東。杖底香雲木末鐘。　繡幢斜矗。初日高林紅未足。倚定層欄。圓殿無塵佛火寒。

箋

洪光寺：原坐於京城香山十八盤道之側，今已不存。寺院山門東北向，内建毘盧圓殿，又有太虚室、香巖室。明沈守正《遊香山寺記》：『望有若石門者，至即洪光寺，入石門，路甚修平可步。古柏夾之，外不見林，上不見顛，枝幹交蔭。人行道上，蒼翠撲衣。』

河傳 碧雲寺

喬木。疏竹。古亭偏。亭下春流細泉。方花古礎甃石圓。涓涓。山厨遠近穿。　小榼三升携濁酒。杯泛後。上馬仍回首。柳絲濃。碧雲重。連峰。星星聞暝鐘。

箋

康熙十二年（一六七三）春，岸登遊歷京城西山諸勝，以上五首皆當時作。

碧雲寺：位於今北京市香山北側，西山餘脈聚寶山東麓，依山而建，始創於元至順二年（一三三一），明清屢經擴建，爲京城名刹。

點絳唇

花下重門，石闌題徧游人句〔一〕。暮雲春雨。只少江南樹。　小小紅樓，舊是吹笙處。愁凝竚。杜鵑無語。誰勸春歸去。

校記

〔一〕『題徧』：《黑蝶齋詩餘》作『題編』。

集評

陳廷焯《雲韶集》評曰：感物生情。

減字木蘭花

雙蓮髻綰。絶勝羊家張静婉。簾影重重。映取冰綃淡未濃。　玲瓏骰子。一點芳心堪比似。剪水横波。得近樽前分已多。

箋

此闋遊冶贈伎之作。

張静婉：南北朝時羊侃家舞伎，據《梁書》記載，其容貌絶世，腰圍一尺六寸，能作掌上舞。

剪水横波：喻女子眼神閃爍流動。《文選·傅毅·舞賦》：『眉連娟以增繞兮，目流睇而横波。』李善註：『横波，言目邪視，如水之横流也。』

清平樂　送家柘西再入東粤

柳風斜陌。催送晴縣白。昌歜浮杯留未得。又早匆匆南北。　墨江試下珠江。鄂君繡被船窗。羨殺繁星荔子，凝冰掛緑無雙。

箋

康熙十二年(一六七三)春暮作於京師。

家柘西：沈皞日，見《詩鈔》卷一《絶徼》箋語。

案：去年，沈皞日在京師應科舉試。今年報罷，仍將至南雄依其内兄陸世楷，岸登與朱彝尊、高士奇作詩詞送行。

高士奇《城北集》卷五『癸丑正月起至十二月止』詩，有《送沈融谷再遊粤東》詩句云：『落盡楊花春晝遲，問君驅馬欲何之。』朱彝尊《曝書亭集》卷二五《清平樂·送沈融谷再游南雄》，又《曝書亭集》末《葉兒樂府》有《清江引·慈仁寺再送融谷雙調》，皆當時送行之作。

昌歜：又稱昌菹，菖蒲根的醃製品。昌，通『菖』。周文王嗜昌歜，孔子慕文王而食之以取味。後喻慕其名以追其嗜好。

鄂君繡被船窗：典出劉向《説苑》。鄂君子晳，貌形俱美。一日乘舟，舟子悦其美，歌《越人歌》以求交歡盡意。子晳感而擁之，舉繡被覆之。後世以喻男女歡愛之情。此句戲謔，亦贊沈皞日容儀端好。

掛緑：荔枝中之佳品，主産於廣東增城，因果身中有一道緑痕貫穿而得名。朱彝尊曾贊之曰：『南粤荔枝，向無定論，以予論之，粤中所産掛緑，斯其最矣。』

青玉案 送施韓友歸南湖

僊舟幾日臨淮浦。打兩槳、平江路。最憶南湖來往處。渡頭楊柳，門前烏桕，總是青青樹。 藤陰儘好消炎暑。況有深杯斟緑醑。何事留君君不住。秋風準擬，蓴羹菰飯，吾亦全家去。

箋

康熙十二年（一六七三）作於京師。

施韓友：施鑒范，字韓友，浙江秀水（今浙江嘉興）人。康熙癸卯舉人。

鵲桥仙

秋簷收雨，小簾籠月，白露團團新濯。一年一度一填河，怕烏鵲、今宵忘却。 階前羅襪，風前羅帶，凉思樽前先覺。天孫已作嫁衣裳，還獨自、穿針樓角。

箋

此闋用詞調本意，詠七夕故事。

疎影 題何侍御古藤書屋

玉河一曲。記隄沙舊日，三徑曾築。留與騷人，簡點圖書，更添多少牙軸。赤闌宛轉連苔砌，總不羡、江梅湘竹。愛捎簷、藤蔓花飛，簾底午陰晴緑。　誰似先生瀟洒，退朝歸繫馬，文酒相逐。便許荆高，擊筑歌呼，夜深燒短紅燭。墨池儘有揮毫興，又早是、鵝兒初熟。倚南床、紈扇題殘，試染羊欣裙幅。

箋

康熙十二年（一六七三）作於京師。

何侍御：何元英，見《詩鈔補遺》中《壽何侍御元英》詩箋語。

古藤書屋：位於今北京市宣武區海柏胡同十六號，清初爲金之俊舊第，據《順天府志》記載，庭有紫藤兩本，檉樹一株，旁帖湖石三五，可以坐客賦詩。當時爲何元英居所，所過皆雅士鄉賢。

試染羊欣裙幅：羊欣，東晉時人，王獻之外甥，隨獻之學書法，最得王體，時人曰『買王得羊，不失所望』。《宋書・列傳二十二》：『欣時年十二，時王獻之爲吴興太守，甚知愛之。獻之嘗夏月入縣，欣著新絹裙晝寢，獻之書裙數幅而去。』

案：朱彝尊《江湖載酒集》有《暗香・初夏同吴岷培湯公牧施韓友譚左羽兄飲何侍御蕤音古藤書屋》，又《曝書亭集》卷七有《壽何侍御元英》，《竹垞文類》所載此首爲岸登同朱彝尊、諸九鼎、譚瑄、沈皥日、吴浩聯句詩，皆當時友朋聚讌所作。

高士奇《城北集》卷五有《古藤書屋歌贈何蕤音侍御》。

鶴冲天 題錢舍人垂綸圖即和韻

風柯月渚。人在秋深處。愛傍水蘋花，填詞句。問烟波誰管，却少箇、隣船住。五湖懷舊侶。可有千絲，别網溪紗村苧。沉吟薄暮。白鳥雙飛去。買取蜀薑温，蓴堪煮。携小童丱角，吹一曲、沙頭雨。君恩知未許。菰葉横塘，且緩此時鄉緒。

箋

康熙十二年（一六七三）作於京師。

錢舍人：錢芳標（？——一六七八），初名鼎瑞，字寶汾，一字葆馚，江南華亭（今屬上海市松江區）人。明刑部侍郎士貴子。年十五補諸生，清康熙元年（一六六二）入太學，隔年授内閣中書舍人。康熙五年（一六六六）中順天舉人，仍留院中。康熙十七年（一六七八）舉博學鴻儒，撫臣薦爲『江南第一才人』，以丁母艱不赴，以哀毁内傷，遂卒。芳標博文宏覽，天才雋麗，弱冠即以詩名，尤工詞，竹垞先生稱『可方駕南北宋』。著有《金門稿》六卷、《湘瑟詞》四卷。

案：是年錢芳標來京師，遇朱彝尊與岸登，頗多唱和。

錢芳標《湘瑟詞》有《鶴冲天・自題小像》二闋、又《鶴冲天・見諸公次韻題像詞成帙喜賦仍用前韻》，岸登所作次韻。

乾隆《金山縣志》卷一九載朱彝尊《鶴冲天・次葆馚先生詠蓴漁圖韻》，《瑶華集》載張翼《鶴冲天・題尊斂小像和蓀畇原韻》。

錢芳標《湘瑟詞》卷二又有《畫屏秋色・同錫鬯覃九豫章飲光登妙光閣》，紀是年秋芳標與岸登、朱彝尊、張翼、錢澄之諸人之遊歷。

漁家傲　北歸，憶清溪遥賦

滿眼江湖馳羽檄。故園亂後歸難得。歸去更憐三徑窄。溪水碧。編籬錦樹秋花織。

十載黄金臺下客。驕人貧賤惟長揖。自笑栖栖南更北。天涯覓。素箏濁酒無相識。

箋

康熙十三年（一六七四）左右作於京師。時將歸里，猶有故園之思。

滿眼江湖馳羽檄：羽檄，古時軍事文書，插羽毛以示緊急，必須快速傳遞。其時，三藩之亂作，戰事紛亂。

案：此次岸登北歸，蓋因幕主周襄緒奉旨入閩，招撫耿精忠，被質押軍中，故其無所依傍，只得還里。

十載黄金臺下客：黄金臺，傳爲燕昭王所築，『置千金於上以延天下士』。明蔣一葵《長安客話》記載：『出朝陽門循濠而南，至東南角巋然一土阜是也。』故又以『黄金臺』代指燕京城。可知岸登北上客京城已十年矣。

案：以十年推之，康熙三年（一六六四），岸登之父亡故後，先生即北遊京師，蓋謀生計也。《詩鈔》卷一《自題紅樫田舍用東坡八首韻》之八詩句云：『薄游自少日，荏苒銷我年。喁喁室中人，謂我囊無錢。』蓋寫實也。

臨江仙　荷葉陂

鴨嘴歸帆蒲十幅，捲簾看遍青山。潮生潮落趁將還。晚雲高綰髻，宿雨亂堆鬟。　樹色正迷京口渡，好風未到吴關。茫茫江月盡憑闌。照他人面白，攜坐近銀灣。

多麗　南池重别孫愷似

正驚秋、滿樹風鳴悽惻。卸歸帆、繫將小艇，慢攜池上遊屐。計年來、剪燈割韭，共山茨、幾度晨夕。蔗杖尊前，藤鞋天外，可堪回首，頓成夙昔。黯然念、帝城分袂，離恨總難述。休重話、梁園弋釣，舊曰賓客。　有半折、荷風一面，乍眠柳帶千尺。繞紅泥、曲闌亭畔，且倒深缸溯流滌。菱熟何時，蒲荒甚處，杜家詩思更誰覓。待君住、庾樓乘月，憑眺弄長笛。應憐我、霜鬢半凋，醉帽簷側。

箋

康熙十三年（一六七四）秋作。

南池：清《一統志》：南池在濟寧城東南隅，今淤塞。乾隆《濟寧直隸州志》卷一二：『南池在南城太白樓下。池爲洸、府二水所經，渟泫入天井閘爲池，蓄荷數畝。杜甫與許主簿泛舟南池，有詩。池上有亭有堂有榭，檣帆往來，多憩於此。』

孫愷似：孫致彌，字愷似，號松坪，見《詩鈔》卷一《朱蒙》箋語。

蔗杖尊前：此喻酒後狂態。語本三國魏曹丕《典論自敘》：『嘗與平虜將軍劉勳、奮威將軍鄧展等共飲……時酒酣耳熱，方食芊蔗，便以爲杖，下殿數交，三中其臂，左右大笑。』

『菱熟何時』句：此句用唐杜甫《與任城許主簿游南池》詩意，杜詩云：『菱熟經時雨，蒲荒八月天。』自註：『池在濟寧州境。』

案：孫致彌《梅沜詞》有《多麗·甲寅秋南池送沈覃九兼懷譚左羽朱錫鬯徐勝力陸武園次覃九留别原韻》，詞云：『酷相思、把臂翻添心惻。破征衫、對君倦櫓，舊遊休問裙屐。且班荆、典衣小飲，兔華圓、莫虛今夕。池上籌花，亭邊挑菜，可憐誰譜，豔歌昔昔。問燕市、酒人吟侶，蹤跡夜深述。也應向、山東念我，落魄孤客。　趁放牐、奔流十丈，峭帆斜掛三尺。好秋光、盡歸詩畫，鳳味殘香手親滌。路轉杉青，林添楓紫，故人思夢定相覓。只愁近、鷗邊鷺斷，三弄釣船笛。何時許、移棹柘湖，共醉溪側。』

岸登與孫致彌此前皆客周襄緒府中，爲幕友。因周府變故，黯然分袂。今於濟寧再逢，又重别，憶及『剪燈割韭』『共山茨，幾度晨夕』之誼，復有『可堪回首』之嘆。

水調歌頭　吴江别潘次畊

一樹冷楓葉，六幅軟帆船。五湖秋色無恙，空翠竟長天。竹塢籬邊稚子，桂巷堂前老母，遲爾已經年。落日尚明滅，歸燕也翩躚。　閒居好，應寫賦，砑吴牋。紛紛笳鼓，南北穩卧枕流泉。蓴菜山厨幾握，鱸鱠霜刀如縷，入饌定能鮮。似我無歸計，分手但茫然。

箋

康熙十三年（一六七四）秋，時北歸還里，經吴江訪潘耒，與之別。

潘次畊：潘耒（一六四六——一七〇八），原名棟吴，字次耕，號稼堂，晚號止止居士，江南吴江（今江蘇蘇州）人。兄檉章罹莊史之禍，家累戍邊。年十七送嫂北徙，間關千里，備歷艱辛。後又護其喪以還。乃變姓名爲吴開琦，避地西山，從徐枋遊。又北至太原，受業于顧炎武之門。由左春坊諭德盧琦、刑部主事謝重輝薦舉博學鴻儒，召試列二等第二名，授翰林院檢討，與修《明史》，尋充日講起居注官。二十三年降調，遂歸。四十二年起復，越三年將有薦起，謝止，遂不復出。精于經史詞章、曆算音韻，多所通曉。性好山水，篤於師誼。徐枋殁後，爲刻《居易堂集》，并周恤餘孤，務俾所得。顧炎武殁後，爲刻《亭林遺書》及《日知録》。又爲其兄刻《國史考異》及《松陵文獻》。著有《遂初堂詩集》十五卷、《文集》二十卷、《別集》四卷、《稼堂文鈔》一卷、《遂初堂稿》二卷、《遂初堂外集》不分卷、《遂初堂外集詩文稿》二卷、《類音》八卷、《硯銘》一卷、《遊西洞庭記》一卷等。

八歸　春夜融谷叔從南雄歸，別自都下，會在里門，歷三年矣

壚頭換酒，尊前留佩，鳳城共賞風雅。驀然相見翻疑夢，惆悵舊游裙屐，回首衰謝。歌板

舞衣都在眼，算三載、分明如乍。又誰意、灞岸離愁，後會在今夜。　聞説山踰梅驛，江沿章水，更住鬱孤臺下。關心舴艋，風煙留滯，辛苦檣烏帆馬。到而今故里，重剪西窗小燈話。話年來、竹林非舊，小阮交疎，天涯早歸也。

箋

康熙十四年（一六七五）春作於里中。

融谷叔：沈皞日，見前箋。

案：沈皞日爲岸登族叔，僅年長其兩歲。前年，岸登與沈皞日會於京師，其後相别。今年又會于里中，感慨繫之。參見前箋《清平樂·送家柘西再入東粤》中事。

『鳳城共賞風雅』句：鳳城，相傳秦穆公之女弄玉，吹簫引鳳，鳳皇降於京城，故曰丹鳳城。後因稱京都爲鳳城。此句言二人在京城頗有詩酒之樂。

檣烏：船舶桅杆上的烏形風向標。亦用以比喻漂泊不定之生涯。宋蘇軾《和邵同年戲贈賈收秀才》之三詩云：『生涯到處似檣烏，科第無心摘頷鬚。』

帆馬：驚帆馬，三國時曹真之馬。《古今注》：『曹真有駃馬，名爲驚帆，言其馳驟，如烈風舉帆之疾也。』

小阮：晉名士阮咸。與叔父阮籍皆爲『竹林七賢』之一，世因稱咸爲小阮，後藉以指稱侄兒。

玉樓春 相州

征衫着雨渾成粟。野水一灣橋一曲。郫筒盛酒柳邊嘗，草屩拖煙山底宿。　瓜牛小檻編疎竹。竹裏聲聲寒簌簌。倦來時倚板扉眠，待取田家沙飯熟。

箋

康熙十四年(一六七五)作。

相州：古州名。北魏分冀州置相州，轄六郡：魏郡、陽平、廣平、汲郡、頓丘、清河，治所在鄴城(今河南臨漳縣古鄴城，安陽市北)。

酹江月 乙卯除夕，宿頓丘杨葵齋署中，同錢道耕夜話

金堤萬柳，傍高城斜抹，一竿煙色。馬上行吟人易老，况是頽陽銜壁。九曲流泉，五軍寒翠，尋過都陳迹。新愁還和，夜來殘雪同積。　差喜官閣明鐙，故人抵掌，取醉留今夕。小篆殘碑無覓處，漫説蛟龍筋力。金虎臺荒，銅仙淚盡，能禁苔痕蝕。英雄小技，千秋憑弔猶惜。相傳署舍有魏武半截碑。

箋

康熙十四年（一六七五）除夕作於清豐。

頓丘：古縣名，即清豐縣，明清時屬直隸大名府，今屬河南省濮陽市。

楊葵齋：楊燝，字葵齋，浙江平湖人。肆力於文章，喜與有學行之士上下其議論。康熙三年（一六六四）進士。十二年，任直隸清豐縣知縣，以興起斯文爲志，有政聲。入爲御史，尋以母老陳情歸，宦橐蕭然。

錢道耕：待考。清劉廷璣《葛莊詩鈔》卷二有《錢道耕之江右幕以詩留别依韻賦答》。蓋其人與岸登既稱故友，又同爲官署門下客，取謀生之資。

金堤：古黄河堤，取固若金湯之意而得名，在今河南濮陽至范縣一帶。

五軍：春秋時，軍制設上軍、中軍、下軍、新上軍、新下軍。《水經注》卷九：『頓丘在淇水南……魏徙九原西河出軍諸胡，置五軍於丘側，故其名亦曰五軍也。』

金虎臺：三國時曹操所建。《三國志・魏志・武帝紀》：『（建安十八年）九月，作金虎臺。』故址在今河北省臨漳縣西南故鄴城西北隅。唐温庭筠《金虎臺》詩：『碧草連金虎，青苔蔽石麟。』

齊天樂　丙辰元夜，再客長安

天涯怕見年華度，團圞又逢三五。隘巷鈿車，窺人羅帕，笑逐蛾兒爭舞。暗塵散去。漸燈暈簷花，歌殘戍鼓。窈窕重門，玉驄嘶過舊游路。　故園尊酒今夜，問誰能遣此，離懷辛苦。

小婦鳴機，驕兒裂被，并起鄉心無數。謝莊懶賦。任蟾影紛紛，滿庭流注。好夢除非，枕函邊去訴。

箋

康熙十五年（一六七六）正月十五日作於京師。

驕兒裂被：寫幼兒睡態。

案：前年九月十九日，岸登子沈之釿生。

謝莊（四二一—四六六）：字希逸，南朝宋文學家，以《月賦》聞名。

集評

陳廷焯《雲韶集》評曰：樂者自樂。異鄉人何以爲情耶？無可奈何，惟望夢中歸耳，情真語至，一至於此。

花發沁園春　重過函山書屋

下馬金臺，征衣未換，便尋柳下離席〔一〕。小亭東畔，闌檻依然，猶記道南推宅。酒人去矣，悵幾度、春風消息。又樹樹、爭試春紅〔二〕，絲絲閒弄寒碧。　鞞鼓蘆笳疇昔。被鄰雞中宵，催起行色〔三〕。三年竹徑，千里霜橋，總是驚心南北。而今問訊〔四〕，誰伴我、冷花斜日。算只有、燕子空梁，離愁説與知得。

校記

〔一〕『離席』：《黑蝶齋詩餘》作『苔石』。

〔二〕『春紅』：《瑶華集》作『輕紅』，《黑蝶齋詩餘》作『香紅』。

〔三〕『被鄰雞中宵，催起行色』：《黑蝶齋詩餘》作『閉歌臺箏人，隨散離席』。

〔四〕『而今』：《黑蝶齋詩餘》作『重來』。

箋

康熙十五年（一六七六）春作於京師。

函山書屋：工部郎中周褱緒在京師之寓所。

案：孫致彌《杕左堂集》卷四《朱竹垞檢討錢越江編修招集喬石林侍讀一峰草堂看花同陸辛齋周簹谷姜西溟查夏重陳叔毅湯西崖分得咸字》有小註曰：『園舊爲函山書屋，還梅工部居此，余與竹垞皆客焉。』還梅工部即周褱緒，岸登曾客其幕，爲周氏子弟之塾師，周褱緒二子皆從其學，參見《詩鈔》卷四《題周虞衡琴山遺照十二首》箋語。此次入京，重過函山書屋，舊友星散，悵然有作。

猶記道南推宅：推宅，推讓住宅。語本《三國志·吴志·周瑜傳》：『孫堅興義兵討董卓，徙家於舒。堅子策與瑜同年，獨相友善，瑜推道南大宅以舍策，升堂拜母，有無通共。』

鳳凰臺上憶吹簫

鵯柳池塘，嬌鶯簾幙，晚來霽景收煙。甚離顔花謝，愁緒絲纏。檢點鴛鴦繡被，香燼冷、生怕孤眠。憑闌見，别來明月，頭上三圓。中天。夜深飛去，須直到天涯，吹墮伊前。奈天涯消息，依舊茫然。打起沙頭宿雁，分付與、一寸紅箋。紅牋疊，沉吟路遥，雁也難傳。

更漏子

梨花深，桃葉遍。家住横塘路半。魚浪白，燕泥紅。都殘昨夜風。玉缸香，春酒碧。還向簷前驚惜。臨曉鏡，鎮長思。花開鬢又絲。

生查子

門外緑楊深，繫馬當初别。獨自下簾鈎，三月飛花節。梁間燕子歸，夜夜雙調舌。刻作玉搔頭，留把相思説。

山花子　西泠游女〔一〕

繡領鴛鴦刺未工。好春催到柳絲風。誰喚停針尋鬬草，斷橋東。裙褶映來新似月，鞋鬌試處小於弓。最愛湖邊山一對，兩高峰。

校　記

〔一〕《黑蝶齋詩餘》無詞副題。

箋

西泠：亦稱西陵橋，在杭州孤山西北盡頭處。宋周密《武林舊事·湖山勝概》：『西陵橋，又名西林橋，又名西泠橋。』

鬬草：古代民俗，五月五日有蹋百草之戲，唐人稱鬬百草。兒童則摘草葉，以葉柄相勾，捏住互拽，斷者爲輸。

斷橋：在浙江杭州市孤山邊，本名寶祐橋，又名段家橋。以孤山之路，至此而斷，故自唐以來皆呼爲斷橋。

摸魚兒　雨〔一〕

但庭前、楝花風過，疎疎零落堦砌。朝雲未破重幃夢，故作廉纖天氣。春去矣。拚滿眼、紅酣緑唾留無計。踏青曾幾。自挑菜歸來，湔裙去後，鎮日小門閉。　更慵把，鏡檻簾鈎掛起。離迷還亂人意。無邊煙草天涯路，留却狂夫歸騎〔二〕。最恨是。辜負了、雙鬟小鳳釵頭膩。誰憐不寐。任午夢將愁〔三〕，夜籌做冷，聽到打窗細。

校　記

〔一〕詞副題『雨』：《瑶華集》作『春雨』。
〔二〕『留却』：《瑶華集》作『迷却』。
〔三〕『午夢』：《瑶華集》作『午簟』。

江城梅花引

夕陽都在小樓西。更橋西。更湖西。湖外青山，山色晚來低。春又闌删人又去，愁獨自，下簾櫳、聽馬嘶。　馬嘶。馬嘶。路還迷。柳幾堤。竹幾籬。鞭也鞭也，鞭不到、紅扇雙扉。況是行雲，和雨做新泥。且住拗花花未落，花落後，怕重遊、舊徑非。

浣溪沙

艾帳蘭燈玉枕函。被寒香細夜寒添。年年春夢未曾酣。　鏡裏舊情愁墮馬，篋中新恨寄眠蠶。好辭先譜望江南。

箋

墮馬：墮馬髻，古代婦女髮髻側在一邊的樣式。

卜算子

長簟點疎螢，冷砌銀蟾墮。吹遍梧桐葉葉風，定自挑燈坐。　一片亂山秋，不管離魂破。望斷天邊少箇人，雁字空排過。

集評

陳廷焯《雲韶集》評曰：兼竹屋、梅溪之長，真出神入化于白石者。結二語是從辛稼軒『尋芳草』一闋脱胎，但句法顛倒耳。

陳廷焯《詞則》評曰：情景兼寫，聲調高抗。

案：此評『一片亂山秋』二句。

謝章鋌《賭棋山莊詞話》評曰：《卜算子》云：『一片亂山秋，不管離魂破。』破字亦奇。

十二時　人日對雪悼七弟子襄

怪今年、故園人日，簷底尖風鳴鐵。把紙閣、蘆簾頻揭。吹過墻腰殘雪。卯酒猶寒，辛盤未熟，綵勝無心貼。勸不住、傅粉飛蛾，點點趁愁，攪亂人間佳節。　思去年，衡漳夜半，客裏相尋旋別。戍角霜邊，歸人雁後，獨樹橫橋月。亂流中馬蹄，凄凉舊事怕説。　剩有些，香奩麗句，寫叠長牋盈篋。有《舞妓》十二絶句。付與鴒原，白楊瑟瑟。捲起寒濤咽。看九峰一片，將余淚痕遥抹。所居清溪瀕海，對乍浦九峰。

箋

康熙十六年（一六七七）正月七日作於里中。

子襄：沈壤（一六五〇—一六七六），字子襄，爲岸登之七弟。

案：《沈氏家乘》卷七載：『（日昆七子）壤字子襄，順治庚寅正月十九日生，康熙丙辰十二月十二日卒，年二十有七。不娶。』

沈壤卒於去年十二月。本年初，岸登賦詞哀悼。

人日：《荆楚歲時記》載：『正月七日爲人日，以七種菜爲羹，剪綵爲人，或鏤金箔爲人，以貼屏風，亦戴之頭鬢，又造華勝以相遺，登高賦詩。』

辛盤：古民俗，新春元日以蒜、葱、韭菜、芸薹、胡荽擺置盤中供食，稱五辛盤，取迎新之意。

綵勝：古民俗，立春日以五色紙或絹剪製成小旌旗、燕、蝶等形狀，簪於髮髻上，以示迎春。

鴒原：鶺鴒，一種嘴細，尾翅很長的小鳥，巢於沙上，水邊覓食。只要一隻離群，其餘的都會鳴叫起來，尋找同類。《詩·小雅·常棣》云：『脊令在原，兄弟急難。每有良朋，况也永歎。』後即以『鶺鴒在原』喻兄弟友愛之情。

輪臺子　讀長水唱和詞，憶從癸丑別鮑子子韶，迄今戊午，余移家湖東，子韶仍歸虔州，感賦

別浦南邊，擊棹征鴻起。留君住、催君旋去，滿眼斜陽心事。霜砧暑葛仍共數，誰分汝、落拓江湖如此。鬢且凋也還暗省，深巷倚、桃花人麗。五年矣。凄涼冶遊，剩珠裙翠被。一笑當時意。縱更爲後會何時是。漸飄零，荷錢菱刺。做弄悲秋思。鬱孤亂山，宫亭流水。頻年鐵笛消兵氣。問酒市甚日，板船再艤。天涯訊余，白屋黄蒿，苦吟已耳。君須記、加飧沉醉。擘牋錦、泝江樹重寄。

箋

康熙十七年（一六七八）作於里中。

鮑子子韶：鮑夔生，字子韶，見《詩鈔》卷二《瞻園憶舊詩》箋語。

虔州：今江西省贛州市。

鬱孤：鬱孤臺在今江西贛州北部的賀蘭山頂，以山勢高阜、鬱然孤峙而得名。

案：龔翔麟《紅藕莊詞》有《金縷曲·送鮑子韶入江西尚將軍幕》。

南浦　送竹垞被徵入都，時道出白下

啼柳白門鴉，怕聽他，古岸斜陽馬首。轉悵故人疎，憑誰話、榆影柴門非舊。身將隱矣，近來不醉旗亭酒。唤起階前猿鶴問，還肯勸君留否。　平江小艇迎潮，怪離歌、倚櫂催人故驟。准擬亂山隈，扶犁去、苦索力耕無耦。東華驢背，軟塵幾許征衫袖。烟雨他時歸，記取添我，畫圖携手。

箋

康熙十七（一六七八）夏作於里中。

竹垞：朱彝尊，見前箋。

案：是年春，詔試博學鴻儒科。朱彝尊被薦舉，夏日將北上應試，岸登賦詞送行，仍有留阻之意。

白下：江寧（今江蘇南京）之别稱。

階前猿鶴：《宋史·石揚休傳》：『揚休喜閒放，平居養猿鶴，玩圖書，吟詠自適。』

風入松　村居

東湖東畔有鱸鄉。緑遍舊垂楊。故人問我移家處，隔秋雲、一線溪長。惱亂比鄰鵝鴨，傳呼日夕牛羊。　玉缸分碧過苔墻。薄醉引新凉。茅堂不爲斜陽閉，怕年時、燕子思量。荷葉青裁衫袖，竹根淡約釵梁。

箋

康熙十七年（一六七八）作於里中。

東湖：位於今浙江平湖市區東側，古時又稱當湖、柘湖。

天香　龍涎香

沫濺沉沙，吟翻亂窟，鮫人迸淚相並。暗魄潮平，峭帆風落，搗取露花成餅。金鳧比翅，强喚得、深幃睡醒。縷縷横波透也，疑他午窗先暝。　屏山裊時未定。做鸂鶒、樹梢雲影。還傍鬢鴉添膩，畫眉人省。雨後香分玉乳，憶小閣、茶鐺沸初静。别久篝衣，莫教乍冷。

箋

龍涎香：龍涎香係抹香鯨的分泌物，經海水長期浸泡，漁民採集乾燥後成爲名貴香料。古人誤以爲是龍的唾液滴到海中凝聚而成，故名之曰『龍涎香』。

水龍吟 白蓮

晚凉吹遍蘋風，瓊田一片渾無跡。紛披冷艷，也浮青蓋，未輸朱菂。弱腕波心，玲瓏笑挽，粉香同滴。待菱歌唱罷，嘔啞載去，秋容淡、誰憐得。　燭下何郎尋覓。暗相形、勝伊釵澤。鴛鴦睡起，翻憎翠鬣，還羞錦翼。淡墨蒸煙，明綃溶水，畫圖岑寂。任娉婷矜許，東風不嫁，倚銀塘立。

箋

何郎：三國時魏駙馬何晏儀容俊美，平日喜修飾，粉白不去手，行步顧影，人稱『傅粉何郎』。後以『何郎』喻面貌姣好的男子。

釵澤：首飾和潤髮之脂膏。

翠鬣：鴛鴦頭上的緑毛。《文選》枚乘《七發》：『鵷鶵鵁鶄，翠鬣紫纓。』李善註：『鬣，首毛也。纓，頸毛也。』

摸魚兒 蓴

剪新芽、碧痕絃細，一篙湖上催發。滄浪結得吴娃伴，兩岸緑雲梳髮。柔更滑。怕狼藉、篷窗未穩凌波襪。憑誰素札。話橋影西泠，溪光南浦，煙靄鏡中豁。尊前事，記得能消酒渴。絲絲纖玉曾揭。凝脂流筋花瓷貯，莫道蜀薑微辣。還笑啜。倩釵燕、調他慢向挑鬟拔。扁舟未達。縱不是秋風，喚儂歸去，爲爾也愁殺。

箋

蜀薑：唐李商隱《贈鄭讜處士》詩：『越桂留烹張翰鱠，蜀薑供煮陸機蓴。』

齊天樂 蟬

西窗已漸鳴風葉，斜陽又横高樹。曲巷攢吟，離亭孤引，慣趁凉颸飛去。幽襟抱露。笑終夜欹冠，一身輕羽。柳岸閒尋，緑陰遮到小門處。　哀音最憐馬首，斷垣聽不見，鎮説行旅。釣艇清江，葛巾散髮，别有溪槐如訴。秋簷過雨。便送盡殘聲，寂寥情緒。髩也蕭疎，凭闌愁更語。

桂枝香 蟹

虹梁雨洗。愛小小如錢，嫛甓沙際。早是腥風，一霎荻蒿吹起。魚莊奔火横泥去，儘流波、覷人無寐。依稀星罶，年年買得，稻香天氣。　謾憶看〔一〕、江鄉雋味。和酒蟻經宵，玉盤沉醉。持比湖田羅雀，雪螯差美。霜林柹葉分紅顆，鎮妨伊、未沾冰齒。寒蒲十六，輸他亥日，暮帆蝦市。食證不可與柹子同食。

校記

〔一〕『謾憶看』：《黑蝶齋詩餘》作『謾憶數』。

箋

以上五闋康熙十八年（一六七九）作於京師，皆擬《樂府補題》唱和之作。

案：去年，朱彝尊攜宋末諸詞人唱和詞集《樂府補題》鈔本至京城，蔣景祁刊刻以行，陳維崧爲作序。詞壇二宗主朱彝尊、陳維崧相倡擬作《樂府補題》，岸登本年亦至京城，寓高士奇宅，與南北詞人皆參與唱和，詞壇風氣爲之一變。

朱彝尊《曝書亭集》卷三六《樂府補題序》：『《樂府補題》一卷，常熟吴氏抄白本，休寧汪氏購之長興藏書家。予愛而亟録之，攜至京師。宜興蔣京少好倚聲爲長短句，讀之賞激不已，遂鏤板以傳。』又卷二八、二九有《天香·龍涎香》《水龍吟·白蓮》《摸魚子·蓴》《臺城路·蟬》《桂枝香·蟹》等詞。

蔣景祁《瑶華集》卷首《刻瑶華集述》：『得《樂府補題》而輦下諸公之詞體一變，繼此復擬作《後補題》，益見洞筋擢髓之力。又景祁在京師與諸子爲歲寒集，倚而和者亦不下數十人，風氣日上有自來矣。』

陳維崧《迦陵詞全集》、李良年《秋錦山房集》、李符《耒邊詞》、沈皞日《柘西精舍集》、龔翔麟《紅藕莊詞》、陸棻《雅坪詞譜》、徐釚《菊莊詞二集》、陸進《付雪詞》、高層雲《改蟲齋詞》、宋犖《楓香詞》、周在浚《花之詞》等集中皆有同調同題之作。

又案：據劉東海著《順康詞壇群體步韻唱和研究》統計，《全清詞（順康卷）》及《補編》中寫作《補題》的作者共四十三人，存詞一百四十四首。又可參嚴迪昌《清詞史》、周絢隆《陳維崧年譜》。

星罶：捕魚的竹簍，網眼編織如星星狀。

酒蟻：酒面上的浮沫。唐羅鄴《冬日寄獻庾員外》詩：『爭歡酒蟻浮金爵，從聽歌塵撲翠蟬。』

玉盤：喻圓月。唐李白《古朗月行》：『小時不識月，呼作白玉盤。』

寒蒲：蒲草，此用以縛蟹。宋黄庭堅《謝何十三送蟹》詩：『寒蒲束縛十六輩，已覺酒興生江山。』

亥日：清西崖《談征・名部》：『荆吴俗取寅、申、巳、亥日爲市，故爲亥市。』唐張籍《江南曲》：『江村亥日長爲市，落帆度橋來浦里。』宋黄庭堅《古漁父》詩：『漁收亥日妻到市。』

尾犯　筍

朱櫻梢雨。正短墻雲壓，一雷輕度。伴他點點，莓苔静迸，參差成伍。抽梢合未，倩誰把、籬根護。掩柴門、斷却人行，小園早又無數。　試問緑痕垂處。南塘風，折幾許。記紫薑畦畔，載取腰鐮，山厨先煮。薦入春蒲叢，分野蕨、年時頻誤。可曾礙、鬭草歸來，竹間綾襪微步。

催雪　珍珠蘭

筼節緣枝，棕絲綴葉，小蕋不爭濃艷。爲檀枕平分，鈿釵一半。誰載楚江輕槳，但故國、情多長悽惋。雕籠密認，翠禽紅爪，也輸纖軟。　深院。殘暑换。每聞處隔簾，倦時遺簟。還付與、朝朝畫眉同剪。最恨霜風驟緊，剩綉被、餘熏添秋怨。問甚日、花影藥欄，幾簇淡鵝重染。

箋

珍珠蘭：金粟蘭科植物，又名魚子蘭、雞爪蘭，以其花如珠，花序如雞爪而其香似蘭，故名。初花期在初夏，花顆粒狀，形同魚子，花期約三個月。産於粤東西、雲南、福建等地。

案：《黑蝶齋詩鈔》卷二《瞻園憶舊詩》之十：『日南雞爪洵無雙，剩有香風入暑窗。好事流傳新樂府，不知曾否到珠江。（真珠蘭，余與蘅圃、畊客皆有填詞。）』

惜秋華　牽牛花

翠影疎凉，似深杯含露，野塘低裊。倦馬都嘶，催人半程風帽。都愁好夢回來，便盡向、山籬開了。秋曉。趁蘿烟乍收，螿啼未老。　靈鵲小窗報。覘柔絲不上，却雙雙飛繞。淺白更青，殘月恁時留照。思他帳底冰綃，問曲屏試花還好。誰拗。負晨粧、採芳人到。

箋

螿啼：螿，即寒螿，又稱寒蟬，略小，墨色，有黄緑色的斑點，秋日啼鳴。宋王沂孫《聲聲慢》詞：『啼螿門静，落葉階深，秋聲又入吾廬。』

靈鵲：即喜鵲。五代王仁裕《開元天寶遺事·靈鵲喜事》：『時人之家聞鵲聲，皆爲喜兆，故謂靈鵲報喜。』

留客住　鷓鴣

鎮相對。伴夕陽、無邊野色，荒茅亂竹，是處蠻天黏水。行人已自腸斷，何况花落，聲聲啼更起。笮橋半渡，便等閒、濕了那時衣袂。　飛去矣。倚檻誰家，兩峰低翠。懊惱年年，還住桂江歸未。忍向木棉枝上，聽到春深，曉風殘夢裏。翻憐朋鳥，任栖煙、和雨不曾分背。

箋

鷓鴣：形似雌雉，頭如鶉，胸前有白圓點。背毛有紫赤浪紋。足黄褐色。古人諧其鳴聲爲『行不得也哥哥』，詩文中常用以表示思念故鄉。

笮橋：以竹索編連而成的架空吊橋。唐杜甫《桔柏渡》詩句『連笮動嫋娜』，清仇兆鰲註曰：『《梁益記》：「笮橋，連竹索爲之，亦名繩橋。」』

案：曹亮武《南耕詞》卷一有《留客住·即事用黑蝶齋詞韻》，與此闋同韻。

鎖窗寒 倭奩

瑩髮無痕，膠冰比滑，冷光盈尺。摩挲四角，最是鏡邊人惜。貯藤箋、緑沉鏤管，涵星一片松滋黑。試催成麗句，相思定有，海天消息。　風舶。歸帆疾。問漫雲唆喇，幾番更譯。山花島樹，皺細巧分螺色。恠栖鸞、還戀女床，却留燕飛釵上識。卸粧茸、薇露香殘，倩金蟾齧得。

箋

以上五闋康熙十八年（一六七九）作於京師，皆《樂府後補題》唱和之作。

倭奩：日本國所産女子梳妝用的鏡匣。

案：其時李良年倡作《樂府後補題》，分詠《尾犯·筍》《惜秋華·牽牛花》《催雪·珍珠蘭》《留客住·鷓鴣》《瑣窗寒·倭奩》，岸登與沈皞日、陸棻、李符、龔翔麟等雖各居南北，皆有和作，是一次浙西詞人的群體唱和。蔣景祁《瑶華集》卷首《刻瑶華集述》：『得《樂府補題》而輦下諸公之詞體一變，繼此復擬作《後補題》，益見洞筋擢髓之力。又景祁在京師與諸子爲歲寒集，倚而和者亦不下數十人，風氣日上有自來矣。』

李良年《秋錦山房集》卷一一《尾犯·筍》《惜秋華·牽牛花》《催雪·珍珠蘭》《留客住·鷓鴣》《瑣窗寒·倭奩》，後附録王士禛題詩《題秋錦樂府後補題諸調後》。沈皞日《柘西精舍集》、李符《耒邊詞》、龔翔麟《紅藕莊詞》、陸棻《雅坪詞譜》等集中皆有同調同題之作。

李集《鶴徵録》卷一『陸棻』條載：『（陸棻）先生性愛詞，在京師與竹翁（指朱彝尊）並和宋末《樂府補題》諸調。時先公（指李良年）自製《樂府後補題》五闋，先生見之曰：「詞家仙筆也。」遍和之，且爲刻箋，敘云：「去歲竹垞表兄自金陵來，攜《樂府補題》一卷，皆南宋名家之作，偕余屬和。余時適館東安門北，友朋罕往還，詞成不以示人。今夏移榻寓齋（指沈皞日），净几陳編，相對忘暑。讀李十九兄自製《樂府後補題》五調，余又同寓齋倚而和之，不啻青蠅聲雜鸞鳳響也。且仿其箋式以災木，出東家之顰愈形西家之美，所不敢辭。然長安短槧遽損宣子杖頭十日貲，終亦悔其多事耳。時工詞者皆和之而匿其稿。」』

唆喇：日本語音譯，意爲『天』。

祝英臺近　寄蘅圃兼懷耕客

藕絲風，吹漸老，芸築枕晴沼。髣髴簾衣，凉壓半蟾小。添他井石玲瓏，紅泥亭外，颭一鏡、晚秋疎蓼。　雨花掃。夜分吟榻移燈，頻催未邊調。不似天涯，黑蝶賦情少。待尋桃葉春帆，聽歌曲子，對孫楚、酒樓斜照。

箋

康熙十八年（一六七九）作於京師。

蘅圃：龔翔麟，字天石，號蘅圃，見《詩鈔》卷一《同朱西畯蔡遠士寄懷龔蘅圃用王介甫集中韻》箋語。

耕客：李符，字分虎，號耕客，見《詩鈔》卷一《寄李畊客》箋語。

添他井石玲瓏：清厲鶚《東城雜記》卷下『玉玲瓏閣』條曰：『玉玲瓏，宋宣和花綱石也，上有字紀歲月，蒼潤嵌空，叩之聲如雜佩，本包涵所靈隱山莊舊物，沈氏用百夫牽挽之力，致之庾園，後歸龔侍御翔麟，因以名其閣焉。侍御爲太常卿佳育子，風流淹雅，少日喜爲樂章，出入梅溪、白石諸公。太常開藩江左，署有瞻園。禾中朱檢討彝尊、李徵士良年、上舍符、沈明府皞日、上舍岸登，皆在賓榻，酒闌棋罷，相與唱和。刻《浙西六家詞》行於時，又屬王山人翬寫《瞻園舊雨圖》。後以貢士起家，歷郎署，至南牀，未幾罷歸，貧甚，至舉家食粥，未嘗於監司郡邑有所干請，士論高之。晚年移家白洋池畔，自號田居。舊宅已易主，「玉玲瓏」之名，終播於詞人，傳之海内矣。』

耒邊調：李符詞集名曰《耒邊詞》。

桃葉：桃葉渡。《古樂府注》：『王獻之愛妾名桃葉，嘗渡此，獻之作歌送之。』《方輿勝覽》：『桃葉渡，一名南浦渡。』《江南通志》：『桃葉渡在江寧縣秦淮、青溪合流處，今爲利涉橋。』

對孫楚、酒樓斜照：李白《翫月金陵城西孫楚酒樓達曙歌吹日晚乘醉》詩：『朝沽金陵酒，歌吹孫楚樓。』

解連環　用李十九韻送孫愷似南還，因話使高麗事

幾番窗雨。甚篝燈乍剪，賦情凄楚。聽説道、玄菟城邊，正秋夜夢長，候雞啼去。果下前騶，有鬌髻、紅粧别部。愛歸吟硾紙，小鬟争唱，倚銀箏處。　年時酒壚憶否。笑長鯨未似，氣

還吞虎。記灞岸、分手東西，又蓆帽催凉，葛衫更暑。纔得相尋，便惹起、客愁如絮。剩離亭、伴影無眠，冷蟾十五。

箋

康熙十八年（一六七九）秋作於京師。

李十九：李良年，見《詩鈔》卷二《瞻園憶舊詩》箋語。

案：是年秋，孫致彌將南歸，在京諸友人皆賦詞送別。李良年《秋錦山房集》卷一一《解連環·送孫愷似陪使朝鮮》，諸人送行所作皆步是闋之韻。

孫致彌《梅沜詞》卷二有《解連環·己未秋客長安將歸留別同學諸子次武曾韻》。《杕左堂集續集》卷一有詩題注曰：『是歲七月地震不已，九月望當月蝕，余將南歸。』

沈皞日《柘西精舍集》有《解連環·用武曾韻送孫愷似還嘉定》。

陳維崧《迦陵詞全集》卷二三《解連環·送孫愷似孝廉南歸愷似陪使朝鮮曾輯采風一編載彼國士女詩詞略備故後半闋專及之和李武曾韻》。參周絢隆《陳維崧年譜》。

陸棻《雅坪詞譜》有《解連環·送孫孝廉愷似和李秋錦韻》，皆當時唱酬而作。

玄菟：古郡名，漢武帝置，轄境在今遼寧東部及朝鮮咸鏡道一帶。

果下前騶：即果下馬，一種小矮馬，高不逾三尺，健而善行，性勤勞，不惜力，因乘之可行於果樹下，故名。

瑶華慢 高澹人内翰入直南書房，上手摘白石榴一枚賜之，舍人嘗不敢竟，携歸，命友人作半榴圖，因題卷末

星槎甚處。泛取瓠囊，入上林花譜。銅仙掌底，含露窄、躑躅芳名曾數。丹鉛都洗，正倩得、新凉疎雨。憶壓簾、桂葉秋陰，長伴曉枝瑶圃。　蠟珠小結蜂窠，羨隔膜輕明，皺縠分吐。添他十斛，將買笑、定有娉婷人妬。天漿瑩齒，留一半、蔬香傳賦。訝年來、紅豆吟牋，空認啄殘鸚鵡。

箋

康熙十八年（一六七九）秋作於京師。

高澹人：高士奇，字澹人，見《詩鈔》卷三《高少詹江村招飲病不能赴率成四絶句并以志别》箋語。

案：本年，高士奇邀岸登入京，延聘爲塾師，課其子高輿，岸登遂寓高宅一年有餘。乾隆《平湖縣志·隱逸傳》：『沈岸登字覃九，號南渟，一字黑蝶，布衣。性恬淡，短褐蔬食，屢空晏如。耽泉石，不求聞達，有文衡山、沈石田之風。侍郎高士奇聞其名，延爲子輿師。無一私語干士奇，士奇嘗敬憚之。』

沈皥日《柘西精舍詩餘》卷一有《一枝春·題高學士賜榴圖》，李良年《秋錦山房集》卷一一有《步蟾宫·爲高澹人内翰題半榴圖内翰雨中入直上手賜殿前白石榴一顆拜食其半攜歸作是圖也》，亦同時題卷而作。

銅仙掌底：《三輔黄圖·建章宫》：『神明臺在建章宫中祀仙人處，上有銅仙舒掌捧銅承雲表之露。』

天漿：唐段成式《酉陽雜俎·木篇》：『石榴甜者謂之天漿，能已乳石毒。』

暗香 嘗岕爲澹人賦

冷煙禁日。算未曾穀雨，春芽齊摘。蒻葉輕籠，封裹銀鈎幾程驛。不數烏程小峴，便生長、江南誰覓。但記他、陽羨先嘗，詩句謾吟得。　擎出。九重陌。正一騎軟塵，苑墻西側。錦葵月夕。紅定甌圓露華拭。翻恨山窗折鼎，辜負却、清溪溪碧。沸長泉、二字玉田用平。催活火，任教脱幘。

箋

康熙十八年（一六七九）作於京師。

澹人：高士奇，見前箋。

案：《詩鈔》卷二《瞻園憶舊詩》之十九詩云：『碧乳清於社甕醅，杉爐自候十分開。慢詞疊幅臨窗寫，九度梅黄細雨來。』詩註曰：『余己未寄蘅圃《嘗岕詞》，時在江村學士寓中。』

烏程小峴：即湖州峴山。唐代茶人陸羽嘗移居湖州，大曆八年（七七三）春參與峴山聚會，爲一時盛事。

燕山亭　七月十五夜，同竹垞、秋錦、雨坪、家柘西飲諼園齋

何處移來，寒玉數條，簷影初添翠。褪了夕陽，咽罷涼蟬，隔院秋槐風起。占得閒庭，翻慵就、紋紗窗裏。烏几。愛洗琖停琴，畫盆香細。　斜桷纔掛羊燈，早冰鏡新鎔，半侵衣袂。拚教茗艼，欸欸鄉音，知他主賓誰是。欲去還留，剪燭對、舊遊朱李。曾記。聽卧佛寺鐘共被。

箋

康熙十八年（一六七九）七月十五日作於京師。

竹垞：朱彝尊，見前箋。

秋錦：李良年，見前箋。

雨坪：陸棻（一六三〇——一六九九），原名世枋，字次友，號義山，又號雅坪，一號雨坪，浙江平湖人。康熙六年進士，除内閣典籍。康熙十七年，由兵部侍郎孫光祀薦舉博學鴻儒，明年試列一等，授翰林院編修，分纂《明史》，歷官詹事府左春坊左贊善、福建鄉試正考官、順天武鄉試副考官、内閣學士、禮部侍郎銜總裁諸書局。工詩詞，與朱彝尊爲中表，時相唱和。著有《雅坪文稿》十卷首一卷、《雅坪詩稿》四十卷、《雅坪詞譜》三卷、《選歷朝賦格》十五卷、《東湖唱和集》一卷。

家柘西：沈皞日，見前箋。

諼園：高層雲（一六三四——一六九〇），字二鮑，號諼苑，一號菰村，江南華亭（今上海松江區）人。明檢討

承祚孫，康熙十五年進士，授大理寺評事，十八年舉博學鴻儒，與試不第。歷官大理寺評事、廣西鄉試副考官、《一統志》纂修官、吏科給事中、通政司參議、太常寺少卿，卒於官。層雲號大節，敢直言。博學强記，刻意爲詩文，所作《臨雍賦》見稱於時。疾俗學之陋，詩宗杜甫，尤工書畫，時稱『太常三絶』。亦擅詞。著有《改蟲齋集》《改蟲齋詩略》《改蟲齋詞》等。

案：是夜，高層雲邀岸登與朱彝尊、沈皡日、李良年、陸棻過其寓所聚飲觀竹，陸棻倡作《燕山亭》詞，諸子唱和。此係寓京浙西詞人之雅集。

朱彝尊《曝書亭集》卷二六《燕山亭·七月十五夜同次友武曾融谷覃九集諼園竹屋》。

李良年《秋錦山房集》卷一二《燕山亭·七月十五夜集諼園齋雨坪倡》。

陸棻《雅坪詞譜》有《燕山亭·高旻園招集同朱竹垞李秋錦沈寓齋覃九》。

沈皡日《柘西精舍集》有《燕山亭·高旻園招同錫鬯武曾覃九集七月十五夜即事》。

《國朝詞綜》卷六高層雲詞《燕山亭·七月十五夜次友武曾錫鬯覃九過寓亭看竹同賦》。皆當時唱酬而作。

烏几：即烏皮几，烏羔皮裹飾的小几案，古人坐時用以靠身。

羊燈：以竹絲扎成羊形的紙燈。舊俗在七夕張掛羊燈，北周庾信《七夕賦》：『兔月，羊燈次安。』

（以上七十六闋録自龔翔麟輯《浙西六家詞》中《黑蝶齋詞》，《四庫全書存目叢書》集部四二五册影印清康熙龔氏玉玲瓏閣刻本）

黑蝶齋詩餘

黑蝶齋自序

余髮齒衰落，不復能倚聲按拍爲長短句。篋笥所存，皆曩日客閩、客白門、客皖口、客太原之所作，而燕臺吟笈問世獨早，已成二十年陳言矣。辛巳春，家《柘西精舍詩餘》刻竣，并以《黑蝶》付梨棗，因删前稿而合之，得若干闋。余既自悵後此不復能爲，又愧前此者之未盡工也。日月已逝，坎壈隨之。年時風檣雨欖，野鳥山花，有觸寓意，不過偶志平生無賴之槩。或者窮愁乃工，古人未必欺我，則且以俟天假之年爾。惰畊村叟沈岸登自記。

四字令 夜泊南湖次紅藕莊主人白門贈行韻

晴楊雨楊。煙房水房。留儂不住歸航。看斜陽趁檣。　行人近鄉。吾廬舊荒。今宵且傍鴛鴦。宿蘋花枕香。

箋

南湖：位於今浙江嘉興市，在嘉興城南，故名，又稱鴛鴦湖。

紅藕莊主人：龔翔麟，見前箋。

案：龔翔麟《紅藕莊詞》有《四字令·送南淳》，詞與此闋同韻，其詞曰：『青楊白楊。六房五房。愁看蕩上江航。趁春風半檣。　柴門舊鄉。漁磯未荒。輸君歸弄鴛鴦。一村村水香。（青楊、白楊、六房、五房，皆金陵巷名，出《金陵世紀》）』

東風第一枝 繚絲燈屏

看若無痕，坐仍隔影[一]，閃光似瀉秋水。分明一片冰紈，不煩露蠶絲綴[二]。蘭膏背吐，簇幾朵[三]、銅盤花蕊。試倩他、遮住鈿窗，宛在水精簾底[四]。　疑販取、鮫人寶市。更染取[五]、宣和畫史。誰教心苦良工，攜來鬧蛾燈肆。歌筵流盼，值得映[六]、定場紅罽。話香爐[七]、九疊螺屏，應怪晚峰雲膩。

校記

高士奇《竹窗詞》（高士奇《清吟堂全集》，《清代詩文集彙編》一六六册影印清康熙朗潤堂刻本）中《東風第一枝·繚絲燈屏毘陵鈕氏仿唐宋畫册新製此式》，詞後附録沈岸登詞。

〔一〕『看若無痕，坐仍隔影』：《竹窗詞》作『密密裝成，纖纖織就』。

〔二〕『不煩露蠶絲綴』：《竹窗詞》作『未煩露蠶眠起』。

〔三〕『簇幾朵』：《竹窗詞》作『愛幾簇』。

〔四〕『水精』：《竹窗詞》作『水晶』。

〔五〕『更染取』：《竹窗詞》作『更染却』。

〔六〕『值得映』：《竹窗詞》作『值得照』。

〔七〕『話香爐』：《竹窗詞》作『話匡山』。

箋

康熙三十年（一六九一）作於里中，與高士奇同賦。

繚絲燈屏：又名料絲燈，是以琉璃料燒製，抽出絲縷，織以成片，加之彩繪，以爲煙屏。

案：高士奇《竹窗詞》中有十數闋與沈岸登所作詞同調同題，顯爲二人相與唱和者。依卷首高氏自序可知，《竹窗詞》所載俱是康熙二十九年、三十年間所作。時閒居平湖北墅，故與岸登頻相過從，由冬至夏，唱和不輟。其《東風第一枝·繚絲燈屏毘陵鈕氏仿唐宋畫册新製此式》詞云：『冰縷千條，寒光一片，週遮十二相倚。層層閃着紅燈，疊成彩霞文綺。月廊轉午，看不盡、山樓江寺。莫浪猜、雲母湘縑，巧樣近來與起。直壓倒、米家舊藝。又竊取、徐黄妙繪。思他經歲安排，要粧早春天氣。氍毹鋪處，正可趁、夜深歌吹。定明年、靈佑宫西，添賣琉璃街市。』

露甕：户外飼養的甕。唐竇常《北固晚眺》詩：『露甕開晚簇，江燕遶危檣。』原註：『甕露於外，淮西皆然。』

宣和畫史：即《宣和畫譜》二十卷，北宋宣和年間記載宫廷所藏前代名家繪畫的譜録。

螺屏：以螺鈿工藝製作的屏風。

探春慢 獅燈

越繭修葺，湘筠换骨，看伊非兕非虎。未許烏蠻，錦絛纏絡，驀趁新元簫鼓。明日香塵起，應不似、條支驛路。算來搭個山棚，任汝捎毬酣舞。又值畫簷春早，正瓊屑乍飄，毿尾如絮。記曲尊前，雪兒按拍，翻入慢聲詞譜。調名有《雪獅兒》。誰遣詩人見，鎮傳笑、龍丘佳句。用陳季常事。怕是燈宵，嗔他滿街游女。

箋

獅燈：製成獅子狀的花燈。清富察敦崇《燕京歲時記·走馬燈》：『走馬燈者，剪紙爲輪，以燭嘘之，則車馳馬驟，團團不休，燭滅則頓止矣。是物之外，又有車燈、羊燈、獅子燈、繡球燈之類。』

南浦 燕壘

茅屋兩三椽，有雙飛海燕，曾同棲處。門外翦春風，溪雲漏、愁惹江南煙雨。謀居力小，應憐鎮日將泥苦。除是深宵梁月影，誰曉隔年離緒。　天涯儂亦飄零，剩籬根五畝〔一〕，疏楹慵補。明日試重來，瓜牛窄、羞澀綱塵無數。貧家牖户。可堪長作山村主。准待鄰牆穿笋過，開了荻簾留汝。

校記

〔一〕『剩』：《沈氏家乘》作『賸』。

箋

將泥：將，猶持、拿。此謂燕雀啣泥築巢。唐李商隱《越燕二首》詩之二：『將泥紅蓼岸，得草緑楊村。』

瓜牛窄：喻居處之所狹窄，如蝸牛之殼。瓜牛，即蝸牛。宋陸游《幽興》詩：『身如海燕不逢社，家似瓜牛僅有臚。』

案：高士奇《竹窗詞》有《南浦・燕壘》，當爲二人同調同題唱和之作。

綺羅香 木芙蓉〔一〕

冷葉都黄，愁心總碎，更忍魚風吹斷。未纜秋篷，隱約隔江先見〔二〕。留殘照、小住花邊，趁急雨、暗愁江晚〔三〕。最疎涼、一片枯塘，憐他移到粉奩遠〔四〕。　菱歌歸度別浦〔五〕，曾記香添膩水，曉粧茗椀〔六〕。匀罷犀梳，不放鬟雲輕亂。閒付與〔七〕、暮暮朝朝，映柔藍〔八〕、露痕頻换。悵湘臯〔九〕、解珮無人，年來凝望眼〔一〇〕。

校記

清張雲錦輯《東湖弄珠樓志》（清乾隆刻本，上海圖書館藏）卷四載録此闋。

〔一〕『木芙蓉』：《東湖弄珠樓志》作『湖上看水芙蓉』。

〔二〕『隔江』：《沈氏家乘》《東湖弄珠樓志》作『隔溪』。

〔三〕『留殘照、小住花邊，趁急雨、暗愁江晚』：《東湖弄珠樓志》作『留昨夜、小帳殘紅，引新雨、滿船寒艷』。

〔四〕『移』：《東湖弄珠樓志》作『携』。

〔五〕『度』：《東湖弄珠樓志》作『渡』。

〔六〕『曾記香添膩水，曉粧茗椀』：《東湖弄珠樓志》作『曾記添脂水，春葱分剪』。

〔七〕『閒付與』：《東湖弄珠樓志》作『柔藍映』。

〔八〕『映柔藍』：《東湖弄珠樓志》作『還只訝』。

〔九〕『悵湘臯』：《東湖弄珠樓志》作『悵年來』。

〔一〇〕『年來凝望眼』：《東湖弄珠樓志》作『夢鷗都不管』。

臺城路 遼后洗粧樓懷古〔一〕

銀塘欲織鱗波碎，圓沙倒涵明鏡。膩粉漂香，墜紅流怨，還帶半奩蛾影。涼陰不定。早岸柳梢斜，宮鴉背冷。何處簾風，玉釵聲墮暮窗静。　更無畫欄再凭，悵回心宛轉，賦情重省。誰效長門，千金寫恨，留付冰潮苔井。閒尋舊徑。又舞換靈旗，歌移僧磬。待語汀鷗，夢寒呼未醒。

校　記

〔一〕『遼后洗粧樓懷古』：『遼后』原刻本作『遼右』，誤，徑改。

箋

康熙十八年（一六七九）左右作於京師。

遼后洗粧樓：即傳聞所云遼后梳粧臺，遺址在今北京北海瓊華島。徵諸史實，實爲金章宗爲李宸妃所築，與遼無涉，唯此將誤就誤，仍依俗聞賦詠。

案：其時，海内名士齊集都下，以此調此題唱和者甚多。納蘭成德《通志堂集》卷六《臺城路·洗妝臺懷古》，高士奇《蔬香詞》有《臺城路·苑西梳妝樓懷古和成容若》，可知納蘭成德爲首唱。朱彝尊《曝書亭集》卷二六《臺城路·遼后洗妝樓》，沈皞日《柘西精舍詩餘》卷二《臺城路·遼后洗妝樓》，顧貞觀《彈指詞》有《臺城路·梳妝臺懷古》，嚴繩孫《秋水詞》有《臺城路·蕭后妝樓》，徐嘉炎《抱經齋詩集》卷一四《玉臺詞》有《臺城路·遼后洗妝樓次蓀友韻》，陳維崧《迦陵詞全集》有《臺城路·遼后妝樓》，曹貞吉《珂雪詞》有《臺城路·遼后洗妝樓》，《國朝詞綜》卷七陸棻《臺城路·遼后洗妝樓》，皆寓京諸詞人同題唱和之作。

長門：漢司馬相如《長門賦》，序曰：『孝武皇帝陳皇后時得幸，頗妒，別在長門宫，愁悶悲思。聞蜀郡成都司馬相如天下工爲文，奉黄金百斤，爲相如、文君取酒，因于解悲愁之辭。而相如爲文以悟主上，陳皇后復得親幸。』

花犯 浮峰紅葉

漸飄零，商飈摵策〔一〕，聲聲瘦筇頂。楓林幽徑。數客夢吴江，落時猶冷。莎垣蘚寺堪乘興，停車坐未肯。染不到、背巖高樹，青陰憐舊影。是花是葉正沉吟，殘霞墮，幾朵遮他難認。總不似，春游冶、笑桃倚杏。秋容帶、醉紅如許，定嘆我、霜絲垂半領。任古水、斷橋流出，空山歸路暝。

箋

商飈：秋風。古人以五音與四季相配，商音配秋，因以商指秋季。唐韋應物《擬古詩》之六：『商飆一夕至，獨宿懷重衾。』

渡江雲 欲雪

逐溪雲漸急，江梅幾樹，冰岸影全無。不晴還不雨，早有歸人，卯酒板橋沽。栖禽也起，鎮飛來、籬角相呼。甚小閣、重幃深下，猶怪紙窗疎。東湖。荒畦枯水，亂荻叢篁，憶年時老圃。消受了、床頭絮帽，簾底温爐。漁村夢冷渾凝暝，冒炊烟、壓住寒蒲。沙觜外、一羣白鷺模糊。

箋

約康熙十八年（一六七九）冬作於京師。

案：朱彝尊《曝書亭集》卷二八、沈皞日《柘西精舍詩餘》卷二皆有同調同題之作，蓋是年三人聚於京城時相約唱和者。

古香慢　題桃鄉農卷尾

槿籬半畝，篠屋三楹，一渠流水。短短斜門，最愛淺紅春尾。看足嫩黄新柳，甚日荷田更紫。算携將、釣艇也好，鱖魚緑漲初膩。　誰念我、飄零天際。雨冷烟荒，故園無計。料理青簑，消得鬢霜如此。花巷已輸君，况芳草、裙腰風底。譜吟情，待尋到、耒邊同倚。

箋

本闋爲李符題畫。

桃鄉農：李符，見前箋。

案：朱彝尊《竹垞太史手定詞藁》本《江湖載酒集》卷六有《四字令·題李畊客桃鄉圖》，高不騫《羅裠草》有《抛毬樂·題李耕客桃鄉農圖》，龔翔麟《紅藕莊詞》卷三有《絳都春·題畊客桃鄉農詞卷》。

邁陂塘 題紅藕莊圖

漾銀沙、一痕香細，緑雲占取凉曉。料應添個門前柳，更要安排疎篠。消夏好。看紅藕花開、幾點飛鷗繞。佳游恨少。但有夢曾過，荷風荻月，路入畫橋杳。　霜華染，可惜絲絲已老。賦情都與殘照。梅溪竹屋閒尋遍，只是故園荒了。苔徑掃。算錦砌玲瓏、不礙篗輿到。披圖一笑。倘畫裏行吟，留儂作伴，汝試續、丙丁稿。

箋

本闋爲龔翔麟題畫。

霜葉飛 秋夜歸清溪

兔痕斜了。籬根静，凉蛩還咽霜草。衰楊剩得幾長條〔一〕，仍繫門前棹。正斷串、簾風未曉。拓窗紅暈疏燈小。鎮買卜歸期，算檢點、貧匳釵鳳應少。　怎忍更數閒愁，羅巾綢幔，也解一時啼笑。天涯吟鬢已如絲，能禁蛾峰老。甚翠羽銜來信杳。竟床長簟傷離抱。總負儂、横塘路，亂雨拖帆，鴨船遲到。

校記

〔一〕『剩得』：《沈氏家乘》作『賸得』。

黄鶴洞仙 題陳檢討填詞圖

一葉紫蕉茵，半臂籠輕苧。網取千絲罨畫邊，商麗句。薂薂藤花雨。子夜玉堂長，夢到吹簫處。肯送蒲帆十幅風，銷别緒。重聽琵琶語〔一〕。

校記

《迦陵先生填詞圖題詞》（清乾隆五十九年刻本，上海圖書館藏）載録此闋。

〔一〕『重聽』：《迦陵先生填詞圖題詞》作『再聽』。

箋

康熙十八年（一六七九）作於京師。

陳檢討：陳維崧（一六二五—一六八二），字其年，號迦陵，宜興（今江蘇宜興）人。明末四公子之一陳貞慧長子。幼承家教，天才絶豔，早歲能文，每名流讌集，援筆作序記，千言立就，瑰瑋無比，衆皆折服與交。遇花間席上，倚聲度曲，落紙如飛，與吴兆骞、彭師度有『江左三鳳凰』之目。明亡，補諸生。客遊南北，嘗寄食如皋冒氏水繪園八年，繼輾轉京華、中州之遊。康熙十八年（一六七九）舉博學鴻儒科，授翰林院檢討，參修《明史》，病卒於京師。所填詞多至一千六百餘闋，爲陽羡詞派宗主，風格以豪放爲主，排宊蘇辛，多寫感舊懷古之情，蔣景祁稱其詞『取裁非一體，造就非一詣，豪情艷趣，觸緒紛起，要皆含咀醖釀而出』。陳廷焯亦曰：『迦陵詞氣魄絶大，骨力絶遒，填詞之富，古今無兩。只是一發無餘，不及稼軒之渾厚沉鬱。然在國初諸老中，不得不推爲大手筆』。又能詩與駢文，著有《陳迦陵文集》《湖海樓詩集》《迦陵詞》。

填詞圖：《迦陵填詞圖》係釋大汕爲陳維崧繪，署款曰：『歲在戊午閏三月廿四日，爲其翁維摩傳神。釋汕。』沈初《蘭韻堂文集》卷二《陳檢討填詞圖序》曰：『陳藥洲中丞出其伯祖迦陵先生《填詞圖》，設色横幅，髯敷地衣坐，手執管伸紙欲書，若沉吟者，意象灑如。旁一蕉葉坐麗人，按簫將倚聲，雲鬟銖衣，神仙中人也。卷中一時著名當代之士大夫，以至山人衲子，咸有題詠。蠅頭細書，鱗次櫛比，皆可諷玩。』

案：陳維崧是年在京應博學鴻儒科試，攜《填詞圖》遍邀名士題卷。參見陸勇强《陳維崧年譜》、周絢隆《陳維崧年譜》。

好事近　題琴山小影

錦石瘦玲瓏，一徑晚晴深緑。不襪不巾都好，有何人拘束。　涓涓細溜響琤琮，嫩蕊小於菊。試剪叢筠百箇，結三楹書屋。

箋

本闋爲周襄緒題照。

琴山：周襄緒，字還梅，號琴山，見《詩鈔》卷一《江梅》箋語。

案：《詩鈔》卷四有《題周虞衡琴山遺照十二首》。

青玉案　雁字

明霞一幅長於練。寫不盡、江南遠。何事飜飛連復斷。白蘋波冷，紫蓴風細，儘作蘆花伴。相思那許閒雲管。點點秋空似題怨。最憶重簾樓外卷。鴛機慵理，錦書難託，怕有人愁見。

箋

康熙十八年（一六七九）左右作於京師。

案：顧貞觀《彈指詞》中《虞美人·佛手柑》，副題後有小註曰：『後十數詞皆與容若同賦，其餘唱和甚多，存者寥寥，言之墮淚。』此後十四闋詞中正有《青玉案·雁字》《南鄉子·擣衣》《臨江仙·寒柳》《臺城路·梳妝臺懷古》《一叢花·並蒂蓮》諸闋；沈皞日《柘西精舍詩餘》卷二、嚴繩孫《秋水詞》皆存同調同題之作；秦松齡《微雲集·詩餘》有《青玉案·雁字》《臨江仙·寒柳》《一叢花·並蒂蓮》；曹貞吉《珂雪詞》

有《青玉案・雁字》《一叢花・並蒂蓮》，可知當時寓京諸子皆參與數調之唱和。

南鄉子 搗衣

小袖越羅縫。吹徧疏疏露葉風。攜上紋砧纖力緩，瓏瓏。一點紗紅護守宫。　籬落亂鳴蛩。不住秋衾夢雨中。腸斷遼陽無雁去，愁儂。濕兔斜飛落井桐。

箋

康熙十八年（一六七九）左右作於京師。

參見上一闋箋語。

邁陂塘 暮秋客山陰登梅花東麓〔一〕

對蘋洲、碧岑秋晚，斜陽都在江樹〔二〕。泠泠石溜調琴尾，化作哀絲誰譜〔三〕。聽又住。甚無數風杉，疎籟飛晴雨。孤筇且拄〔四〕。數雁外長汀，漁邊古岸〔五〕，一幅冷雲處。　儘有薑畦芋圃。巾車消得時序〔六〕。重游只怪征衣垢〔七〕，笑拂三年塵土〔八〕。移竹塢。傍五畝清溪，恰把茆堂護。山靈許否。待雪夜歸尋，峰霞九點，籬萼小窗吐。棐山周虞部予寧梅花村，余過

之。山在其居之東，故名東麓。余家面山，亦有九峰。〔九〕

校記

張力行纂《平湖縣志》（清乾隆四十五年刻本，上海圖書館藏）卷一七載此闋。

〔一〕詞調：《平湖縣志》作「買陂塘」。「暮秋客山陰登梅花東麓」：《沈氏家乘》作「暮秋登越山望九峰故居」，《平湖縣志》作「暮秋登越山懷九峰故居」。

〔二〕「對蕢洲、碧岑秋晚，斜陽都在江樹」：《沈氏家乘》《平湖縣志》作「戀青岑、半黄餘照，欲斜還抹秋樹」。

〔三〕「化作」：《沈氏家乘》《平湖縣志》作「瀉作」。

〔四〕「拄」：《沈氏家乘》作「住」。

〔五〕「數雁外長汀，漁邊古岸」：《沈氏家乘》《平湖縣志》作「憶斷塔村梢，迴潮渡口」。

〔六〕「巾車」：《沈氏家乘》《平湖縣志》作「長鑱」。

〔七〕「重游只怪」：《沈氏家乘》《平湖縣志》作「沉思只怕」。

〔八〕「三年」：《沈氏家乘》作「三生」。

〔九〕《沈氏家乘》《平湖縣志》闋末無小字註語。

箋

康熙十六年（一六七七）九月作，時過山陰訪周褱緒。

梅花東麓：《山陰前梅周氏宗譜》卷二《周氏雙節祠記》：『山陰縣西六十里有村曰前梅，琴山亘其南，錢清江繞其北，周氏聚族而居。』

巾車：典出《後漢書·馮異傳》，謂漢光武帝劉秀擒馮異於巾車鄉，旋即赦而重用的故事。此當借指周褱緒招撫勸降耿精忠事。

琹山周虞部：周褱緒，見前箋。

予寧：給予喪假。《漢書·哀帝紀》：『博士弟子父母死，予寧三年。』顔師古註：『寧，謂處家持喪服。』

案：據《山陰前梅周氏宗譜》卷二八《年表》載，周褱緒父周方蘇康熙十四年（一六七五）卒。前一年，周褱緒奉詔入閩招撫耿精忠，被拘滯軍中。至十五年冬，方以不辱命而還，而後回鄉持服。岸登過訪當在次年暮秋。

瑣窗寒 夜雪

壓樹全低，侵階暗濕，冷光如曉。柴門也閉，只怕夜歸寒峭。儘穿簾、竹燈戀影，幢幢澹炧餘烟裊。料紋紗人睡，滿庭堆絮，可曾吟到。　天杪。催程早。憶灞岸凄迷，板橋茸帽。而今夢穩，離恨怎能忘了。待明朝、還踏新晴，香鼎乍温閒更掃。謾驚他、檻外苔枝，一雙栖凍鳥。

眉嫵　枇杷花

愛深黄攢蒂，薄粉匀房，霜檻響長葉。不厭西風緊，吹香去，儘勾凉羽調舌。冰簾乍揭。數小園、亭菊都歇。怕凉梢，誤竝苔梅影，玉龍暗吹裂。　　幽絶。慣遮眉月。任酒醒篘簟，塵冷羅襪。一樹門嘗閉，從今見，當時應悔輕别。無人笑折。但夢尋、花底游蝶。又點點催寒，零落做、半簷雪。

箋

康熙二十一年（一六八二）冬作於里中。

案：沈不負《老雲齋詩删》卷一《窗外枇杷一樹爲亡兒手植今已著花南渟爲賦眉嫵一闋詩以誌之》二首，後一首《癸亥元夕獨酌花下漫興一首》，故依編次應作於康熙二十一年冬，詩云：『枇杷小徑已能花，千里人歸感歲華。欲寫新詞香正滿，偶談往事月初斜。琴心縹緲家難到，玉樹凋殘夢更賒。同是腸斷憔悴客，那堪重舊窗紗。（己未二月余喪子後三日，南渟别余北遊。庚申八月，南渟喪室，先二日過余禾中，更輕舟遂發。病中人得從容永訣，亦異數也。）』『一樹枇杷刺眼新，斜陽寒鳥話偏頻。香飄懷室書千卷，影塞虚窗夢一身。密藥盤螺開玉壘，短鬚攢戟傲松筠。與君索破花前笑，領略家山且到春。（南渟欲遊甬上，以雨雪阻）』

枇杷花期在冬末春初，依詞意可知此闋作於是年冬。

三姝媚 送譚天水歸南海

三山消十暑。正荔雨攜家，蛤田分步。賸夢初殘，縱啼鵑未喚，也應歸去。四百峰頭，問何處、梅花村路。鬗上蓀橈，載去烏奩，可添螺女。嶺外蠻江容與。有兩岸桄榔，亞蓬青樹。一笑蘆簾，更輸他到日，剪燈喁語。不似儂歸，辜負了、釵茸衫苧。但有相思，腸斷蓴秋雁浦。

箋

康熙二十七年（一六八八）左右作於福州。

譚天水：譚漢，字天水，廣東番禺人。工八分書。

三山：福建福州的別稱。福州城内有于山、烏山和屏山，故名。

案：朱彝尊《曝書亭集》卷二五《河傳・題譚天水小像即送其入閩》，李良年《秋錦山房集》卷三《題譚天水小影即送之閩二首》，可知譚漢嘗入閩謀生計。以詞中『三山消十暑』句，謂譚漢客閩已十載。

蓀橈：《楚辭・九歌・湘君》：『薜荔柏兮蕙綢，蓀橈兮蘭旌。』陸侃如註：『蓀橈，是用蓀草飾的橈。』

釵茸：唐李商隱《無題》詩：『裙衩芙蓉小，釵茸翡翠輕。』葉葱奇解註：『釵茸，即釵上端綴有茸茸的花飾者。』

邁陂塘　題安蔬山房畫卷

點生烟、亂梢拖影，颼颼欲響寒翠。晴山一桁疎窗北，幾折青螺江水。移粉荔。添膩葉、陰濃不數榕絲細。小園開未。但風冷欹巾，莎香織屩，蕭放儘高士。　三山路。誰伴儂携蠟齒。閒尋兵後遺事。紅亭烏石爭如昨，寂寞書齋而已。雲壑裏。笑多事、移文猿鶴原無意。柴門試倚。看來去斜陽，年年燕語，簾外剪雙尾。

箋

康熙二十七年（一六八八）左右作於福州。

烏石：即烏石山，簡稱烏山，又稱道山，位於今福建福州市中部。山上怪石嶙峋，林蔭壑勝，環山寺觀櫛比，山間亭榭交錯，有三十六奇景，向爲游覽勝地。

移文猿鶴：移文，南朝齊孔稚珪《北山移文》的省稱，文曰：『蕙帳空兮夜鶴怨，山人去兮曉猿驚。』

點绛唇　平遠臺初霽，同高雲客晚眺

山鳥啼時，女牀無復公車度。滿簷雲絮。苔濕像塵路。　螺水如烟，都是朝來雨。闌干暮。兔葵無數。長倩東風舞。

箋

康熙二十七年(一六八八)左右作於福州。

平遠臺:位於今福建福州市鼓樓區于山上,明代重建,爲閩中士子官紳游賞之地。據《名勝志》記載:『山有二十四奇,最著者曰平遠臺,居中占勝。』

高雲客:高兆,字雲客,號固齋,福建閩縣(今福建福州)人。明崇禎間爲邑庠生。少遭喪亂,自江左還舊鄉,布衣蔬食,孑處蓬室中。採摭隱逸,輯爲《續高士傳》五卷。工文翰,所作詩超脱雄渾,嗣響盛唐。工小楷,亦善行書。著有《端溪硯石考》《觀石録》《啓禎宮詞》《列女傳編年》等。

女牀:山名。《山海經·西山經》:『西南三百里,曰女牀之山……有鳥焉,其狀如翟而五采文,名曰鸞鳥。』

兔葵:《爾雅·釋草》作『莬葵』。宋葉廷珪《海録碎事·草》:『兔葵,苗如龍芮,花白莖紫。』唐劉禹錫《再游玄都觀》序:『重游玄都,蕩然無復一樹,惟兔葵、燕麥動摇於春風。』

沙塞子 道山亭

劉苓何處短鑱聲。圓翠落,的的松聲。遥送到、樽前幾點,七塔鈴聲。　行厨竹裏酒籌聲。吹墮處,虚棟風聲。唤未醒,曲闌咽石,客夢泉聲。

箋

康熙二十七年（一六八八）左右作於福州。

道山亭：位於今福建福州市烏山山麓。《福州府志》：『道山亭在烏石山鄰霄臺東，宋程師孟建。』曾鞏《道山亭記》：福州治侯官，於閩爲土中，所謂閩中也。光禄卿程公爲是州，得閩山嶔崟之際，爲亭於其處，謂可比於道家，所謂蓬萊方丈瀛洲之山，故名之曰道山亭。

七塔：五代時，王審知父子修復與創建了閩都七塔：烏塔、白塔、定慧塔、報恩塔、崇慶塔、開元塔、阿育王塔。宋謝泌《福州即景》詩：『城裏三山千簇寺，夜間七塔萬枝燈。』現僅存烏塔與白塔。

聒龍謡 過王審知墓[一]

港拓黄崎，軍旋赤嶼，共話真封疇昔。白馬嘶殘，問故宫誰識。閒尋過、刹鳳旛邊，又早是、柳斜寒食[二]。憶春城、蠟燭輕煙，定傳遍，五侯宅。　一抔土，古墻根，悵斷壠藉草，無情行客。楊花如雪，也何曾飛入。算除非、帳底歸郎[三]，化夢雨[四]、凄凉苔石。看一梢、疏葉楓杉，乳烏啼碧[五]。

校記

張宏生主編《全清詞・順康卷補編》（南京大學出版社二〇〇八年第一版。據該書標注，此闋輯自《絶妙好辭今輯》）一三七九頁載録此闋。

〔一〕『過王審知墓』：《全清詞·順康卷補編》作『閩王王審知墓』。

〔二〕『柳斜』：《全清詞·順康卷補編》作『柳陰』。

〔三〕『算除非』：《全清詞·順康卷補編》作『除非』。

〔四〕『化夢雨』：《全清詞·順康卷補編》作『做夢雨』。

〔五〕『乳烏』：《全清詞·順康卷補編》作『亂鴉』。

箋

康熙二十七年（一六八八）左右作於福州。

王審知墓：位於今福建福州市晉安區新店鎮斗頂村。王審知（八六二—九二五），字信通，又字詳卿，光州固始（今河南固始）人。唐末，從其兄王潮隨王緒起兵。唐光化元年（八九八），任福州武威軍節度使，升遷至同中書門下平章事。唐天復元年（九〇一），封琅琊王。後梁開平三年（九〇九），受封爲閩王。王審知爲人儉約，好禮下士，治閩時整肅吏治，輕徭薄賦，省刑惜費，與民休息。又墾荒田，興水利，通貿易，辦學校，被後人尊爲八閩人祖。

港拓黄崎：黄崎港即今之福建福安白馬港，位於長溪入海口。唐光化元年（八九八），王審知疏鑿港道，開浚黄崎，六年始成，使江海通津，畫船爭馳。

憶春城、蠟燭輕煙，定傳遍、五侯宅：唐韩翃《寒食》詩：『日暮漢宫傳蠟燭，輕煙散入五侯家。』

好事近 隣霄石下望鼓山

雨歇露青尖，誰把墮鬟扶起。更踏一層樵磴，變海天烟水。　松花漠漠覆巖扉，香藉古苔碎。仙鳥飛來新浴，帶滿身涼翠。

箋

康熙二十七年（一六八八）左右作於福州。

隣霄石：位於今福建福州市烏山之頂。原爲一組巨石圍合的石坪，岸然聳立，環視群峰，上即鄰霄臺，歷來爲烏山登高望遠的勝地。宋蔡襄《登鄰霄臺》詩：『峭拔幾千仞，孤高無四鄰。低回傾北斗，突兀起東閩。』

鼓山：位於今福建福州市晉安區閩江北岸。《福州府志》：『鼓山在城東三十里，山巔有巨石如鼓，每風雨大作，其中簸蕩有聲，故名。』

青尖：指山峰。宋王安石《和平甫舟中望九華山》詩之一：『蕭條煙嵐上，縹渺浮青尖。』

墮鬟：喻山勢逶迤。宋王禹偁《仙娥峰》詩：『傅粉微茫春雪在，墮鬟浮動曉雲開。』

風蝶令 晚泊延津

城卧山腰仄，溪流石脚深。並船班竹水窗陰。愁是聽歌懊惱夕陽沉。　危檻梯千級，浮梁鎖十尋。春衣俄潤晚嵐侵。還有泠泠八角泠風吟。

箋

康熙二十七年（一六八八）左右作於福建延平。

延津：古津渡名，又稱延平津，在福建延平府南平縣，位於建溪、西溪匯合處（今福建省南平市東南）。

小闌干　同竹垞、兼六、西畯、蘅圃飲玉蘭花下，分賦〔一〕

年年曲檻畫苔滋。六度賞花時〔二〕。舊徑吹香，新苞滴粉，白了苦吟髭〔三〕。　沾衣不管廉纖雨，密飲最深卮。禁得明朝，籠鞭馬首〔四〕，山路暗尋思。

校記

張宏生主編《全清詞·順康卷補編》（據其標注，此闋輯自《絶妙好辭今輯》）一三七九頁載録此闋。

〔一〕『同竹垞、兼六、西畯、蘅輔飲玉蘭花下，分賦』：《全清詞·順康卷補編》作『同竹垞、耕客、兼六、蘅圃、西畯飲玉蘭花下，分賦』。

〔二〕『年年曲檻畫苔滋，六度賞花時』：《全清詞·順康卷補編》作『大功坊底賞花時，曾憶補清詞』。

〔三〕『白了苦吟髭』：《全清詞·順康卷補編》作『添種小丫枝』。

〔四〕『馬首』：《全清詞·順康卷補編》作『馬看』。

箋

康熙二十一年（一六八二）正月作於江寧瞻園。

竹垞：朱彝尊，見前箋。

兼六：徐燿然，字兼六，見《詩鈔》卷一《同朱西畯蔡遠士寄懷龔蘅圃用王介甫集中韻》箋語。

西畯：朱昆田，字文盎，又字西畯，見《詩鈔》卷一《同朱西畯蔡遠士寄懷龔蘅圃用王介甫集中韻》箋語。

蘅圃：龔翔麟，見前箋。

案：康熙十七年（一六七八）春，朱彝尊自瞻園別去，赴京應博學鴻儒試。至本年正月，攜子朱昆田再過瞻園，正歷五春。時值玉蘭花放，與岸登、李符、龔翔麟等飲於花下。朱彝尊《曝書亭集》卷二九《搗練子·再過瞻園值玉蘭花放同蘅圃耕客賦》，詞句云：『一別此，五經春。』龔翔麟《紅藕莊詞》有《早春怨·同竹垞耕客南渟菘膝西畯飲玉蘭花下》，詞句云：『五度春衣、一番寒具，猶是江鄉。』皆同時而作。

又案：《黑蝶齋詩鈔》卷二《瞻園憶舊詩》詩序曰：『余自壬戌迄丁卯再寓瞻園。』可知岸登是年（壬戌）客江寧，寓居龔翔麟瞻園，遇朱彝尊、李符、朱昆田，相與唱和，其後刻《瞻園唱和》一卷。

臺城路 畊客自都門過白下，旋歸花南，時將遊閩中，送之江上

橫潮吹卸蒲帆影，秋林冷紅爭舞。白髮先凋，緇塵未浣，攜手依然羈旅。離懷慢訴。又哀柳霜郵，夜燈風渚。且聽花南，踏機人在小窗語。　東溪瀉如急雨，板船看不定，疎葦叢樹。勝似秦淮，歌樓酒巷，客枕無情簫鼓。回眸別浦。悵一抹斜陽，送人幾許。點點歸鴉，斷雲中細數。

箋

康熙二十三年（一六八四）秋作於江寧。

畊客：李符，見前箋。

案：去年冬，李符與龔翔麟同行來京師。至是年秋，李符南歸，朱彝尊、朱昆田、嚴繩孫、龔翔麟、曹貞吉、查慎行、高不騫等皆作《臺城路》詞送行。其道經江寧，遇岸登與沈皞日，亦以此調送歸。沈皞日《柘西精舍詩餘》卷二《臺城路·白門別李畊客》，朱彝尊《曝書亭集》卷二六《臺城路·送畊客南還》，嚴繩孫《秋水詞》有《臺城路·送李分虎》，龔翔麟《紅藕莊詞》有《臺城路·送桃鄉農歸長水》，曹貞吉《珂雪詞》有《臺城路·送分虎歸長水》，查慎行《餘波詞》有《臺城路·京師送李分虎南歸兼懷令兄斯年、武曾》，高不騫《羅裘草》有《臺城路·送耕客還秀水》。

踏機人：操作織機的婦人。宋陸游《出近村晚歸》詩：『到舍燈初上，茅簷聞踏機。』此謂李符妻。

喝馬一枝花　送家柘西之任來賓〔一〕

無數青山岸。一幅欹風帆滿。聲聲津鼓外、暮潮捲。濃墨蠻雲，何處烟江染。亭堠更長短。行過瀟湘，算程還在天畔。小鳥鈎輈喚。消得幾番吟管。閒庭愁只與、瘴花伴。譜上琹絲，須度出炎鄉遠。別懷誰更遣。但緑暗鶯啼，翠榕影裏零亂。

校記

〔一〕『家柘西』：《沈氏家乘》作『柘西叔』。

箋

康熙二十三年（一六八四）秋冬之際作於江寧。

家柘西：沈皞日，見前箋。

案：是年秋，沈皞日以拔貢選授廣西來賓知縣。將赴任，道經江寧，與先生別於閱江樓，各以《喝馬一枝花》詞調酬答。沈皞日《柘西精舍詩餘》卷二有《喝馬一枝花·檢送行諸作感而賦此用南渟韻》。乾隆《柳州府志》卷二一《秩官·來賓縣知縣》：『沈皞日字融谷，浙江平湖人。貢生，康熙二十三年任。』岸登《黑蝶齋詩鈔》卷三《懷柘西》其一：『年來屈指消魂地，大約都非舊水邨。最是閱江樓下別，暮潮吹淚落沙痕。』詩注曰：『甲子别自白門。』

龔翔麟《田居詩稾》卷七《次韻沈融谷見贈兼示令姪覃九六峰閣之句懷朱竹垞檢討在里門也》：『送君喝馬一枝花，歲在閼逢我能記。爲宰如君不易才，可惜沉淪向蠻地。』詩註曰：『甲子，融谷出宰來賓，同人填《喝馬一枝花》詞送之。』

朱彝尊《曝書亭集》卷二六《一枝花·送融谷宰來賓》附載彭孫遹、曹貞吉、嚴繩孫、朱昆田同作。龔翔麟《紅藕莊詞》有《喝馬一枝花·送沈茶星宰來賓》。高不騫《羅裠草》有《喝馬一枝花·送融谷宰來賓時家君主閩西粤》，《瑶華集》卷二一李符《喝馬一枝花·送沈茶星宰來賓》。當時詞人皆以此調爲沈皞日送行。

酹江月 自白下歸，泊吴門，憶甲子與德清蔡遠士、秀水朱西畯别處

伍胥門外，甚年年泛宅，吴歈悽絶。長水詩人尋亦去，回我垞南篷艓。竹定添梢，桐應垂乳，石鼎茶烟歇。斜陽酒幔，算來都是貧别。　才過桃葉江邊，無情艇子，潮落催先發。萬事摶沙開手散，况已頭蓬如雪。封禪無書，遠士時客太安。長門未賦，西畯時客都下。歸也重重説。蓴絲晚飯，柁樓飛上明月。

箋

康熙二十六年(一六八七)作於蘇州舟次。

案:沈不負《老雲齋詩删》卷三《南渟歸自白下燈後復有閩中之行叠前韻送之》,編次在二十六年冬。是年,岸登游江寧。冬日歸里,蘇州舟次賦詞懷友。

《詩鈔》卷一《春夜懷西畯》有『孤棹伍胥門』句,蓋次年春寄懷之作。

甲子:康熙二十三年(一六八四)。

蔡遠士:蔡耀,字遠士,別號嬾人,見《詩鈔》卷一《同朱西畯蔡遠士寄懷龔蘅圃用王介甫集中韻》箋語。

朱西畯:朱昆田,見前箋。

吳歈:吳地歌曲。《楚辭·招魂》:『吳歈蔡謳,奏大吕些。』王逸註:『吳蔡,國名也。歈、謳,皆歌也。』

貂裘換酒　春日再過同安,登鎮皖樓

江影銜簾箔。走明沙、銀濤一片,海門初落。綰髻拖鬟蘆烟外,春雨春晴寒薄。看風景、吳頭如昨。燕子商量飛來去,相觚稜、不定金鈴索。年年寄,畫簷角。　香醪小字村帘卓。甚凄迷、羅裙芳草,酒壚閒却。老去登樓芒鞋懶,况是重來腰削。更莫問、歌筵吟橐。望裏青青江南樹,喚烏篷、且就滄洲約,柳陰下,漁翁諾。

箋

康熙三十一年（一六九二）春作於安慶。

同安：隋唐設同安郡，治所同安，即今桐城。後延用『同安』爲安慶之别稱，參見《詩鈔》卷一《仲春過同安郡城司馬曹升六爲我設餅因成長句》箋語。

案：沈不負《老雲齋詩删》卷五《送南渟重赴曹實庵招》編次在是年。是年春，曹貞吉再招岸登入安慶幕，復遇曹霖，仍多唱和。曹霖《冰絲詞》中有《貂裘换酒·登鎮皖樓同覃九作》，同題唱和之作。

疎影 不寐

竹燈炧冷。看小窗移過，試梢篘影。深院無聲，滿地殘紅，好春去也誰省。闌珊花事撩人夢，悔不教、今宵酩酊。算這番、紙帳閒愁，都被亂鴉啼醒。　最憶漁村夜悄，野塘一片月，波面如鏡。淡柳惺忪，柔櫓嘔啞，付與溪翁消領。舊遊只隔江南北，甚潮落、潮生風猛。倩碧天、借我濃雲，吹上五湖烟艇。

箋

康熙三十一年（一六九二）作於安慶。

案：曹霂《冰絲詞》中有《疏影・宣城不寐和沈十二覃九韻》，同題唱和之作。宣城，安慶的别稱。

法曲獻仙音 積雪

寒雀猶喧，殭梅未吐，冷淡一丸斜日。着意粘苔，更翻没砌，都停了早春游屐。渾不省、樵歌處。層層暮山碧。　恁狼藉。倚簷牙、竹梢扶起。尚壓倒、前村瘦蘆枯荻。昨夜月仍圓，對紙閣、翻嫌無色。念我衰齡，潑衾裯、似水誰惜。算東風吹過，不似人生頭白。

箋

康熙三十年（一六九一）正月作於里中，與高士奇同賦。

案：高士奇《竹窗詞》有《法曲獻仙音・積雪》，二人同調同題唱和之作。

瑣窗寒 元夕賦蘋婆果

沙海移根，金臺盛籠，軟塵初拂。霜圓雪脆，不比江鄉風物。傳弄處、芳名未減，酥紅淺白仍勻滑。憶封題密絜，故人書信[一]，歲闌天闊。　筵設。新醅潑。早深杯沉頓，蠟花如纈。翻愁路杳[二]，那得酒邊消渴。記狂遊、賭醉春盤，而今齒冷星星髮[三]。問新元[四]、紫禁傳柑，嫩香應髣髴。時在宫詹席上。[五]

校記

高士奇《竹窗詞》中《瑣窗寒·元夜草堂席上詠蘋婆果和南淳》，詞後附録沈岸登詞。

〔一〕『書信』：《竹窗詞》作『書疏』。

〔二〕『路杳』：《竹窗詞》作『病肺』。

〔三〕『賭醉春盤，而今齒冷星星髮』：《竹窗詞》作『今夜春盤，脩門賭醉爭投轄』。

〔四〕『問新元』：《竹窗詞》作『問年來』。

〔五〕《竹窗詞》此闋末無小字註語。

箋

康熙三十年（一六九一）正月十五日作於里中，與高士奇同賦。

蘋婆果：即林檎，俗稱沙果，産於北方。朱彝尊《釋棠》：『竊疑今之蘋婆果，即《詩》所云甘棠，而俗呼沙果，即沙棠。』其果實色丹且潤。佛經嘗謂佛唇赤好似蘋婆果。

案：高士奇《瑣窗寒·元夜草堂席上詠蘋婆果和南淳》詞云：『翠籠輕駝，紅綿密裹，水山千疊。封題乍解，却稱江邨鑾榼。堪愛是、清芬熨齒，赬頤素體圓仍潔。想西山野寺，樹頭垂顆，嫩凉初結。吴越。

燈宵節。也探鈎傳斝，夜闌歌闋。爭誇遠道，未忍淺嘗深醑。歎多年、流浪春華，因他感觸浮生轍。憶從前、酒市旗亭，買來閒醉月。』

高士奇《歸田集》卷七『辛未正月起至二月止』詩有《獅子燈聯句》，爲是年元夕前後，高士奇與岸登、王丹林，顧圖河聯句賦詠。此後，高、沈二人唱和不輟，達數月之久。

邁陂塘　正月已盡，梅尚未花，携酒摧之

鎮相看、板簷堆雪，山中忘却春早。渾苔老樹都無賴，籬角猶嫌風悄。誰索笑。謾説是、横斜踈影黄昏好。惜春不了。但淺水廻沙，枯塘斷竹，香冷未吹到。閒惆悵，白袷籠鞭古道。角聲殘夜多少。得歸茅屋憐同伴，栖遍枝頭叢鳥。愁壓帽。算只有、花期擔誤傷懷抱。杯盤草草。怕課得清寒，今年句子，空谷那人老。『陸郎舊有梅花課，不見今年句子來』，范石湖語。

箋

康熙三十年（一六九一）正月作於里中，與高士奇同賦。

案：高士奇《竹窗詞》有《邁陂塘・正月將盡梅尚未花攜酒摧之》，二人同調同題唱和之作。

黄鶴洞仙 題西野抱膝圖

只有郭熙山，韋偃曾無樹。潑墨吴綃作意濃，雲斷處。剛把青尖露。　苔色可支笻，兀坐閒如許。試補風帘賣酒家，留客住。盡醉方歸去。

箋

康熙三十年（一六九一）作於里中。

西野：俞嶔奇，字丹嶼，號西野。見《詩鈔》卷二《西野同余歸自新安日晚過黑蝶齋得江字一首》箋語。

案：高士奇《竹窗詞》有《黄鶴洞仙·題西野抱膝圖》，同爲俞氏題畫者。

絳都春 二月十一夜聞雨

花朝明日。逗疎箔小窗，薄寒消息。籬萼試香，誰分催春春悽惻。山園夜韭應無恙。待剪取、挑燈留客。迴風吹過，關心只有，穉紅纖碧。　策策。南垞北沜，正殘夢、乍聽醒後難覔。擁被暗愁，凌亂晨光和烟織。桃頹杏俗都閒事。但苦爲、苔梅憐惜。不如早起。花邊更拖蠟屐。

箋

康熙三十年(一六九一)二月作於里中,與高士奇同賦。

案:高士奇《竹窗詞》有《絳都春·二月十一夜聽雨》,二人同調同題唱和之作。

好事近 題蔬香圖

不着短籬遮,瀟洒一塍寒翠。白白朱朱無數,更幾叢黄紫。謂圖中菊花也。 露葵雨韭苑西偏,沙軟路猶記。自摘霜蔬盈把,了先生心事。

箋

此闋爲高士奇題畫。

案:高士奇《苑西集》卷四《禹生爲余寫蔬香圖自題卷尾》,高士奇詞集亦名《蔬香詞》,有歸隱田園之意,故末句及之。

顧圖河《雄雉齋選集》卷六《奉題錢唐公賜榴圖》《又題蔬香圖》,亦爲高士奇題畫。

惜紅衣 淺夏

豆綻宜蠶,蘆高斷筍。乍温風日。榆柳溪村,愔愔芺晴碧。藜床倦起,猶自苦、春慵無力。

簷額。粉籜數竿，透檀欒消息。佳游記得。蝶恣蜂酣，尋香遍南陌。单衣又試，拖了笋皮屐。可惜一般烟草，芳意而今難覓。但斜陽移過，花放滿塍蕎麥。

箋

康熙三十年（一六九一）四月作於里中，與高士奇同賦。

案：高士奇《竹窗詞》有《惜紅衣・淺夏》，二人同調同題唱和之作。

疏影 詠梓樹花畫〔一〕

兒嬉尚記。弄一篙平艇，池面鋪翠。亞字闌邊，濃緑層層，遮斷幾尋苔砌。蠻藤小簟分曹坐，但不見、花開如此。愛畫紗、點染朱鉛，一片暖晴香氣。　惆悵衰翁鬢白，看花自怪老〔二〕，渾忘去聲花事。暗數年來，葉鬧枝繁，況是紫茸初試。池塘鼓吹添新部，好撲向、玉缸同醉。算故園、高樹無多，空繫倦遊鄉思。

校記

〔一〕《沈氏家乘》『詠梓樹花畫』作『題梓樹花畫卷』。

〔二〕『自』：《沈氏家乘》作『白』。

箋

康熙三十年（一六九一）春作於里中，爲高士奇題畫。

梓樹：又名花楸、水桐，爲紫葳科梓屬喬木。樹冠倒卵形或橢圓形，樹皮褐色或黄灰色。梓樹樹體端正，冠幅開展，葉大蔭濃，春夏黄花滿樹，秋冬莢果懸掛。

案：《詩鈔》卷三《高少詹江村招飲病不能赴率成四絶句并以志别》詩句云：『自題梓樹花圖後，領畧春風又六年。』詩作於康熙三十五年春，故此闋當作於三十年春。

高士奇《竹窗詞》有《疏影・北墅梓樹花開適在卧病歎余歸兩逢維夏只此花木相對無緣復索慎齋寫生題於其上》。

小闌干

舊藏孫克弘寫生夾竹桃，纖穠可愛，爲友人取去。湖中江氏手植一本，五、六月放花時，數過賞之。昨冬聞爲冰雪所敗，妙繪難逢，芳葩頓萎，賦以誌恨

桃門倚笑去年情。葉底最娉婷。杏靨羞紅，梨腮怨白，柳眼更輸青。　斷綃已逐流光去[一]，花信也飄零[二]。愁見幽牕，一叢寒玉，霜籜捲風聲。

校記

高士奇《竹窗詞》中《小闌干》詞後附録沈岸登詞。

〔一〕『斷綃已逐流光去』：《竹窗詞》作『殘脂斷粉無尋處』。
〔二〕『也』：《竹窗詞》作『總』。

箋

康熙三十年（一六九一）作於里中，與高士奇同賦。

孫克弘：孫克弘，字允執，號雪居，松江（今屬上海市）人。明代書畫家，擅花鳥，初學徐熙、趙昌，後師法沈周、陸治。畫風古淡，名重一時。

案：高士奇《小闌干・沈南漘詞序云》：『舊藏孫克弘寫生夾竹桃，纖濃可愛，爲友人取去。湖中江氏手植一本，五、六月放花時，數過賞之。昨冬聞爲冰雪所敗，妙繪難逢，名花頓萎，賦之志恨。余向住苑西，亦手植此花，自五月開至八月，綠葉紅葩，翩躚牕牖，曾賦五言近體詩。思覓畫家寫生以傳，未得能手，遂不果。自歸江村，此花不知流落誰所。讀南漘之詞，覺有同慨，因爲和之，意各有屬也》詞云：『桃花紅近竹林邊。往事説堪憐。幾簇纖穠，幾枝黛綠，幾歲晚牕前。　飄零素小今何處，傳寫少邊鸞。多病休文，惹人愁緒，春雨膩紅箋。』

洞仙歌〔一〕

江村學士餉余龍井新茶，今年逢閏，茶山未開，所食尚陳荈。因憶往歲館舍苑西，早秋日見内廷給賜岕葉，盛以髹錫二器，描畫工緻，人間未曾見者。因屬填詞，爲倚聲《暗香》一闋并記之

今年厄閏，誤春芽消息。禁火烟寒雨空滴。縱松聲入鼎，難解湯饑〔二〕，扶殘醉、誰把綠花

分得〔三〕。　西泠雲竇外，槍粉無多，幾樹尖茸嫩先摘。　蒻葉拆重重，逆鼻悠揚〔四〕，官字盞、乳香浮碧〔五〕。　憶一騎、傳來軟塵飛，又十度冰蟾〔六〕，單衣凉席。

校記

高士奇《竹窗詞》中《洞仙歌·以龍井新茶餉南渟答詞尚記苑西嘗賜茶事》，詞後附録沈岸登詞。

〔一〕《黑蝶齋詩餘》詞牌原作『河仙歌』，誤，據《竹窗詞》改。

〔二〕『難解湯饑』：《竹窗詞》作『蟹眼翻甌』。

〔三〕『緑花』：《竹窗詞》作『緑塵』。

〔四〕『逆鼻』：《竹窗詞》作『撲鼻』。

〔五〕『乳香』：《竹窗詞》作『乳花』。

〔六〕『十度』：《竹窗詞》作『十分』。

箋

康熙三十年（一六九一）春作於里中，與高士奇同賦。

江村學士：高士奇，見前箋。

案：高士奇《洞仙歌·以龍井新茶餉南渟答詞尚記苑西嘗賜茶事》詞云：『巖柯嫩蕊，過驚雷先圻。（龍井茶清明前先茁）野客山僧慣能摘。　筠罏淺焙，缶器重封，初開處、無限早春香色。　年時西苑住，賜出頭綗，小院宵凉共煎喫。退隱傍江邨，藥臼茶鐺，人事屏、石泉頻汲。歎苒苒、年光又嘗新，漸蝶粉穿籬，燕泥黏席。」

厄閏：舊説謂黄楊遇閏年不長，因以喻指境遇艱困。康熙三十年有閏七月。

槍粉：有白茸的茶芽。茶芽初萌，尖挺如槍，并帶白毫，故名。

官字盞：宋黄庭堅《和答梅子明王揚休點密雲龍》詩：「小壁雲龍不入香，元豐龍焙承詔作。二月嘗新官字盞，游絲不到延春閣。」

乳香：烹茶時所起的乳白色泡沫。宋梅堯臣《得雷太簡自製蒙頂茶》詩：「湯嫩乳花浮，香新舌甘永。」

點絳唇 櫻桃

籬笋穿時，紅珠亂綴西溪樹〔一〕。漁罾遮住〔二〕。不顧漁郎忤〔三〕。　笑口年來，忘却如樊素〔四〕。無人數〔五〕。只消留與〔六〕。山鳥銜飛去〔七〕。

校記

高士奇《竹窗詞》中《點絳唇·和南溽謝餉武林櫻桃》，詞後附録沈岸登詞。

〔一〕「西溪樹」：《竹窗詞》作「西溪路」。

〔二〕「遮住」：《竹窗詞》作「低護」。

〔三〕『不顧漁郎忤』：《竹窗詞》作『最怕鶯銜去』。
〔四〕『樊素』：《竹窗詞》作『蠻素』。
〔五〕『無人數』：《竹窗詞》作『同誰數』。
〔六〕『只消留與』：《竹窗詞》作『小牕凭處』。
〔七〕『山鳥銜飛去』：《竹窗詞》作『蘭若簾風暮』。

箋

康熙三十年（一六九一）作於里中，與高士奇同賦。

案：高士奇《點絳唇·和南渟謝餉武林櫻桃》詞云：『新緑纔陰，珊瑚歷歷圓垂樹。溪翁園父。翠籠攜河渚。　不道山中，紅也無分處。紗窗曙。擎來當午。陳跡難重數。（向直南書房，當含桃初薦之後，日蒙賜給。張敦復學士請假歸桐城，於山中作亭，名「也紅」。冢宰澤州陳公爲記其事。余北墅亦有含桃數株，思置亭其側，惜「也紅」之名先爲學士所有也。）』

西溪：在今浙江杭州市靈隱山西北，爲杭州勝景九溪十八澗之一。

樊素：白居易之侍妾。唐孟棨《本事詩》：『白尚書姬人樊素善歌，妓人小蠻善舞，嘗爲詩曰：櫻桃樊素口，楊柳小蠻腰。』

好事近　汪柯庭小照

啜墨寫寒枝，一幅雨餘疎翠。淺淡緑烟影裏，有高山流水。　朱絲繩響譜栞心，未暇扶笻醉。點點歸鴉如雁，隔溪風排字。

箋

汪柯庭：汪文柏，字季青，號柯庭，見《黑蝶齋詩鈔補遺》中《題汪柯亭墨蘭》箋語。

買陂塘 題荻雪村莊

怪蕭騷、涼飔吹過，陂塘淩亂如絮。細看不是楊花白，只有荻梢無數。颺又舞。占一片、淒涼秋水招鷗鷺。捎烟日暮。記古寺鐘昏，高城月墮，迷却板橋路。消閒好，掛了霜簾睹墅。圍碁聲落沙渚。草堂背郭莎窗亞，未要碧筠遮護。摇弱櫓。更聽遍、叢叢楓葉迴船住。年華老去。悵載酒情疎，題裙興懶，鬢雪也千縷。

箋

康熙三十一年（一六九二）作於安慶。

荻雪村莊：俞嶔奇居所。俞嶔奇，見前箋。

案：曹霂《冰絲詞》中有《買陂塘·丹嶼索題荻雪村莊同覃九作》。其時，岸登與俞嶔奇同客安慶曹貞吉幕，俞氏索題，遂與曹霂同作此題以應。

南浦　送汪碧巢之任桂林兼致天河書，首句用石湖語

猶有燕飛來，過湘灘粉堠，推詩良苦。照眼盡濃花，輕衫著、長似江南春暮。衰翁憊矣，不能醉酒旗亭舞。門外秧風蓑樣緑，愁道故人西去。　洛家流水聲中，更迢遥、十載牽情琴譜。爲我寄平安，鄉書外、莫説屋桑園苎。天涯舊侣。相逢且作離支主。吉了自啼人自聽，同對竹棚斜雨。

箋

康熙三十二年（一六九三）夏作於里中。

汪碧巢：汪森，字晉賢，號碧巢，見《黑蝶齋詩鈔補遺》中《同蔡遠士朱西畯過汪碧巢草堂夜宿聯句》箋語。

案：據陳水雲、孫婷婷撰《汪森年譜》載，是年汪森銓選廣西桂林府管糧通判，秋八月到任。其離鄉赴任當在夏日，岸登送行詞中有『門外秧風蓑樣緑』句，亦是夏景。

天河：沈皞日，見前箋。此時任廣西天河縣知縣，

案：康熙二十三年（一六八四），沈皞日赴任廣西來賓知縣，岸登送之江寧閱江樓。至此已十年，故詞中兼致問候仍在廣西任職的沈皞日，有『更迢遥，十載牽情琴譜』之語。

首句用石湖語：宋詩人范成大，號石湖居士，其《衡陽道中》詩：『空山竹瓦屋，猶有燕飛來。』

吉了：鳥名，即秦吉了，又名了哥、鷯哥，出嶺南，羽色黑，頭側有桔黄色肉垂及肉裾，嘴脚皆紅，鳴音清亮，

善效人言。

湘月 七夕後二夜病中見月

年年怕見，是穿針節過，靈鵲爭也。從此茫茫河絡角，不煞金波流也。露草蟲悲，風槐蟬抱，網户螢飛也。梧桐涼信，最憐葉上聞也。　爲到藥裹茶鐺，紅藤杖也。又青莎鞋也。伴得江湖游倦客，看月西溪西也。倚枕斜時，穿窗白後，夜色厭厭也。今宵誰會，先生病似秋也。

西子粧 秋日病起，賦庭前金沙花

學得荼蘼，晚春標格，飛綴春條圓影。醉紅沉頓喚誰扶，放柴門、麥風吹醒。霜毛半領。還記得、花飛着鬢。任年年，伴午陰窗户，月斜籬井。　秋來病。可惜新涼，强尋莎檻凭。朱鉛前度見猶愁，況絡蟲、吐絲殘梗。鄉園路迥。悵金虎、苔荒烟暝。更憐他，一葉吴兒販艇。其種移自虎丘山堂。

箋

康熙三十二年（一六九三）七月作於里中。

金沙花：見《詩鈔》卷三《病起爲金沙花作》箋語。

案：沈不負《老雲齋詩删》卷六《南渟病起以金沙花詞見示因題其末》，編次在是年七月。

蘭陵王　雪舸。用高竹屋韻，同禾嶼賦

小横閣。樸簌沙雲透幕。誰糊得，楚穀越藤，粉膩波光浸帷箔。江南夢初覺。雁齒橋頭憶卻。吴娘慣，紅袖笑牽，百尺青絲柁樓索。沉思五湖約。悵蝦菜盟寒，魚浪猶昨。田歌興嬾山情薄。又一鞭殘照，幾程衰柳，消息江梅聽夜角。問歸計且莫。班駁。冷雲作。謾贏箇天涯，短檠孤酌。翻嫌中酒煎腸惡。算麴旗都下，歲闌村落。添些春水摇健櫓，鄉信託。

箋

康熙三十五年（一六九六）冬作於里中。

高竹屋：南宋詞人高觀國，號竹屋，著《竹屋癡語》，有《蘭陵王·春雨》一闋，岸登詞步其韻。

禾嶼：沈崑，號禾嶼。見《詩鈔》卷三《留别襲柱史衡圃即用贈行原韻兼答怡齋孝廉家柘西司馬禾嶼户部》箋語。

五湖約：春秋末越國大夫范蠡，輔佐越王勾踐滅亡吴國，功成身退，乘輕舟隱於五湖。見《國語·越語下》。此謂相約隱遁塵外。

盟寒：語出《左傳·哀公十二年》：『公會吴於槖皋，吴子使大宰嚭請尋盟。公不欲，使子貢對曰：「盟，所

以周信也，故心以制之，玉帛以奉之，言以結之，明神以要之。寡君以爲苟有盟焉，弗可改也已。若猶可改，日盟何益？今吾子曰『必尋盟』，若可尋也，亦可寒也。」乃不尋盟。』後以『盟寒』指背棄或忘卻盟約。

金縷曲 宣磁脂粉盒

紅粉皆黄土。是何年、玉鈎壞塚，拾來樵豎。認得元和蠅脚字，小朵青蕖花吐。儘買寵、調粧香絮。捲葉吹脣函谷起，歎丸泥、技巧難封固。分一半，楚人炬。　早時金盌傷心句。便相逢、浣花遺老，已憐遲暮。錦瑟人長蒲簟冷，對此偏增愁緒。也不稱、簪篙裙布。銀海燈昏隨未得，更朱門、聚散無長主。誇奇貨，洛陽賈。

箋

康熙三十年（一六九一）作於里中，與高士奇同賦。

案：高士奇《竹窗詞》有《齊天樂・宣磁脂粉合》，二人同題唱和。

元和：唐憲宗李純的年號（八〇六—八二〇）。

吹脣：吹口哨，喧叫。語出《資治通鑒・齊明帝建武四年》：『彭城王勰等三十六軍前後相繼，衆號百萬，吹脣沸地。』

丸泥：典出《後漢書・隗囂傳》：『元請一丸泥爲大王東封函谷關。』謂函谷關地勢險要，易於防守。

楚人炬：《史記・項羽本紀》：『項羽引兵西屠咸陽，殺秦降王子嬰，燒秦宮室，火三月不滅。』『楚人一炬』概指此事。

三姝媚 瓶中芍藥

杜郎今老矣。數紅藥揚州，冶游曾記。十里温香，試單衣偷潤，滿身香氣。花也飄零，怎禁得、江湖愁思。闌底重尋，鴨鵊啼殘，鬢絲憔悴。　誰剪輕綃能碎。伴棐几閒窗，悄無塵事。膽樣青瓷，汲銅瓶頻貯，井華鉛水。送過春寒，但早起、畫簾慵倚。譜入將離怕遺，吟邊喚字。

簇水

余家獨山塘右，每秋晚芳馥出水上，故老相傳爲香草，溪沙蕪蔓，莫能辨也。百餘年來，游伴無多，村墟蕭落，而香猶如故，客中因寄懷一闋〔一〕

野草年年，新涼逆鼻無尋處。聞香乍遠，但一片圓沙、冷霞昏雨。生來未曉，緑遍萋萋路。料不憶，王孫歸去。　爲寄語。可還有、秋塘過客，疎柳下、停柔櫓。江蘺怨別，悵楚屈空延佇。甚日笋鞋挑菜，吹惹溪風暮。斜陽夢斷〔二〕，竹笆煙墅。

校記

張力行纂《平湖縣志》卷一七載此闋。

〔一〕詞副題：《平湖縣志》作『香草溪』。

〔二〕『夢斷』：《沈氏家乘》作『夢罷』。

箋

此闋詠溪中香草。

案：光緒《平湖縣志》卷二：『香草溪，在獨山塘側，雲清橋北。』

笋鞋：用竹箬編結的鞋。唐張籍《題李山人幽居》詩：『畫苔藤杖細，踏石筍鞋輕。』

長亭怨慢　燭下杏花

向流水、柳絲牽處。亂折交枝，尚餘香霧。依約梨雲，閉門空自夜如許。倦紅愁曉，正夢穩、江南路。只有插花人，聽深巷、明朝呼汝。　最苦。伴清宵黯黯，多少冶游心緒。蠟淚灰時，渾不省、綺疏窗户。須揀個、小幟遮燈，暗裏護、捎簾春雨。正門外斜風，零落芹泥無數。鄭谷句：柳絲牽水杏花紅。

箋

『只有插花人』句：陸游《臨安春雨初霽》詩：『小樓一夜聽春雨，深巷明朝賣杏花。』此處化用。

垂楊　重泊柳下

垂楊院落。記軟香似夢，緑酣春瞑。踠地繁絲，東風樓角枝南並。莫緣明日湔裙興。畫簾下、悄臨粧鏡。甚愔愔、斜搭闌干，做這番凄冷。　門巷何曾更省。但千縷淡鵞，褪黄烟凝。幾日温晴，驀然驚逗濃雲醒。知他不住飛綿影。問又墮、誰家芳徑。離懷欲訴，自來非薄倖。

箋

此闋賦閨情。岸登詠柳，每寄深情，蓋有戀愛心事相繫者。

淡鵞：喻新柳如小鵞絨毛一般的淺淡黄色。元王和卿〔中吕〕《陽春曲·春思》：『柳梢淡淡鵝黄染。』宋王安石《南浦》詩：『含風鴨緑粼粼起，弄日鵝黄裊裊垂。』

瑣窗寒　再過濱麓山莊

砌冷流紅，墻分斷緑，翠陰無主。深門悄掩，寂寂乳鶯啼去。漾東風、柳絲冒烟，斜陽做得春來暮。認粉苔屐印，料應都是，倦遊羈旅。凝竚。誰留住。有碧檻鈎衣，朱橋款步。疎稜側帽，還惹舊年飛絮。最嫌他、挈酒戴花，如今治意無幾許。悵閒尋、翻自生愁，多少江南樹。

渡江雲 寄懷安丘曹仲益，時侍珂雪先生奉使桂林，兼訊汪碧巢别駕

相思何處最，北夢張帆，南夢卸帆初。倩誰爲畫箇，木葉秋風，天末使臣圖。曾游記否，鷓鴣啼、昏雨重湖。悵恰是、吴儂歸日，病起飯蓴鱸。修途。竹棚野店，裘杼詩人，一逢迎如故。定又見、桃花潭曲，别酒囊壺。憑君未得封書寄，話年來、紫塞黄蘆。今老矣、柴門春水烟蕪。

箋

康熙三十五年（一六九六）作於里中。

曹仲益：曹霦，字掌霖，山東安丘人。曹貞吉次子。見《詩鈔》卷二《病起》箋語。

珂雪先生：曹貞吉，字升六，號實庵，山東安丘人。見《詩鈔》卷二《仲春過同安郡城司馬曹升六爲我設餅因成長句》箋語。

汪碧巢：汪森，見前箋。時在廣西任桂林府通判，故以别駕稱之。

案：是年，曹貞吉典試粵西，曹霦隨行陪侍。岸登賦詞寄懷，兼訊汪森。岸登嘗客安慶曹貞吉幕，與曹霦頗多唱和，參見前箋。

裘杼詩人：即汪森，嘗築書樓名『裘杼樓』。

摸魚子　題紅藕莊主人雙是圖。往時客白下，見錫山華君曾寫此圖。今出别手白描，又一本也

綰華鬘、瓔綏鈿絡，誰拈鼠鬚螺翠。玲瓏盤作人閒樣，禁得冷禪無意。儂尚記。儘匀粉施丹、絶妙吴生枝。而今盡洗。見氎布寬衫，洛川皓腕，捧出淡羅袂。浮生夢，艇子春江烟水。桃根桃葉同艤。蘆溝風雪哦詩叉，白髮故人來矣。君自擬。掛百八、牟尼珠串非耶是。不如畫裏。坐青簟床南，白蕉硯北，封事寫藤紙。

箋

康熙三十四年（一六九五）冬作於京師。

紅藕莊主人：龔翔麟，見前箋。

案：龔翔麟《黑蝶齋詩鈔序》：『乙亥冬，村叟始從太原跨蹇驢冒雪入京師，就余道故。』是年冬，岸登至京城訪龔翔麟。故詞句云『蘆溝風雪哦詩叉，白髮故人來矣』。龔氏出畫卷請岸登品題，因成此闋。

李符《香草居集》卷五《常熟楊子鶴爲龔蘅圃寫僧裝小影無錫華叟希逸補二女執花侍左右取色空空色意題曰雙是圖》：『衲衣新學小跏趺，鑠骨檀身侍兩姝。試令將花散空際，能如迦葉不粘無。』

朱昆田《笛漁小藁》卷一《梁谿華胥爲蘅圃寫僧裝小影侍以雙女一拈花一奉梵書取心經色空二語曰雙

是戲題絶句》：『一雙天女玉差肩，卑鉢羅花貝葉篇。若使香門盡如此，丁年儂亦願逃禪。』

沈皞日《柘西精舍詩餘》卷二有《摸魚子·用張蜕巖韻題雙是圖》，約爲同時題詠之作。沈皞日詞有『向色色空空，一片天風扇』之句，則『雙是』語本《般若波羅蜜多心經》：『舍利子，色不異空，空不異色，色即是空，空即是色，受想行識亦復如是。』

錫山華君：華胥（一六二七—一六八七），字羲逸，一作希逸，江南無錫人。其水墨直參李公麟之法，擅繪人物、仕女。山水筆力秀弱，無沉雄蒼渾之致。

案：龔翔麟《紅藕莊詞》中有《鬬嬋娟·贈錫山畫師華希逸》。

百八牟尼珠串：即數珠。佛教徒念佛、持咒、誦經時用來計數的成串珠子。多用木槵子等製成，每串以二十七顆、一百零八顆爲常見。清夏頌來《新樂府·佛無靈》：『口念阿彌陀，手數牟尼子。』

藤紙：用藤皮造的紙，盛産於浙江剡溪、餘杭等地。宋梅堯臣《送杜君懿屯田通判宣州》詩：『日書藤紙爭持去，長鈎細畫似珊瑚。』

百字令 題竹垞圖次主人韻〔一〕

主人歸也，儘客來看竹，短篷長泊。雪色書齋堪吐壁，老去閒情慵託。塞柳騎驢，江蘆聽雁，轉覺垞中樂。青錢憑買，移些村叟鄉落〔二〕。竹外三兩枝頭，桃花也放，更好時吟酌。春雨江南容易見，消領年年簾幙。一畝新秧，六峯晚翠，便是真邱壑。小樓添否，斜陽先在籬角。

校記

清楊蟠、阮元等編輯《竹垞小志》（臺北廣文書局有限公司影印，一九七九年初版）卷三、卷四皆載録此闋，卷四有案語曰：『芸臺先生從朱氏家藏投贈竹垞詩詞墨蹟卷中得沈南渟次韻一首。』

〔一〕『題竹垞圖次主人韻』：《竹垞小志》卷三作『題竹垞卷子次百字令原韻』。

〔二〕『移』：《沈氏家乘》作『攜』。

箋

康熙三十六年（一六九七）左右作於里中，爲朱彝尊題《竹垞圖》畫卷。

案：《竹垞圖》，係康熙十三年（一六七四）朱彝尊請畫家曹岳所繪。朱彝尊《曝書亭集》卷二五《百字令·索曹次岳畫竹垞圖》：『杜陵老矣，共丹青曹霸，白頭漂泊。花柳春殘都未見，底事燕南棲託。略彴長堤，嘔啞柔櫓，只憶江鄉樂。吾廬何處，斜陽芳草村落。況有蔗芋閒田，竹梧舊徑，客至堪杯酌。試畫三楹茅屋矮，隨意圖書簾幙。峽石東西，橫山近遠，密樹遮雲壑。明年歸去，小樓添向牆角。』

康熙三十三年（一六九四），朱彝尊重裝畫卷，其《題曹次岳畫竹垞圖》（顧修輯《讀畫齋題畫詩》所附《讀畫齋偶輯》著録《朱竹垞竹垞圖》，清嘉慶元年東山草堂刻本，上海圖書館藏）曰：『康熙甲寅春，客通潞，填《百字令》，索秋厓補圖，二十一年矣。秋厓久逝，小樓墻角至今未添，而予衰愈甚。展對此圖，不勝遲暮之慨，因付裝池，并書前闋以要和者。歲在甲戌五月，竹垞老人。』又邀諸詞友仍以《百字令》唱和題畫卷。岸登應屬而和，成此闋。

《詩鈔》卷四《正月四日過竹垞曝書亭》，依編次在本年。前此，岸登客游太原兩年，去年夏，方回里中。則竹垞邀和當在此時左右。

六峯：朱彝尊《曝書亭集外稿》卷七《默齋雜詠詩序》：『長水之南一舍，曰梅會里，林疎而水清，横山、硤石、殳、史六峰，咸可眺望。』朱彝尊又築六峰閣於曝書亭。

（以上五十七闋録自沈皞日、沈岸登合撰《浙西二沈詞》中《黑蝶齋詩餘》一卷，清康熙刻本，國家圖書館藏）

黑蝶齋詞補遺

喜遷鶯　夜別巖耕主人[一]

蕉園末暑。罩一握柳陰[二]，軟沙隄路。紫蔘過墻[三]，紅葵亞檻[四]，瀟灑訝同衡宇[五]。留客小窗深榻，愛檢書籤曾住[六]。又經歲，悵憑欄重聽，梅黄涼雨[七]。還被歸鞍促[八]。斷雁數聲，殘月唫愁句[九]。惜別怱怱[一〇]，分明西苑，執手翻疑南浦。更怕九門金鑰，曉陌故人催去[一一]。休負却[一二]，買漁舟來往，柘湖煙樹。巖耕贈余有『往來百里煙樹』之句。[一三]

校　記

高士奇《蔬香詞》（高士奇《清吟堂全集》，《清代詩文集彙編》一六六册影印清康熙朗潤堂刻本）有《念奴嬌·贈沈南渟》二闋（曾王孫輯《百名家詞鈔》中高士奇《蔬香詞》，此二闋詞副題作『送沈覃九二闋』，《續修四庫全書》一七二一册），詞後附録沈岸登詞。

〔一〕『夜別巖耕主人』，《蔬香詞》作『留別』。

〔二〕『握』：《蔬香詞》作『幄』。

〔三〕『紫蔘』：《蔬香詞》作『蔘紫』。

〔四〕『紅葵』：《蔬香詞》作『葵紅』。
〔五〕『訝』：《蔬香詞》作『只』。
〔六〕『留客小窗深榻，愛檢書籤曾住』：《蔬香詞》作『留客小窗話茗，商略金芽詞譜』。
〔七〕『又經歲，悵憑欄重聽，梅黃涼雨』：《蔬香詞》作『經年矣，剪清缸重聽，禓花涼雨』。
〔八〕『還被歸鞍促』：《蔬香詞》作『愁去修門外』。
〔九〕『唫愁句』：《蔬香詞》作『如鈎處』。
〔一〇〕『惜別怱怱』：《蔬香詞》作『街鼓銅龍』。
〔一一〕『更怕九門金鑰，曉陌故人催去』：《蔬香詞》作『誰溯野塘秋水，尋得鷺盟鷗侶』。
〔一二〕『休負却』：《蔬香詞》作『須獨自』。
〔一三〕《蔬香詞》無小字註語。

箋

康熙十九年（一六八〇）初夏作，時將離京歸浙，與東主高士奇言別，賦詞酬答。

巖耕主人：當即高士奇，見前箋。

案：高士奇《念奴嬌·贈沈南渟》二闋，其一云：『苑西客舍，喜君來、苔徑蕭條能住。宦拙盤餐兼味少，只有新葵帶露。竹几迎風，湘簾對雨，蒲扇炎天午。賦成洗硯，興酣一寫今古。憶自癸丑春前，城南相見，快讀金荃句。只道江湖歸未晚，竟被浮名相誤。聽鼓應官，戴星散直，愧作居停主。才華瀲灎，休文莫歎難遇。』

其二云：『平生野性，但頻思、好水好山深處。何事騎驢都市裏，不道偏承異數。晚惹爐香，曉隨天仗，歲歲朝還暮。一經教子，趨庭自昔俱誤。　多君不厭寒厨，吟幾筆格，隨事開愚瞽。雞肋功名終棄擲，歸向西湖河渚。扣犢耕田，挐舟載酒，風月原無主。殷勤相訂，往來百里煙樹。』

又案：高士奇《苑西集》卷二『己未十月起至庚辰十二月止』《送沈覃九還平湖》詩註：『覃九將有武林之行。』亦此次送行而作。

金縷曲　寄譚舟石郡丞在榆林〔一〕

朔雁驚飛起。憶前年、酒壚擊筑，和歌燕市。一自盧溝橋頭別，滿眼斜陽流水。悵去路、雲山無際。强欲尋君惟有夢，奈夢魂、不度三千里。君憶我，定相似。　虚慚蹤跡天涯寄。但逢迎、五陵裘馬，有誰知己。翻羡一官乘邊障，苦愛賓朋文史。况蘆酒、村筒堪醉〔二〕。燕頷書生還未老，拚從軍、共作封侯計。帶圍減，且休矣。

校記

朱彝尊《曝書亭集》卷二五《金縷曲·寄譚七郡丞兄在榆林》詞後附録沈岸登詞。

〔一〕詞調：《瑶華集》作『賀新郎』。『寄譚舟石郡丞在榆林』：《瑶華集》作『寄西安郡丞譚舟石』。

〔二〕『村筒』：《曝書亭集》《瑶華集》作『郫筒』。

箋

康熙十一年（一六七二）九月作於京師。

譚舟石：譚吉璁，字舟石，見《詩鈔》卷四《讀嘉樹堂遺藁悼譚舟石太守》箋語。

案：康熙九年（一六七〇），岸登在京師，與譚吉璁詩酒唱酬。九月，譚吉璁任延安府同知，赴榆林，岸登送别於盧溝橋。至本年，與朱彝尊同賦詞懷之。

朱彝尊《金縷曲・寄譚七郡丞兄在榆林》：『一别三重九。歎年來、燕臺寂寞，酒人非舊。遥望秦川邊沙遠，客淚徒盈襟袖。想塞下、秋來風候。白草黄榆天無際，問圖書、何處消閒晝。泉一勺，秫千畝。同心最苦離居久。藉雲鴻，題書萬里，往來亭堠。悔不短衣從兄去，獵馬千羣關口。便作使、秦娥行酒。酒後狂呼雙耳熱，更彎弧、射碎轅門柳。窮塞主，可能否。』

五陵裘馬：喻穿輕裘，乘肥馬之富貴公子。唐杜甫《秋興八首》之三：『同學少年多不賤，五陵裘馬自輕肥。』

燕頷書生：典出《後漢書》卷四七《班梁列傳》，東漢時，班超自幼即有立功異域之志，有相士指曰：『生燕頷虎頸，飛而食肉，此萬里侯相也。』

綺羅香　題宋徽宗摹《張萱擣練圖》。此卷入金爲章宗所愛，章宗倣徽宗書法寫『天水摹張萱擣練圖』數字其上

冰繭抽來，玉階浣處，杵急翠鬟微動。慣鎖修蛾，須染遠山痕重。牽露索、轣轆銀牀，莫更

待、井華舍凍。慢裁他、疊作雙衾，羊車不入暖香夢。宣和藏弆何恨，多少曹衣吴帶，畫圖承寵。差勝唐宫，羯鼓花間調弄。自氈王、飲馬金明，馱幾幅、粉綃飛控。倚山亭、紅杏填詞，玉鈎同廢塚。張萱有《明皇按羯鼓圖》。

箋

此闋當是應高士奇之請而作題詠畫卷者。

案：《張萱搗練圖》畫卷，原爲唐代畫家張萱所繪，工筆重彩，描畫唐代城市婦女搗練、絡線、織修、熨平之勞作情景。今存者係宋徽宗摹本，清初爲高士奇所藏，後入内府，清末散出，現藏美國波士頓美術博物館。

《張萱搗練圖》卷後有高士奇跋曰：『宋徽宗摹《張萱搗練圖》，筆墨超妙，後人豈能彷彿。金章宗題籤，識以七璽，其珍重可知。余得此卷於京師，携歸江村，今日裝畢，謹跋於後。康熙丁丑嘉平十六日，簡静齋寒窗晴暖，曉起擁爐，焚沉水展觀至再，試君房墨書。藏用老人高士奇。』

宣和：宋徽宗第六個年號，後以『宣和』代指宋徽宗。

『自氈王、飲馬金明』句：宋靖康元年（一一二六），金軍南下，攻破汴京，劫取財寶，并擄掠宋徽宗與其子宋欽宗北還。

『倚山亭、紅杏填詞』句：宋徽宗有《燕山亭·北行見杏花》詞，即被擄時所作，敘家國淪亡的哀音。

玉鈎：喻新月。

柳梢青

傍水人家。陂塘買築，不礙鷗沙。染麴猶疏，搓黄尚早，眉翠誰誇。　雖然弱不禁斜。風定處、柴門半遮。憶得長年，緑陰暖絮，香閣天涯。

箋

染麴：喻柳枝。牛嶠《柳枝》詩：『裊翠籠煙拂暖波，舞裙新染麴塵羅。』

前　調

愛度新聲。曲中金縷，歌板分明。雲散風流，田南舍北，閒看紅樫。　憑添野意村情。誰慣見、拖煙弄晴。擫笛江樓，啼鶯門巷，漉酒先生。

箋

紅樫：岸登築舍里門，舍北有樫樹，因名其居，《詩鈔》卷一有《自題紅樫田舍用東坡八首韻》。

漉酒先生：指陶淵明。南朝梁蕭統《陶淵明傳》載：『郡將嘗候之，值其釀熟，取頭上葛巾漉酒。漉畢，還復著之。』

前　調

小小絲絲。輸他草色，緑了多時。乍起番眠，三番一日，人樣相思。閒愁不上新枝。才綽約、湔裙女兒。能彀屯田，月殘風曉，酒醒填詞。

箋

『能彀屯田，月殘風曉，酒醒填詞』句：北宋詞人柳永，以屯田員外郎致仕，故世稱柳屯田。其《雨霖鈴》詞中名句曰：『今宵酒醒何處，楊柳岸、曉風殘月。』

前　調

雪後江鄉。玉梅魂返，絲柳吹香。冷落吟鞭，春風窮塞，二月垂楊。年年驢背分將。人影外、初陽夕陽。歸也攜些，溪門早箇，裊娜成行。

箋

以上四闋詠柳，并敘隱居鄉閭之情形。

邁陂塘 歲暮柬鮑子桐石。時余將游白門，桐石亦即赴堯峯之約，因賦此以揭草庭

板橋斜、馬頭寒食，雪絲同颭村柳。無端杜宇催鄉思，潞水歸舷先扣。菖葉酒。記夜雨停杯，斷續横街口。分襟未久。算消夏蕉園，送春荔浦，漂泊蔣山又。　吾家住。十里東湖竹藪。門前九疊煙岫。相思除是憑雙槳，那得結鄰廡右。俄執手。料短日扶笻，木葉堯峯瘦。踟躕話舊。約來歲重尋，石闌小檻，燒燭放燈後。

箋

康熙二十年（一六八一）歲暮作，時將游江寧。

鮑子桐石：鮑駿，字聲來，號桐石，見《詩鈔》卷三《秋夜懷桐石》箋語。

堯峯：汪琬（一六二四——一六九一），字苕文，號鈍翁，晚號堯峰，長洲（今江蘇蘇州）人。清初著名散文家，與侯方域、魏禧合稱散文三大家。清順治十二年（一六五五）成進士，歷官户部主事、刑部郎中，後因病辭官歸里。康熙十八年（一六七九）舉博學鴻儒，授翰林院編修，又乞病歸。晚年隱居太湖堯峰山，閉户撰述。著有《堯峰文鈔》《鈍翁前後類稿》。

草庭：光緒《平湖縣志》卷二：『草庭，在南司東，貢生鮑駿讀書處。』

案：鮑駿從汪琬游，汪琬嘗爲作《草庭記》，又《寄題鮑聲來草庭》詩云：『鮑生嗜讀書，書室開南榮。梧石羅四周，清陰覆門衡。如何了不顧，而以草名庭。』

『送春荔浦』句：荔浦指稱閩中。宋范成大《送陳天予大監同年使閩》詩：『問訊後車容客否，茶山荔浦看南州。』

案：沈不負《老雲齋詩删》卷三《戊辰中秋同皋士作》，又《十六夜疊韻懷南渟約皋士同作》詩句云：『十年幾度閩南遊，小住爲佳又到秋。』戊辰爲康熙二十七年（一六八八）。以時推之，本年春夏間，岸登或遊閩南。

蔣山：即鍾山，又名紫金山，在今江蘇南京市東北。

渡江雲　送曹仲益歸棗花田舍，時道出槜李，余亦同棹還清溪

山空紅葉晚，楓林恰似，花發武陵初。勝看籬月外，幾朵牽牛，冷淡曉秋圖。留君小歇，挂蒲帆、也到東湖。便指點、溪翁煙舍，柳下買香爐。　歸途。茶檣細火，酒幔斜風，過垂虹橋去。又甚處、霜程響鐸，野飯烝壺。一繩雁子書能帶，但歲寒、只自銜蘆。書到了、江南已長蘼蕪。

箋

康熙二十一年（一六八二）秋九月作。時岸登自江寧歸里，與曹溱同棹，道出長水，賦詞送其還山東。

曹仲益：曹溱，有《棗花田舍詩》，見前箋。

案：《全清詞·順康卷補編》載曹溱《冰絲詞》，有《渡江雲·和覃九賦别原韻兼懷丹嶼》，詞云：『夢

中聞落葉，蕭蕭摵摵，庭樹着霜初。美人歌乍闋，冷語含愁，譜出送行圖。難忘舊約，趁三秋、擊汰鷺湖。待搟擋、吴淞鹽豉，快斫四腮鱸。　分途。江灘捩柁，山驛淋鈴，各垂頭歸去。盼不到、紅橦田舍，倒盡君壺。懸知此際由拳路，共西野、飽看風蘆。應念我，迢迢遠隔寒蕪。』即當時離别酬和之作。又有《渡江雲・送覃九歸平湖仍用壬戌賦别韻》，可知岸登與曹霂初次之賦别詞作於是年。

王翬《清暉贈言》卷一載岸登詩《王先生石谷過贍園喜賦短律爲步蘅圃韻請正時余將歸長水兼以志别也》，亦可考知係作於是年秋。

長亭怨 留别烏聊山水，用張玉田懷舊居韻

捲簾看、晚雲天外，吹墮煙螺，倚窗寒絶。木落空山，冷猿何處嘯明月。桃花源洞，迷千折、漁人也别。後日重尋，誰能記、舊遊消歇。　嗚咽。水流枯柳岸，不似春條如結。明朝買艇，悵指與、柁樓人説。憶吴根、九點青嵐，隔幾樹、未殘黄葉。待風雪歸，又是閉門時節。

箋

康熙三十一年（一六九二）冬作，時將自徽州歸里。

烏聊山水：見《詩鈔》卷二《移寓烏聊山下》箋語。

用張玉田懷舊居韻：南宋詞人張炎，號玉田，著《山中白雲詞》，有《長亭怨慢・舊居有感》一闋，岸登詞步其韻。

案：《詩鈔》卷二《送曹户部實菴》《冬夜歸紅橿田舍》，知是年冬曹貞吉陞遷赴京，岸登只得辭幕歸里。

邁陂塘　題汪碧巢《秋吟圖》

記挐舟、梧桐溪水，離愁幾换凉暑。竹闌蕉砌容吾坐，把袖題殘溪紵。誰復與。話雁曉鶯昏，舊雨同聽處。披圖自許。使儂爲銜毫，添伊舞帽，笑拍小蠻語。　横琴好，譜入朱絲流楚。興來更埽斑楮。念奴鬲指翻新調，白石曾移宫吕。秋少住。愛紅桂花繁，風月隨君取。他年别墅。約茗椀分旗，糟牀捉酒，爾我唤吟侣。

箋

汪碧巢：汪森，見前箋。

梧桐溪水：位於今桐鄉市梧桐街道，古時爲梧桐鎮，汪森築碧巢書屋於溪邊。

『念奴鬲指翻新調』句：宋姜夔《湘月》詞序：『予度此曲，即《念奴嬌》之鬲指聲也，於雙調中吹之。鬲指亦謂之過腔，見晁無咎集，凡能吹竹者便能過腔也。』清方成培《香研居詞麈·論鬲指聲》：『蓋《念奴嬌》本大石調，即太簇商，雙調爲仲吕商，雖異而同是商音，故其腔可過。太簇當用「四」字，仲吕當用「上」字，今姜詞不用「四」字住，而用「上」字住。簫管「四」「上」字中間只隔一孔，笛「四」「上」兩孔相聯，只在隔指之間，又此兩調畢曲，當用「一」字、「尺」字，亦在隔指之間，故曰「隔指聲」也。』

白石：南宋詞人姜夔，號白石道人。

（以上十一闋録自沈應奎等纂《清溪沈氏六脩家乘》卷一九，清光緒十二年追遠堂刻本）

瑣窗寒 題《西河慰悼集》

雨暗鶯春，烟橫鴈曉，伴人彈淚。養鴨欄邊，一片無情藍水。算來蠟鳳燒殘，空餘似、纈燈花細。悵寒原極目，傷心都是，露塍風砌。凝睇。楓林外，問長夜何曾，篠驂迤邐。餦餭小榼，楚些招他歸未。竹參差、吹出雲車，除非再逢圖畫裏。待嬌兒、賦擬西崑，玉谿傳浣紙。

箋

康熙二十九年（一六九〇）作。

案：《西河慰悼集》係汪文柏之親友慰其喪子所作。據汪文柏撰《汪兆熙墓誌銘》，可知其子汪兆熙卒於康熙二十九年庚午四月，文柏作哭子詩二首，同人亦以詩文慰悼之，岸登詞當稍後作。

『楚些招他歸未』句：意出《楚辭·招魂》。宋蘇軾《過萊州雪後望三山》詩句：『帝鄉不可期，楚些招歸來。』

（以上一闋録自汪文柏輯《汪柯亭彙刻賓朋詩》中《西河慰悼集》卷，清康熙刻本，上海圖書館藏）

點絳唇

離合神光，十三行帖陳王賦。枕函無據。幻夢生金縷。　羅襪珊珊，畫手留江楮。凌波去。阿誰矜許。學得車前步。　清溪沈岸登。

箋

康熙三十二年（一六九三）左右作，題丁雲鵬所畫《洛神圖卷》。

案：是卷丁氏白描洛神凌波冉冉而行，衣袂臨風飄舉，有回首含睇之態，署款曰：『己酉泊舟楓橋，爲非菲丽人寫。雲鵬。』卷後有高士奇題詩云：『丁郎矮紙洛神圖，絲吐春蠶筆若無。當日非菲人似否，流風迴雪態爭殊。康熙癸酉冬十月，江村高士奇題。』鈐有高氏藏印多枚，知曾爲高氏鑒藏。另有高不騫、王頊齡、查昇、王鴻緒等題詩。

離合神光：語出三國魏曹植《洛神賦》，曰：『於是洛靈感焉，徙倚彷徨，神光離合，乍陰乍陽。』

十三行帖：東晉王獻之小楷書《洛神賦》，至南宋殘存十三行，傳賈似道摹刻石本傳世，因石色如碧玉，世稱『碧玉十三行』。

陳王：曹植，字子建，沛國譙縣（今安徽亳州）人。三國時期著名文學家，代表作有《洛神賦》《白馬篇》《七哀詩》等。曹操第三子，生前曾爲陳王，謚號『思』，又稱陳思王。

江楮：楮樹皮製造的紙，以江西九江一帶盛産，故名。宋梅堯臣《和石昌言以蜀牋南牋答松管之什》詩：

『楊子擬經聊以贈，蜀麻江楮報何嫌。』

車前步：宋張耒《次韻張公遠二首》其一：『襄王坐上微詞客，子建車前步水妃。』

（以上一闋録自重慶中國三峽博物館編著《重慶中國三峽博物館藏文物選粹——繪畫》九二頁丁雲鵬作《洛神圖卷》卷後題詞墨跡，文物出版社二〇一一年第一版）

沈岸登文存

沈岸登文存

翊王公傳

弟諱雯孫，字翊王，係吾叔父焕如公子也。兒戲時，讀書即能過目成誦。方叔父即世，弟年尚幼穉，雖叔母愛憐，而自能勵志攻苦，凡經傳及《史》、《漢》、八家文無不博覽淹貫，親友賞識者咸以大器期之。早歲遊庠，繼即食餼。後益專精舉子業，棘闈鏖戰，屢薦不售，殆亦有命存乎？生平品行端方，如璞玉渾金，如伏鸞隱鵠，不與世俗爭好尚，而於睦族展親之道，一以寬厚謙讓爲懷。至治家，又極其嚴肅，絶無嘻嘻嗃嗃之風。訓子弟，則循循善誘，故從弟輩及遠方問字者，被其教澤，靡不成就。年僅四十有九，竟賫志以没，族人猶共相惋惜。予與弟情好尤篤，得以知弟之詳，信弟之真，忍令其砥節礪行湮没而不彰也哉？

（以上一篇録自沈應奎等纂《清溪沈氏六脩家乘》卷一二，清光緒十二年追遠堂刻本）

春秋紀異序 夢異

王者之迹熄，柴望之禮不行。而列國之君卿大夫，於是乎祀無常典。祊田可以易許，至欲釋泰山之祀以祀周公，而不知祭非其鬼也。爲之鬼者，亦往往覬覦罔極，自求飲食於人，以禍福之。夫禍福之説恒情易溺，相率天下而奔走，恐後其衰，世之神之所爲乎？當堯之時，鯀用治水，九載弗績，保其首領以死，幸矣。乃猶化爲異類，肆其恣，饕餮於諸侯，而曾不自悔其罪，君子無取焉。惡見能去疾也哉。彼有夏之裔嗣，焚蕭酌旨，濟濟蹌蹌，以爲至孝於所自出，而仰而臨之者，則儼然蹄而走者也。嗚呼！孝子慈孫使其聞之，子産而生愧也矣。纂夢異第五。

春秋紀異序 術異

醫藥卜筮之書，秦火之所不及，而自漢以前傳焉者寡矣。其見之《春秋》者，則皆左氏之言也。抑何神且怪與？夫楚邱卜成季之名，則吉凶悔吝之理所無者也。秦緩知趙孟之終，則刀圭針石之所莫治者也。我意邱明特欲神明詭奇其説，使讀者動目駭耳以爲快，而不知古人作書之旨，將自我而諱，其孰窮之而孰信之乎？《易》曰：『慎言語，節飲食。』慎之者，譬之趨避；節之者，譬之藥石。疑而後卜，病而後醫，皆其後焉者，而况可以之妄人於不及知者哉。

然則其書之不傳，或亦物之所秘，而聖人之所罕言也。嗚呼。左氏之言，其太史公所謂浮誇者乎？其動目駭聽，以自取快，而不必本於醫卜之書乎？故曰皆左氏之言也。纂術異第六。

（以上二篇録自沈應奎等纂《清溪沈氏六脩家乘》卷一五）

煙雨樓賦

珠斗分躔，嘉禾名郡。堞隱溪光，隄涵水暈。鍾地靈於我土，聚勝槩於兹樓。溯自錦軍奏凱，迄於檢校垂旒。幾百年繡栱朱甍，元璙曾築；數十頃柔藍皺碧，希吕重修。鼈可釣而爲磯，翬斯飛而增翼。對雉尾之麗譙，艤鴨頭之寶鷁。畫圖可繪，詞賦能傳。臺豈成銅，漫云有瓦。崗雖多竹，何取爲椽。白笠青蓑，最是閒人喜雨；明鬟鬒髮，大都遊女愁煙。近渚無非荻砌，遥汀盡是秧田。舺且長移，杖宜頻策。東連嚴助之阡，南瞰裴休之宅。憑欄縱目，塔影三而每圓；倚檻高歌，溪流雙而長碧。霜鐘動處，大有僧廬；月笛吹時，能無謝屐。佳遊何厭，勝日方長，壺觴不妨引醉，枕簟足以邀凉。滴粉塗鉛，未羨閣中蛺蝶；紅衣翠鬣，好看湖上鴛鴦。過此睹碁，則是羊家山墅；登之載酒，應同南浦河梁。於斯時也，序屬五陰；居是邦焉，地偏兩浙。蟬紗舊拓深窗，蝕蘚新横斷碣。攬其灝氣，城當長水之洄；寄以曠懷，樓作秀州之傑。

倘思留詠，允待雅人。翩若以驚，簾外雙飛沙鳥；颯然而至，座間自颭風蘋。好景嘗逢，良辰難駐。平池歆榭，相公養鶴而歸；緑水紅亭，學士煮茶而去。乃爲之歌曰：雲窗霧牖兮湖中洲，蜻蜓簾串兮珊瑚鉤。邦之父老兮慶宸遊，牙檣錦纜兮牽龍舟。滃滃紫氣無時收，跂而望之兮三秋，巍巍萬歲兮當以名斯樓。

河工告成賦

皇帝御極，紀年四十。丕纘鴻基，宵旰無逸。合覆載以清甯，猗霱雲而藻日。感嶽瀆以效順，匯黄淮而底績。豈昏墊之殷懷，頌皇路之平一。於是太史奏河渠之書，司農輸惟正之供。雁白馬元圭，三靈叶瑞，南琛西賮，萬國來同。年年流無恙桃花之水，歲歲奠巋然瓠子之宫。雁户波恬，鮫人技窮。沐浴日月，絚亘提封。則有夜栅帆檣，時時銜尾；春隄楊柳，處處飛綿。陋矣漢廷之三策，遐哉禹功之八年。緬神門之涬溟，訖斗宿之垓埏。皆聖澤之浩汗，暨臣力之勞賢。宜賡歌而拜手，共席地而戴天。補宣房之鼓吹，酹河伯以牲牷。惟時總督視河，臣恭繕赤章，告之天子。嬔隆疏鑿，自今以始。體丹扆之憂勤，念蒼生之樂只。盼翠華之清蹕，揚鸞旂而戾止。忻築室之瓦鱗，笑填石之橋齒。扈遊皆樂土之人，珥筆紀導河之史。爾乃懷鉛末技，抱槧小儒，抽毫獻賦。舞抃一隅，溯神堯於仲春之朝；遊河刻玉，羨有虞於甲子之月。巡洛披圖，誠奕禩之，遭逢幸蓊，言而俛聽者也。又爲之歌曰：迢迢崑崙兮河源，蕩蕩帝德兮臨軒。膺特簡兮時惟司空，綜群策兮其職鳩工。跽而望兮河之湄，瞻天顔兮來何遲。竚雲旓兮翠旗，山爲帶而水礪兮於萬年斯。

（以上二篇録自沈應奎等纂《清溪沈氏六脩家乘》卷一九）

雅坪詞譜序

齊梁艷體，沿襲新聲；漢魏古風，銷沉雅仕。自兹遞降，罕有兼長。所以詩擅一家，詞分兩宋。杜少陵野花蔓草，後人憑古江山，只數辛劉；韓冬郎密約私書，我輩鍾情兒女，偏諳秦柳。然而彈絲擫竹，倚調難諧；折露拏烟，取材恒缺。落花歸燕，猶遲聯綴于僧廊；殘酒遺鈿，未免推敲于妓館。有如傑搆，洵是名篇。撥江上之哀絲，最多濕淚；畫壁間之麗句，别有嬌鬟。紅袖圍來，舊日鬓絲都減；烏闌寫却，今宵酒味初醒。掀髯過翠椀香螺，叉手對神雅社鼓。渡頭白祫，解唤官奴；巷口烏衣，慵尋燕子。二十年軟紅塵夢，吟入兔槐鵝柳，嘗帶閙襟；幾百頃嫩緑波光，拈來雨荻風蘋，暫盟秋水。待抽毫奉旨，誰云多讓屯田；倘按譜和歌，自冀無遺卜肆。同里晚學沈岸登謹跋。

（以上一篇録自陸棻撰《雅坪詞譜》卷首，清康熙刻本，上海圖書館藏）

田居詩稾跋

余與龔侍御别自白門江上，今十四年，春帆桃葉已如昨夢。形神既疏，無論郵帙往復矣。乙亥長至，自并州復走都下，卸裝相慰勞，侍御出近詩一編，余亦檢槖得《瞻園憶舊》短律三十首，互作吴音讀之。回思十四年來，余客閩、客黄山、客晉水，窮厄猶少日。侍御歷馬曹，榷南海，執諫筆，言事累累，無瑟縮意，而其詩味閒遠，襍以籬落風格，若偏宜於野人之目者。余雖衰慵放棄，猶未屏絶韻言，他日將盡出所有，以質之同調。侍御亦許可否也？惰畊村叟沈岸登跋。

（以上一篇録自龔翔麟撰《田居詩稾》，清刻本，南京圖書館藏）

完玉堂詩集題辭

沈覃九曰：士大夫無臺閣丹粉氣，山林士無客座寒酸氣，學道人無蔬筍煙火氣，便是好手。借老筆端洗浣得浄機杼，組織之工，卓然有出頭天外，不可一世之概。太原傅青主先生見而賞歎不置，謂當代禪林第一。

（以上一篇録自釋元璟《完玉堂詩集》卷首，《四庫全書存目叢書》集部二二一册，據中國社會科學院文學研究所藏雍正刻本影印）

與畯老道兄札

向日所輯《攢筆録》，弟復爲增損，欲付梓而無力，或同志共成之，則幸甚。臨楮神□不一。畯老道兄。弟沈岸登頓首。

（以上一篇録自吴修編《昭代名人尺牘》卷一一，上海集古齋光緒戊申石印本）

重陽札

重陽後賤恙漸減。昨出城，以俗事無暇走晤，且自東徂西，脚力亦未能强步也。兩日生計，何似念念。來諭係何處人，并三君之諱，幸開明示知。牙章如得湊成一匣，甚妙。容於面時再頌，不一。功岸登頓首。

（以上一篇録自李經國等編著《過雲樓舊藏名賢書翰》，北京聯合出版公司二〇二〇年版）

附志傳

南渟公傳

錢塘龔翔麟譔

先生姓沈氏，諱岸登，初字覃九，更字南渟，晚自號惰畊村叟，平湖清溪鄉人。曾大父民範，封福建按察司副使。大父萃楨，萬曆癸丑進士，累官湖廣布政使司右布政使。父日昆，崇禎己卯科舉人。先生少工文，試有司不遇，銷聲割跡，以吟咏自娱。長水朱檢討竹垞、桃鄉李徵君武曾昆季，往還酬倡。余亦得與先生交，琴歌酒坐，應和不乏相樂也。後余繫官於朝，先生閉門埽軌，或偶賦近游，風流雲散，天各一方，余與先生自是形迹疏矣。歲乙亥，先生從太原來京師，就余舍館，白髮盈顛，吟肩雙聳，把酒對談，往事如夢，且喜且悲。未幾，先生忽動故鄉思，亟治南裝，余祖送於郊，憮然傷懷，有不可喻者。夫孰知遂爲長別也哉。先生没之前兩月，猶寓書於余，訂再訪期，既而凶問至矣。先生以壬午十月二十二日病死，距生前明崇禎己卯三月七日，享年六十有四。

先生爲人冲夷恬雅，淡於榮利，簞瓢不給，處之晏如。詩詞、書法、山水，俱妙絶一時。所著《黑蝶齋詩》，先生猶子黼熊録東搨行。其填詞，余曾刻入《浙西六家詞鈔》，後先生與大阮柘西復合刻《浙西二沈詞》四卷流傳湖海，旗亭小優按拍歌之，聽者淚落。嗚呼！夫以先生之才，而不獲厠足於屬車豹尾之列，以發攄其所藴，宜其有迫於中，而長言咏歎之不能已也。然先生不以阨窮自憫，在都下不投一貴人刺。朝士大夫願交先生者，一拜後，先生往答之，不再過。其不遇也固宜。

先生家清溪之上，海山環其東南，鸎鵡湖之水浸其西北，有地可藝瓜蔬，有池可種菱藕，有田廬可蔽風雨，有詩書可教子孫，有翰墨可怡悦性情，優游息偃，以樂其年。先生雖不得志於時，以視風塵蓬勃者何如也？嗚呼！不可謂有君子之守乎？余少侍先君於白門，先生偕一時名流，集於藩治之瞻園，翦燈擊鉢，聯牀夜話，一時快得朋之慶。今者頭白歸田，耕漁無伴。回思三十年晦明風雨之交，邈如隔世，既傷吾友之凋亡，而并以自嘆衰老之侵尋也。爲特叙其交情終始如此，以貽先生之子之鈃，而先生之爲人，夫亦可以槩見矣。

國朝康熙己亥年知府閭陽吴永芳纂

嘉興府志·文苑傳

沈岸登，字覃九，性恬淡，屢空晏如。生平著述半在游屐，詩詞書畫皆雋妙，有《黑蝶齋詩詞》行世，《古今體詩韻鈔》《春秋紀異》未刻。

嘉興府志・文苑傳

國朝道光庚子年知府金壇于尚齡輯

沈岸登，字覃九，布衣。性恬淡，耽泉石，屢空晏如。侍郎高士奇慕其人，延爲子師。未嘗一語干士奇，士奇敬憚之。工詩詞，間作山水蘭石，淡遠絶塵，書法二王，亦工鐵筆。著有《黑蝶齋詩詞》《春秋紀異》。

平湖縣志・隱逸傳

國朝乾隆己酉年知縣遵義王恒輯

沈岸登，字覃九，號南渟，一字黑蝶，布衣。性恬淡，短褐蔬食，屢空晏如。耽泉石，不求聞達，有文衡山、沈石田之風。侍郎高士奇聞其名，延爲子興師。無一私語干士奇，士奇嘗敬憚之。生平著述，半在遊屐，詩詞皆雋妙，寫山水蘭石，瀟灑淡遠，無塵俗氣，書宗二王，時稱三絶。鐵筆亦工。著有《黑蝶齋詩鈔》四卷、《黑蝶齋詞》一卷行世。《韻鈔》《春秋紀異》若干卷未刊。陸奎勳《挽南渟》詩：『倚風清淚落潺湲，天路高高豹守關。直是纖心成痼疾，何曾漱石得餘閒。漸窮已悔詩名盛，垂老方辭客况艱。碑頌即關千古事，不如生與買青山。』

（以上出自《清溪沈氏六脩家乘》卷一二）